U0033964

張愛玲

的傳奇文學與流言人生

邵迎建——著

序

東京大學文學部教授
藤井省三

戰亂中的1943年，在日本佔領區上海，張愛玲如同慧星般出現，以女性不高的視線，描寫了在世界大戰中崩潰的中華文明與西歐文明的混血都市——上海與香港，揭露了傳統家族制度對女性的歧視，啟發性地告訴人們，新的自由戀愛也不過是用女性與貨幣交換的現代市場經濟之一環，從而成為現代女性文學的先驅。

本書從認同危機的視角首先考察了太平洋戰爭中的張愛玲文學，繼而論及戰後臺灣接受張愛玲文學的過程、及八十年代以降，張愛玲文學在中國大陸的復活情形。

認同理論集大成於美國兒童心理學家E・H・愛理克遜六十年代的著作《童年與社會》（Childhood and Society）。愛理克遜本人應用認同理論對馬丁・路德、甘地等人進行了饒有興味的傳記研究。在中國文學的研究領域，哈佛大學教授李歐梵運用認同理論著有《中國現代作家浪漫的一代》（*The Romantic Generation of Modern Chinese Writers*，哈佛東亞系列71，1973年）。

該著作中，李歐梵教授論及的「浪漫的一代」，有林抒、蘇曼殊、郁達夫、徐志摩、郭沫若、蔣光慈、蕭軍等七名文人。最近，在李教授給我的信中，他謙遜地稱這本書為「少作」。毋庸置疑，「浪漫的一代」已成為經典名著，可以說，在世界各國都能見到通過閱讀「浪漫的一代」成長起來的中國文學研究者。其中也包括我。

李教授的「浪漫的一代」運用認同理論，共時性地考察了現代諸作家的精神史，邵迎建的著作則考察了因家庭解體而造成的張愛玲個人的認同危機；因日本的侵略而引起的上海的都市認同危機；由於日本戰前五十年的殖民統治，及戰後國民黨的專制而造成的臺灣人的民族認同危機；經過文化大革命的混亂，至七十年代末期發端的改革、開放政策而引起的社會主義中國國家規模的認同危機。本書通過張愛玲這一個文人，解析了從個人到都市，乃至地域、國家等中文圈多層次的認同危機問題。

我認為，在張愛玲研究中，同時引進認同理論和女性主義，是一種積極的嘗試。

二十年前，在我撰寫數千字的「浪漫的一代」書評之際，曾引用李歐梵教授散文集中的「在西潮的激流中，如何解決中西文化的認同危機？如何重新發現自我？這才是去國十多年來，我一直捫心自問的問題」這段話，寫下了以下文字：

> 或許應當將「浪漫的一代」看作摸索文化認同的青年中國知識分子的記錄吧。對包括我們日本人在內的東

方人來說，由於西洋與祖國兩種文化混合而帶來的認同危機這一現代問題，決非事不關已。當閱讀李歐梵的這本心血之作時，或許我們首先應當讚許的，正是這種苦鬥精神。

出生於1952年的邵迎建在中學時代遭遇了文革，文革後在四川大學學習日語，畢業後從事了一段時間的翻譯工作。1987年到日本留學，進入東京大學文學部研究生院學習。在青春期體驗民族大動盪，三十歲後出國移民這一點上，可以說，邵迎建的半生與張愛玲的生涯有相似之處。從這個意義上說，也許本書可以與李歐梵教授的「浪漫的一代」一樣，作為「摸索文化認同」的中國移民知識分子的自我省視的記錄來閱讀吧。

邵迎建於1995年3月，以本書的日文原文，獲東京大學博士（文學）學位。博士論文的部分內容已分為數篇獨立的文章在日本的學術刊物發表，受到好評。由於日本的讀書界對張愛玲文學的認識還很有限，十分遺憾，這篇博士論文未能出版單行本。正因為如此，現在該文的中文版本能在大陸面世，令人欣喜。本書將受到中文圈的讀者怎樣的評價？作為過去邵君研究生院五年的指導教師，並作為現在現代中國文學研究的同伴，我深切地關注著。

1996年8月13日

日軍侵略進攻上海59周年之日

導言

半個世紀以來，張愛玲（1920-1995）文學的命運和中國的命運息息相關，在翻天覆地的變化中，歷盡滄桑。張愛玲文學誕生於1940年代的淪陷區上海，長期以來，如同她誕生場的那段特殊的時間和空間一樣，存在於中國的正統話語體制以外，在香港、臺灣及海外華人中延續著生命。1980年代中期以後，張愛玲文學像不死鳥一樣飛回故鄉上海，在中國本土再生，被越來越多的讀者認識和喜愛。1995年中秋，張愛玲在遠離中國的太平洋彼岸悄然辭世，消息迅速傳遍兩岸三地，在中國人中再次引起震動，將張愛玲文學熱推至巔峰。

小說集《傳奇》和散文集《流言》是張愛玲文學的出發點，也是其頂峰。張愛玲的作家活動長達半世紀，有全集十六卷（臺灣皇冠出版社，1991-1995年），其中最受讀者歡迎的是這兩卷（皇冠版將《傳奇》分為兩卷，改名為《回顧展I——張愛玲短篇小說之一》、《回顧展II——張愛玲短篇小說之二》。《傳奇》和《流言》的魅力與時俱增，其深遠的歷史意義在後代的視野中越來越鮮明地凸顯，然而作為批評、研究的對象，是否得到了恰如其分的位置，還難以定評。

回顧張愛玲文學的誕生、承傳、沉寂、再生的整個過程，可以發現一個驚人的事實。這就是，每當張愛玲文學出場時，中國的歷史都在一個結節點上，即國家或地區的認同發生重大危機的時候。認識到接受場的這一特點後，重讀張愛玲的作品，大約人們會再次驚愕吧，張愛玲的作品本身所描寫的，正是陷於認同危機中的人們的故事。

張愛玲文學建築在她個人史的危機期和中國近代史危機期的重合點上。張愛玲的個人史與中國近代史相逢相遇，相共鳴相對立，以文學的形式展示出時代的人之生命圖案。張愛玲的個人史與中國近代史圍繞著生之主題相依相剋，在時代空間的襯托中凸顯出其認同價值。

在此，就本書的理論框架作一簡單說明。本書採用精神分析學者E．H．愛理克遜（Erik．H．Erikson）（1902-1994）的認同理論。愛理克遜在著作《童年與社會》（*Childhood and Society*, New York: W. W. Norton, 1950）中，將人的生命週期置於歷史、文化、社會的相關關係中，特別凸顯出動搖不定的青春危機期中探求自我存在證明的青年期的問題。他從美國的幼兒精神病患者、美國印第安部族等的研究出發，創立了生命週期八個發展階段的理論，並應用此理論，分析了希特勒及馬克西姆・高爾基等歷史人物。之後，「認同」一詞被廣泛轉用於社會科學、歷史研究、人文研究等各個分野，一方面作為一般概念，其外延不斷地被擴大延伸；另一方面，為了單項的科學測定而冠以種種限制詞，縮小其內涵。愛理克遜本人在《認同——青年與危機》（*Youth and Crist*, W. W. Norton, 1968）的序言中，指出認同概念被廣泛應用的現象，認為該概念已到了應該「明晰地作出最後表述的時刻」，列舉出W．詹姆斯（William

James）、弗洛伊德的私信，（參見第六章第一節）將「明確的認同感覺」描寫為「對生存的方向性和連續性的主觀感覺」，在最後「認同的擴大和民族」一章中，以印度的甘地及美國黑人的認同問題為例，將此概念擴大，提出宗教認同、殖民地的有色民族認同等概念。作為一種分析方法，愛理克遜似乎力圖在變化無窮的社會、歷史狀況中，以不同的實例為依據，解析不同個人的認同問題，竭力避免給「認同」以明確的屬性和輪廓而使其實體化。

迄今為止，在日本，對「認同」一詞，心理學分野曾譯為「同一性」，社會學譯為「存在證明」，哲學則譯為「主體性」，現在普遍採用英語音譯（アィデンティティ即Identity）。本書中首先將此理論應用於張愛玲成長期的認同形成過程中，繼而擴大到性別認同，民族認同的層面進行考察。倘若要給本文的「認同」下一恰當的定義，只能這樣說，本書分析的「認同」對象為：在中國近代社會與歷史過程中，「張愛玲是誰」以及「張愛玲文學是什麼」。

六〇年代，中國（臺灣）赴美留學生李歐梵（Leo Ou-Fan Lee）參加了哈佛大學愛理克遜的研究班，向愛理克遜提供了魯迅的心理「詛咒」的素材，愛理克遜在其著作《甘地的真理》（*Gandhi's Truth*, W. W. Norton，參照第七章第二節）中提及（李歐梵，《西潮的彼岸》，臺灣時報文化出版事業有限公司，1975年，第152頁）。之後李歐梵運用愛理克遜的心理一歷史的視角完成了他的博士論文《中國現代作家浪漫的一代》（*The Romantic Generation of Modern Chinese Writers*, Harvard University, Press, 1973）。他運用認同形成的理論，考察了日本留學時的青年郁達夫（Chapter 5, *Yu Ta-Fu: Driftings of a loner*, p.89），將郁個人史的心理「詛咒」與魯迅的心理「詛咒」相比較，分析兩者所給予各自文學的影響（Chapter 6, Yu *Ta-Fu: Visions of the Self*, p.122）。用此方法，李歐梵令人信服地挖掘出中國「五四」文人們的「認同紊亂」的心理一歷史原因：由於「時代」的巨變，知識分子傳統的社會角色被切斷，中國知識分子有史以來第一次集體感受到與政治社會的疏離（alienation）（Chapter l2, *The Modern Wen-jen and Chinese Society*, p250）。之後，「認同」一詞在臺灣風行，80年代初，傳入中國大陸。

儘管已有這樣傑出的運用認同理論對中國文學進行分析的先驅研究成果，然而僅僅運用愛理克遜的認同理論對張愛玲文學進行考察分析顯然是不足的，正如許多女性研究者所指出的，愛理克遜的人格形成理論所依據的全部模特兒都是男性，沒有將視線投向女性（嘉若爾・格利根，《另一種聲音——男女道德觀的差異與女性的認同》，岩男壽美子監譯，川島書店，1986年）。投向女性「認同」「差異」的視線是本稿完成不可欠缺的。在這方面，受到J・克里斯蒂娃的《女性的時間》（棚澤直子等譯，勁草書房，1991年）及芭芭拉・約翰遜的《差異的世界——解構・話語・女性》（大橋洋一等譯，紀伊國屋書店，1990年）兩著作的啟發甚多。

張愛玲文學存立於她的個性與中華民族共性的交叉場上，其文學的構成因素的特定部分既投射著中華民族的同一性，又反映了中華民族內部的差異性。張愛玲文學的個性和中華民族的同一性重合、偏離、隔絕，在錯綜的關係中凸顯出其認同價值。張愛玲作為文人的整個生涯，是在中國近代史中自我喪失和自我發現的過程。

本書在人格、歷史、社會、文化的交叉點考察張愛玲文學（僅限於《傳奇》和《流言》，根據需要，言及其它作品），聚焦於她與國家、階級、家庭、性別的網目關係上，與其他作者的文本及讀者在閱讀過程中生成的文本相比較，在傳統文學與新文學的傳統文脈中，分析三者間的異同，指出在以「士」為中心的傳統權力網絡的話語場及以國家、階級權力為中心的語境中，沒有張愛玲文學的位置的原因，明確女性認同的意義。

全書由兩部論述加餘論組成。後附作品・活動年表與參考文獻。

第一部含第一、二章，考察張愛玲文學的誕生場——時代背景和個人成長的歷程。第一章以太平洋戰爭後汪精衛傀儡政權的動向以及上海市民的生存環境、文壇的重編狀況為中心，考察40年代日軍佔領中的上海淪陷區，以求把握張愛玲文學的語境。

第二章在激劇動盪的中國近代史中，追蹤張愛玲的家族史及個人史，考察其思想形成的過程，作為理解其文學思想的依據。這一章運用愛理克遜的心理——社會的發達理論，捕捉張愛玲從嬰兒期到青春期的成長過程中形成認同各階段的主要糾葛，以凸顯她青年危機期——即寫作期的認同問題。

第二部考察《傳奇》和《流言》文本。以性別・愛・權力為關鍵詞，沿作品的完成時間軸分析《傳奇》的八篇小說。第三章論及前期四篇——前兩篇可以稱為處於危機期的

20歲前後的青年的「成長物語」，後兩篇描寫的是生存於戰爭和「文明」的交界線的男女之間的戀愛「小事」。第四章分析其核心文本——女人・母親的傳記〈金鎖記〉。第五章分五節，第一節以胡蘭成作參照，從「常人」的角度看張愛玲，以驗證《傳奇》的「反常識」思想。第二節考察「成長物語」的最後一篇〈花凋〉，第三節分析描寫「男性」認同解體過程的〈紅玫瑰與白玫瑰〉，第四節討論建立女性認同的文本，《傳奇》的終篇〈桂花蒸　阿小悲秋〉。第五節探討《傳奇》中頻繁出現的「玻璃」和「鏡子」意象的意義。

第六章以作者談時代、歷史、文明、創作的散文集《流言》為中心，考察張愛玲與中華民族的關係——在外來侵略者的話語場中，她的話語強調上海人與中國人的同一性；在中國傳統的話語場中，她始終保持著女性的他者視線。得出以下結論：作為被歧視的群體，女性與淪陷區的上海人的處境相似，大約這就是張愛玲文學被上海人接受的最根本原因吧。

第七章將〈金鎖記〉的狂女意象、框架、關鍵符號「真」與〈狂人日記〉作異同比較，進一步比較了兩作者的書寫動機與文學土壤，在以「政治」為中心的傳統文學的格局中考察張愛玲文學的差異，解析張愛玲文學的譜系，思考女性認同在文學史上的位置。

餘論的第一節考察1950年代以後文人張愛玲的認同探求過程。第二節考察張愛玲文學的承傳場——臺灣，分析在變動的中國近代史中，與大陸本土分離的臺灣的政治狀態和臺灣讀者接受張愛玲文學的心理—社會環境，指出臺灣讀者和張愛玲文學的共同點：都處於不確定的、被動的邊緣位置。第三節考察張愛玲文學的再生場——1980年代中期以後的大陸，指出由於改革開放，原有的價值系統的崩潰所造成的認同危機背景，是張愛玲文學復活的原因。

本書原稿用日文書寫，完成於1995年3月。因張愛玲同年9月逝世後，一些有關她傳記的新資料公開，筆者於1996年3月訪問了張子靜先生，對張愛玲幼年的情況進行了調查和確認。在本書的翻譯期間，又看到一些新的論文，因此譯成中文時增加了部分內容，並作了少量修改。本書作品論的翻譯工作，由李雲雲女士承擔，特此致謝。

本書在寫作過程中，得到指導教師藤井省三教授、丸尾常喜教授及田仲一成教授、丸山昇教授、伊藤虎丸教授的悉心指導；在出版過程中，得到陳平原、夏曉虹夫婦的幫助，敬致謝忱。

目次 contents

序 003

導言 006

第一部　張愛玲文學的風土

第一章　認同危機場 018

一、喪失主體的都市——上海 018

二、荒涼的文壇 022

三、飲食男女 030

四、女性文學 037

五、奇花開放 045

第二章　成長的歷程 049

一、名門 050

二、家和父親 053

三、母親 064

四、文學少女 068

五、詛咒 073

六、「廢物」與「天才」 077

七、「解放」與戰場 079

第二部　《傳奇》與《流言》

第三章　《傳奇》的世界（一）——認同危機中的人們 090

一、香港之戀（〈沉香屑——第一爐香〉） 090

二、尋找父親——〈茉莉香片〉 101
三、「封鎖」的世界——〈封鎖〉 110
四、人之牆——〈傾城之戀〉 115

第四章　《傳奇》的世界（二）
——四分五裂的靈魂（〈金鎖記〉） 125
一、貧與富 127
二、身體與法 128
三、真與假 131
四、母親與女兒 136
五、狂女傳記 142

第五章　《傳奇》的世界（三）——走向女性主體 146
一、反常識作家 146
二、訣別「家」——〈花凋〉 151
三、分裂的自我——〈紅玫瑰與白玫瑰〉 154
四、阿小與哥兒達——〈桂花蒸　阿小悲秋〉 166
五、玻璃與鏡子 173

第六章　《流言》的世界——同一性與差異性 178
一、上海人的中國根 178
二、「虛空」的「荒野」 184
三、直面差異 189
四、不確定的細節 192
五、普通人的傳奇 195

第七章　「超人」與「地母」——張愛玲文學的系譜　202
一、「狂人」與「瘋女人」　202
二、父親與女兒　206
三、子之矛、子之盾　211
四、現代都市與女性　220
五、夢魘中的母親　229
六、地母——再生之神　236
餘論　五十年代以後的張愛玲及張愛玲文學的接受場　241
一、尋求認同　241
二、繼承——在臺灣　245
1. 臺灣近代史　245
2.「Uncertain（不確定）」的困惑　248
3.「張愛玲夢魘」　251
4. 張愛玲傳統　256
三、再生——在大陸　258
1. 故鄉的呼喚　258
2. 再生　260
附錄一　作品・活動年表（1930-1952）　265
附錄二　主要參考書（篇）目　274
附錄三　尋張愛玲　279

附編

女裝・時裝・更衣記・愛——張愛玲與恩師許地山 288
撕裂的身體——張愛玲〈色，戒〉論 310
張愛玲和《新東方》 340
被遺忘的細節——張愛玲・李香蘭合影時空考 350
「出走」與「上樓」——女性・時代・政治 361

臺灣版後記 375

第1部

張愛玲文學的風土

第一章　認同危機場

一、喪失主體的都市——上海

1943年1月，張愛玲在上海文壇慧星般地登場。這一年無論對中華民族而言，還是對張愛玲個人而言，都正好處於歷史的危機時期。

1942年11月，當時的上海市長陳公博在〈上海的市長〉（《古今》半月刊第11期）一文中，這樣說道：

> 現在的上海市……有將近五百萬人口，從面積說比任何世界大都市都大，從人口說比著名的大都市也不算少。只有一件事是特別的，世界大都市的罪惡上海全有，而世界大都市的好處上海卻不見得具備。此外我最感覺煩悶的，有外在和內在兩方面難以糾正的特別現狀。
>
> 我所謂外在的，就是，世界都市的行政權是統一的，而上海市的行政權是殘缺的。上海有市政府，有公共租界，有法租界，……而橫在心胸的兩特區，終始像一個胃癌，內科不能治，外科不能剖。因此上

海……在一張報紙上可以見到三國語言的公告文字，在一個馬路口常見站著幾個不同制服的警察，而且更可以在一個馬路口找出同一階級同一職務而俸給大相懸殊的三種或四種警察。

我所謂內在的，我也曾說過上海的特別就在經濟和文化不合一，而政治和法律不合一。……本來生活應該和文化相關，……可是在上海是分離的。在上海我們找不到東洋的真正文化，也找不到西洋真正的文化，上海所注重的是如何可以囤積，如何可以投機，中國文化人絕無插足之地，……因此上海在貿易上是極繁榮的市場，而在思想上倒是極慘淡的沙漠。

……上海市長要有十分的強壯的心臟，帶些麻木的神經，眼睛要半閉，耳朵要半聾。

從上述陳公博對上海的描述中，雖不難窺見為日本佔領軍所計劃的翌年的「歸還租界」作輿論準備的意圖，仍不失為對所謂「國中之國」的上海租界的要害有所觸及。但陳迴避了上海的致命點。

1941年12月8日，太平洋戰爭爆發的同時，苟延殘喘的「孤島」——租界淪陷，曾被稱為東方的巴比倫的國際都市上海完全被日本軍佔領。在上海的外國人達到十五萬餘人，創歷史高峰，其中日本人佔十萬，其他五萬外國人的國籍高達五十個國家。公共租界中，日本的太陽旗取代了曾高高飄揚的英國、美國國旗，租界的最高行政機關——工部局在日本「憲兵的統監下……運作」[1]英美僑民等「敵對國國民」被日本憲兵隊強行戴上紅色腕章，加以管制。

陳公博的上海市長的頭銜也是有名無實的「偽職」。從中國必敗這一悲觀判斷出發，與蔣介石分道揚鑣，試圖在日本手下討和平的汪精衛的「國民政府」，在日本軍的刺刀下「還都」南京，物資、金融、交通及各省的人事任免權全部被日本軍支配，完全喪失了主體性，成為地地道道的傀儡政府。他們與侵略者共同稱為「和平地區」的區域，被抗日戰線稱為「敵偽地區」，被當地的中國人稱為「淪陷地區」。

1943年1月，汪精衛與日本政府簽定了歸還租界、廢除治外法權的協議書，2月，居住在租界的英、美的男性被送入浦東收容所。同年7月30日，汪政府收回上海法租界，8月1日，收回公共租界，前者編入上海特別市第八區，後者編入第一區。同年1月，英、美兩國政府與重慶的國民政府簽定了包括歸還租界條款的「平等條約」。日本方面嘲笑[2]這是玩兒「猴戲」，將已失去的租界「歸還重慶政府」。事實上，所謂「收回公共租界」也不過是汪精衛政府在日本支配下演出的一齣「猴戲」罷了。看看「新生」的第一區公署的幹部的結構就一目了然：以顧問為首，八個處的處長和副處長中，三個處的處長、四個處的副處長位置被日本人佔據，公署秘書處所屬的七個科中，六個科的科長是日本人，上海市的八個警察局全部被日籍副局長控制（唐振常主編，《上海史》，上海人民出版社，1989年）。陳公博市長曾為之「煩悶」的上海行政權就這樣得到了「修正」。

儘管日本表面高舉反英美帝國主義的旗幟，卻掩蓋不住其帝國主義的本性。上海出版的日本人的月刊《上海》（上海雜誌社、社長山田純三郎）同年8月號編輯了題為「慶祝中國主權恢復」的專集。卷頭刊載的文章〈新生上海的性質〉（梶原勝三郎）就完全背離專集的題目，說什麼「我國希望在歸還後，也可以說在移讓後仍能完全活用，為了能使之活用，如果需要，將不惜任何代價」，一面鼓吹「回到祖國支那懷抱的上海，需作為支那之上海而再生」，一面公然宣稱「新生支那所追求的目標是什麼？以一言蔽之，就是高度的戰時體制配備」。就經濟方面而言，歸還的租界對於日本不過是「從國際自由貿易改為計劃交易的大東亞共榮經濟圈的一環而已」。[3]隨著上海租界解體，自由經濟基地崩潰，曾誇耀為中國第一的工業大都市上海急劇衰落，以上海的工業用電指數為例，1936年為100，那麼1942年和1943年分別為50、40。[4]通貨膨脹襲擊上海，根據上海日本商工會議所調查表「住上海日本人生活必需品物價指數（儲備券）」[5]總平均如以1936年為100，那麼1942年1月為1462.9，12月為2484.4，1943年1月為2609。公共租界在8月份達到5637.6，9月一躍為6077。其中米麵類主食1943年1月是2324.1，8月達到3733.2。物質不足，再加上日本軍、汪政府的貪官污吏以及投機商的投機橫行、囤積居奇等人為的因素，使上海物價失去重心，呈混亂狀態。在這種情況下，上海市民的生活之苦可想而知，對於居住在租界的中國人來說，租界被收回後立即被編入日本與汪政府的「保甲制」、「連坐法」，生活必需品實行票證制，這意味著他們在政治、經濟、文化、精神方面都陷入更加絕望的境地。曾經身為「國中之國」——

上海公共租界的居民們，從美英之手轉到日本之手，使早已變得模糊曖昧的身份，如今愈加不確定。

註釋：

1 〈皇軍進駐租界〉（皇軍租界進駐），《外交時報》（1897-），1942年1月1日。
2 上村壽男，〈消滅上海公共租界的意義〉（上海公共租界消滅の意義），1943年8月號《上海》（總1033號）。該雜誌現在只能看到1940年4月–1944年4月（總993號–1041號）。
3 森雄之助，〈由租界經濟到共榮經濟的發展〉（租界經濟より共榮經濟への發展），1943年11月號《上海》（總1036號）。
4 劉惠吾編著，《上海近代史》上下，華東師範大學出版，1985年。
5 1941年1月汪精衛偽政府成立「中央儲備銀行」，4月發行「中儲券」直到1945年9月，中儲券一直是淪陷區的流通貨幣。

二、荒涼的文壇

日軍佔領租界後的1942年1月，與日本政界、軍界、財界的上層人物有著密切關係的雜誌《外交時報》（東京外交時報社、社長半澤玉成）登載報導如下：

收繳敵性書籍（上海租界最後的肅清）

12月26日，上海軍報導部對殘留於租界的敵性機關進行了最後的打擊。以秋山、石洋兩中佐為首，分數班接收了印刷所和書店。

在日軍接收租界之前，有一家抗日書業公司，與重慶保持著聯繫，極力進行抗日宣傳，而這次，凡公開關係的書店都一律被接管了。主要有商務印書館及倉庫、開明書店及倉庫、世界書店、生活書店、良友書店、兄弟圖書公司、光明書店、大東書局及印刷所、中等（中華之誤，筆者注）書局及印刷所等。位於有名的書店街——四馬路上的書店被全部接管，沒收書籍達數百萬冊之多。

抗日文化基地慘遭破壞，例如中國共產黨地下黨在「孤島」時期出版的最後的刊物《奔流新集》（全二卷）第一卷《勢在必行、理所當然》（署名「直入」）於1941年11月19日出版，書名取自魯迅未發表的同名遺稿。出版後僅二、三天，3000冊即售罄。第二卷《橫眉》也於12月8日完成了裝訂，匆忙趕到印刷所的編輯從5000冊中，僅拿出三冊，交給許廣平、傅雷各一冊。現在僅剩下一冊，保存在上海作家協會的資料室裡（應國靖，〈「孤島」時期文學刊物出版概況〉，《抗戰文藝研究》，1983年2期）。

12月8日早上，鄭振鐸前往暨南大學，上午10點半，看見日軍車輛從學校大門通過，即結束了最後一課。幾天後，鄭振鐸離開家，隱姓埋名，潛入地下。12月15日清晨5時，許廣平被日本憲兵隊逮捕。無數的抗日戰士前往延安、重慶以及其他抗日地區。上海文化界在嚴峻的形勢下保持著沉默。

《上海》1943年2月號刊登了1942年11月17日，署名舍人的論文〈上海文化界的總檢討〉（中文）：

太平洋大戰的戰鼓，掃蕩了上海所有之期刊，《奔

> 流》文叢、《狼煙》文叢，《萬人小說》等相繼正寢，即如銷路不惡，擁有多數哥兒公子讀者的《西風》、《宇宙風》也隨著這時代的巨浪而銷聲匿跡。……這時代的尖銳的激變，使我們肩負時代使命的文化人，在思想上，在行動上立即墮入了茫無所措的氛圍中了。對抗建是懷疑了，迷糊了。——這新的戰爭該使文化工作者應當怎樣適應現實的環境而肩負起推進文化重任？他們解答不出，也許是不願意想解答吧？因此，他們在沒落的途程上徘徊，而沒有出路可找。

在「孤島」時期，上海文學期刊最鼎盛時達一百多種，太平洋戰爭爆發前的1941年秋還有二十多種。1941年12月9日夜裡，日軍進佔「孤島」租界後，許多文學期刊停刊，繼續出版的僅有《小說月報》、《萬象》和《樂觀》三種。1942年一年間，上海出版的文學期刊不過五六種（陳青生，署名南溪，〈淪陷時期的上海文學期刊〉，《中華文學史料》，百家出版社，1990年）。

1942年3月，汪精衛政權的交通部政務次長朱樸創刊《古今》[1]雜誌。《古今》的撰稿人除汪精衛、周佛海、陳公博、梁鴻志等汪偽政府的重要人物之外，周作人、馮和儀等也投過稿，張愛玲的〈洋人看京劇及其它〉、[2]〈更衣記〉[3]兩篇散文也登載於《古今》。

朱樸的「創刊詞」如下：

> ……我們除了一枝筆外，簡直別無可以貢獻於國家社會之道，因此，我們就集合了少數志同道合之士，發起試辦這個小小的刊物，想在出版界萬分沉寂之時，來做一點我們所自認尚能勉為其難的工作。我們這個刊物的宗旨，顧名思義，極為明顯，自古至今，不論英雄豪傑也好，名士佳人也好，甚至販夫走卒也好，只要其生平事蹟有異乎尋常不很平凡之處，我們都極願盡量搜羅獻之於今日及日後讀者之前，我們的目的在乎彰事實，明是非，求真理，所以不獨人物一門而已，他如天文地理，禽獸草木，金石書畫，詩詞歌賦諸類，凡是有其特殊的價值可記述的，本刊也將兼收並蓄，樂為刊登。

發言軟弱無力，與朱朴身居高官的身分不符。從此也可窺見汪政權之本質。

創刊號上發表了汪精衛在30年前辛亥革命時期發表於《民報》[4]的論文〈守約〉，改名為〈革命之決心〉。此後，汪精衛在一周年紀念號上發表了〈故人故事〉一文，回憶辛亥革命時代的同志。陳公博發表了〈我與共產黨〉[5]，周佛海發表了〈我的奮鬥〉[6]、〈苦學記〉[7]、〈廣州行〉[8]等十來篇回憶文章，後以《往矣集》[9]為題結集出版（古今出版社，1943年）。汪精衛偽政府的高級幹部回避「現在」而一味回憶過去的革命歷史，不正是他們喪失了主體性的最好說明嗎？「現在」的自己是他們自身也無法說明的一種存在。陳公博在〈了解〉[10]一文中感嘆道：「我平常時時自負可以了解人，到了今天，覺得有些行年五十而知四十九年之非，我深深感覺，我不只不了解人，並且往往不能了解自己」。周佛海在「自反錄」[11]的開頭寫道：「人苦於不自知」。度過幾十年政治生涯的他們，突然不明白自已是何人了。他們失去了對自身統一性，連續性的認識，迷失了自己應該承擔的社會責任。

同年8月，《雜誌》[12]月刊復刊。四十八年後的1990年，南溪的〈淪陷時期的上海文學期刊〉（同前），才公開了《雜誌》的復刊，實際上是袁殊、吳誠之等地下黨員經中國共產黨上海地下黨的同意，針對汪偽《古今》創刊的動向，為了與日偽爭奪文化陣地而進行的。

《雜誌》在「孤島」時期，由於明顯的反日傾向，曾兩次受到停刊處分。復刊後雜誌隸屬於日本駐上海領事館的《新中國報》（社長袁殊）系統。《雜誌》「再度復刊的話」中寫道：「在如此這般窒息與龐亂的氛圍中，許多聲音都在囂嚷，我們還有若干不甘緘默的人。」由於《雜誌》採取表面上中立的方針，所以投稿人身份很雜。

1942年10月號刊登了哲非（吳誠之）的論文〈文藝工作者之路〉，在這篇文章中，他首先報導了「戰爭最烈區域的歐洲」的德國、義大利和蘇聯的文藝動向，談到德國現代詩人為避免政治，寫詩均從古典主義和民間題材取材，義大利人民不歡迎帶有政治色彩的戲劇和電影，雖然反法西斯的作家在義大利「無立足之地」，但親法西斯的作家也「不聞聲息」，民間流行通俗文學和古典文學，蘇聯的一般讀者則歡迎美國的反法西斯作品。哲非強調說：

> 以上三個國家，在政體上是所謂獨裁主義，在政治觀念上是所謂全體主義的國家，而在現行的歐洲戰爭中，是以生死相搏的死敵。可是拋開政治與戰爭的條件於不談，人性的基本向上要求，依舊是到處表現一致。這不僅說明了人類在任何困難的境遇下有爭取生存的勇氣，而亦表現了他們不以最低可能的生存為滿足，且更在儘可能的條件下覓取最高的生存。這一點，正就是人類文明得以保存發展的基礎，同時也是我們對於表現文明結晶之人間文學與藝術的樂觀信心所在。

言論雖然含蓄，反法西斯的精神卻顯而易見。他凸顯出在法西斯的高壓統制下民間流行通俗文學和古典文學的非同尋常的意義，指出那是在政治反抗不可能的情況下，抵抗所尋找的另一表達渠道，是人類抵抗「困難的境遇」，「覓取最高生存」「表現文明結晶」的一種手段。

哲非繼續論述：

> ……在世事條件愈不容文學與藝術發展的今日，人間對於文學與藝術的愛好與要求，反愈見熱切。……
>
> 也許有人認為這只是因戰爭區域的人們，在別方面減少了活動與發言的機會，所以不得不從文藝的領域中去覓取精神的慰藉。這種觀察無疑是有相當理

由的。但文藝而在人生苦難的極度獨能發揮慰藉的力量，這一事實，不僅未見減少文藝價值，而倒是充分說明了這種價值。何以戰爭不能給人以希望，政治不再能引起人們的興趣，獨有在風雨中的文學與藝術，在最幽暗的境遇下，卻反受備嚐人間苦味的人生所歡迎……

……

事實上文藝工作者的自由，一旦解脫政治心理的約束，他便馬上是一個自由人。因為文藝工作者所重視的是想像能力，是透視現象而能把握人性真理的能力。在這場合，他的工作的自由，是絕不受任何限制的……

……蓋如世界各地客觀要求所證明，文藝工作在任何困難的境遇下，都有著光明樂觀的前途。

正如藤井省三所指出的，「可以說，這話已達到在日本佔領區中可能達到的言論極限」。[13]《雜誌》除登載哲非以及其他的文藝理論論文外，還時時召開討論會、座談會，並在「文化報導」專欄介紹從政治上與淪陷區隔離的國民黨統治的大後方和共產黨領導的邊區的文壇情況。

從1943年7月到1945年8月日本投降，張愛玲主要的小說〈傾城之戀〉、〈金鎖記〉等都是在《雜誌》上發表的。此外，張愛玲還出席《雜誌》社召開的女作家座談會、對談會等。在張愛玲一生中，文藝活動最為活躍的這一時期與《雜誌》社密切相關。

然而，《雜誌》社的真正背景，不用說當時，直到最近也還是個謎。1930年代初便參加了左翼文學運動，後來一直在上海文化界工作的老共產黨員柯靈在1985年寫的文章中，也對張愛玲初期的小說集《傳奇》由「背景複雜」的《雜誌》社出版，表示遺憾（〈遙寄張愛玲〉，《讀書》，1985年4期）。

1943年10月，女作家蘇青創刊《天地》[14]月刊。在「發刊詞」中，蘇青一方面提醒大家注意嚴格的檢查制度，她說：「只要檢查處可以通過的話，便無不可說」，一方面廣求稿源，特別呼籲女性投稿：「執筆者不論是農工商學官也好，是農業工商學官的太太也好，只要他們（或她們）肯投稿，便無不歡迎。」在《天地》創刊號中，蘇青發表了〈論言語不通〉一文，論述因方言而造成的人與人之間的語言障礙。《天地》第二期又登載了胡蘭成的隨筆〈「言語不通」之故〉更進一步地展開蘇青的議論，論述了人與人之間因心理隔閡而產生的障礙。同期還刊登了描寫生命與文明疏離的張愛玲的小說〈封鎖〉。這些文章都使人感覺到那個時代所特有的「疏離」[15]氣氛。

《天地》的特徵是對家庭、女性、兒童問題寄予特別的關心，常常為這些問題出版專輯。例如1944年3月的第6期，作為國際婦女節的專輯，張愛玲、蘇青都發表了以〈談女人〉為題的文章。而在後一期的「生育問題特輯」中幾乎匯集了當時活躍於上海文壇所有文人的文稿。蘇青寫了〈救救孩子〉，張愛玲發表了〈造人〉。她們的文章與男性視角不同，從女性與孩子的視角提出問題，引人矚目。

張愛玲有名的描寫親身經歷和內心體驗的散文〈燼餘錄〉、〈私語〉等，開始都是發表在《天地》上的。如果說《雜誌》是張愛玲小說的戰場，那麼《天地》便是她散文的陣地。1944年底，這些散文以《流言》為名，結集出版，成為最暢銷的書。

註釋：

1 初為月刊，自第九期改為半月刊，1944年10月停刊。共出版57期。
2 《古今》半月刊第33期，1943年11月。
3 同上，第34期，1943年12月。
4 《民報》第26期。
5 《古今》第35、36、37期分三期連載。1944年1、2、3月。
6 《古今》月刊第2期，1942年4月。
7 同上，第3期，1942年5月。
8 同上，半月刊第27、28期合刊，1943年8月。
9 《往矣集》中包括十篇回憶文章，未含〈我的奮鬥〉。
10 同上，第14期，1943年1月。
11 同上，第9期，1942年10月。
12 創刊於1938年5月，1945年8月停刊。復刊後為25開本，歷時三年，共出37期。
13 藤井省三編，〈解說〉，《浪漫都市物語上海・香港』40S》，日本JICC出版社，1991年，第217頁。
14 25開本，1945年6月停刊。共出21期。
15 參見第三章之三。

三、飲食男女

1942年11月，周作人在北平的《中和月刊》上發表了〈中國的思想問題〉，5月13日，他曾在南京的中央大學以相同題目作過演說。周作人在他晚年所著的《知堂回想錄》

（香港聽濤出版社，1970年）裡特別提到，這篇文章與〈漢文學的傳統〉（《中國文藝》2卷3期，1940年3月），〈中國文學上的兩種思想〉（《中和月刊》1943年4月）及〈漢文學的前途〉（1943年7月）[1]是他在這段時間所寫的關於中國文學和思想的文章中，「較為重要」的四篇（第584頁）。

木山英雄認為：「這四篇儘管包含著順應不同時期的『政治』的意圖，思想卻是始終一致的，總而言之，是從固有的傳統思想中選擇一脈源流，力圖在上面建築作為中華民族精神認同的依據。他選擇的是重人事並將基礎建築在人的生物學自然上的合理實際的所謂『儒家人本主義』，再繼續上溯到政治道德上被後來的君權主義壓倒，作為少數異端僅倖存在民間的『一切為天下人民』，『禹稷精神』的源流之處，並將其理想化。依文學源流說，就是將屈原的《離騷》作為『為君（為了君主）思想的文學』的典型，從與此相對的自《詩經》到阮籍、陶潛、杜甫，再加上民國以來的新文學中的『憂生憫亂（憂民生，憫亂世）的文學』中尋找中國文學的基調並以此立論。」（〈北京苦住庵記　日中戰爭時代の周作人〉，《北京苦住庵記　日中戰爭時代的周作人》筑摩書房，1978年。第185-186頁）。

〈中國的思想問題〉中，周作人引用了儒家經典《禮記》中的「飲食男女，人之大欲存焉；死亡貧苦，人之大惡存焉。」並援引清學者焦理堂（循）的解釋「人生不過飲食男女，非飲食無以生，非男女無以生生。唯我欲生，人亦欲生，我欲生生，人亦欲生生，孟子好色好貨之說盡之矣。不必屏去我之所生，我之生生，但不可忘人之所生，人之所生生。」「飲食以求個體之生存，男女以求種族之生存，這本是一切生物之本能」。他強調「中國人民生活的要求是很簡單的，但也就很迫切，他希求生存，他的生存道德不願損人以利己，卻也不能如聖人的損己以利人」，人民「感覺無望的時候」，會「鋌而走險」起來抵抗，以致大亂。他下結論道「中國思想別無問題，重要的只在防亂。而防亂則首先在防造亂，此其責蓋在政治而不在教化。再用孟子的話來說，我們的力量不能使七十者衣帛食肉，黎民不飢不寒，也總竭力要使得不至於仰不足以事父母，俯不足以畜妻子，樂歲終身苦，凶年不免於死亡，不去造成亂的機會與條件。」

這段話用不著眼光「透徹紙背」[2]，也能理解其含意。果然，周作人的這番話招致日本作家片岡鐵兵的猛烈攻擊，稱之為「和平地區內蠢動之反動的文壇老作家」。無疑，對於淪陷區的文人來說，周作人的該言論不但起著指路[3]的作用，而且點出了此時此刻，談飲食，談男女的意義。

連年戰爭，經濟慘遭破壞，物質極端匱缺，飢餓席捲中國。1941年2月5日，重慶發生了洪深與妻女、女兒一家三口自殺未遂事件。洪深在絕命書中寫道：「一切都無辦法，政治、事業、家庭、經濟如此艱難，不如且歸去」。[4]可見事態的嚴重。

1943年12月1日至5日，日本在上海創辦發行的《大陸新報》（大陸新報社，1939年1月1日-1945年9月10日，日本的國策報，約發行2425號）上，連載了刈屋久太郎的〈渝桂文化界雜賦〉一文，這篇文章反覆強調旨在「披露歷經數年抗戰風雨，文化城的招牌剝蝕的桂林文化界現狀」，引用了連載於9月25、26日桂林版《大公報》題為〈桂林作家群〉（署名寒流）的報導，其報導如下：因通貨膨脹，物價飛漲等原因，半年前還活躍於桂林的各種雜誌被迫停刊，「倖存下來的雜誌，也因成本過高而不合算」。200頁的書售價50元，相當於兩三天的生活費，人們寧肯要「物質糧食」而放棄「精神糧食」。因此書銷路不好，「抗戰文化人如今因物價上漲而完全絕了生活之道」，在逐一介紹了王魯元（彥字之誤）、艾蕪、田漢、歐陽予倩等文人的生活困境後，文章說「如今，抗戰文化人因日益深刻的通貨膨脹而失去了生活手段，陸續改當教師或流落鄉間」，文人們進入了「冬眠期」。

一個月後，《雜誌》（1944年1月號）登載一篇署名鐘天的「特約通訊」〈重慶文化界一瞥〉，報導如下：

> 據31年（1942年）統計，重慶各地經審付印新書為3,879種，雜誌4,153期，合計8,000種以上，平均每日可有20冊以上的新書或雜誌問世。……上年付印圖書中，文藝佔41%，教育佔17%，政治佔10%，科學佔7%，史地佔7%，經濟佔5%，哲學佔7%，黨義佔3%。

該文還談到，據1943年上半年統計，文藝書增至48%，其餘都減少。以重慶與桂林相比較，內地的新刊單行本中，重慶佔33%，桂林佔28%。據中共機關報《解放日報》報導，事變以前全國言論機關有1,031家，至民國30年激減至270家，僅去年（1943年）一年停刊的報紙雜誌即有500餘種。

文章提到現在「重慶出版業界呈不景氣狀態」，其原因為：（1）缺少極有價值之著作，（2）紙張印刷成本太貴，（3）讀者購買力低落。

文章最後一節以「文化人下鄉」為題，報導了半年來桂林文壇的冷落，文化人因不能維持最低生活而改行，「紛紛下鄉去了」。引1943年9月26日桂林《大公晚報》的〈賀文化人下鄉〉一段短文作結語：

> ……尤可賀的，諸位走後，……瘦皮猴也似的身體，如今不再整天在音符、線條、形象、場面這些撈什子堆中翻斤鬥了。也許這正是轉機之道吧？

淪陷區上海的文人們，和別處一樣，也掙扎在生存線上。1943年8月號《雜誌》報導了7月召開的「如何推進出版文化」座談會的情況。在座談會上作家們發言傾述了生活之苦，會上特別公開了署名孚人的一封信，宣傳了內地作家們展開的提倡千字斗米運動（以1斗米的價格為1千字稿費），孚人呼籲上海作家也以千字斗米為基準要求文章的稿費。所謂內地，就是抗戰區的文化都市桂林。同年10月16日，重慶的《新華日報》也刊載了這一消息[5]。全中國的文人為獲得最起碼的生存權利，而不得不艱苦奮戰。「千字斗米運動」從桂林擴展到重慶、上海，增強了文人之間的連帶感。

用軍事強權佔領上海，對愛國文人進行瘋狂鎮壓，將文壇燒為焦土後，侵略者又高呼「救濟」「因貧血病而狀況危艱的出版界」，企圖從言論和思想上控制中國。

1944年1月4日《大陸新報》的第三版上報導了這樣的新聞：

「救濟清貧文人」

國府（指汪偽政府）制定「救濟辦法」

國府社會福利部為弘揚決戰文化，救濟清貧文人，特製定《冬清貧文人的臨時救助辦法》，積極開展了救濟運動。

現今中國文人，無論和戰區都為生活的艱辛而苦惱著，重慶開展了強烈要求一千字稿費相當於一斗米價的「千字斗米運動」，上海的實際情況也很可嘆，有名文學家每千字的稿費最高為200元，通常為15-50元。向著日華同生共死的最高目標，要使擔負著重大使命的中國文化界脫離長期低調狀態，昂揚決戰到底的鬥志，首先必須救濟貧寒文人，所以頒布了辦法規定……

具體的辦法是，文人提交申請書、照片、各種證明以及最近的作品，經審查後，支付救濟金。金額按甲乙丙三種分類，分別為1500元、1000元、500元。文章最後寫道：「由於國府這一溫和的措施，我們期待著為重病的中國文化界注入一線生機，從而激發起建設新中國的強有力的胎動」。

四天後，同一版面，《大陸新報》文化批評欄的專欄作家島田政雄在「大陸文化評」中說：

為了區區千元，而不得不帶著申請書、證明、照片、作品去政府機關，「文」亦蕩然無存了。

這實在是一語中的的批評。1月18日，在〈大陸文化評〉專欄中，島田政雄報導說：「上海雜誌聯合會在最近的理事會上根據文化界的要求，提出稿費每千字最低不得少於100元，應在雜誌出版時同時支付。」29日，在該報的第二版上，以大標題標出「飛漲的物價與當地日本人生活費，單身最低2800元」，報導了上海商工會議所的調查數據。以此為基準計算，文人每月如不寫到28000字以上，便無法生活。1500元的最高救濟金也不過是半個月的生活費。

《大陸新報》為「促進中日文化交流」，從1944年1月1日起，召開「討論中國文化」座談會，其內容分四次（一、二、四、五日）報導。出席人是日本文學的報國會的阿部知二、中日文化協會的高橋良三以及文學批評家島田政雄三人。

島田介紹現狀說：「現在，中日文化交流的方向尚未確立，有些方面，僅是日本文化單方面的直流，文學交流的基礎應該是民族文學，現在卻被休閒文學取代了。」阿部則感概於「中國整個混亂的狀態，」認為「政治、經濟、文化各界真正的領導人的出現才是重要問題」，提到與中國大學生座談時說：「他們必提政治、倫理革命兩個問題，而談論政治已超出了我的能力範圍。」正如阿部所說，日本文人不可能找到使「和平區」文壇脫離「黑暗現實」的具體辦法，座談會最後以「熱情的前夜」這一空洞的標題結束。

事實上，由於紙張逐年減少，各種費用上漲，市民生活普遍貧困等物質原因，許多雜誌難以為繼，整個上海撐到抗戰勝利的中文雜誌只有二三種。

「千字斗米運動」是一個象徵，標志著戰爭期間，淪陷區的文字的主要功能從「國家、政治」這一形而上的話語轉移到民生、民食等形而下的話語。在上海，從1943年到1945年戰爭結束，「飲食」和「男女」成為作家的主要題材。

註釋：

1　該篇首次發表處不詳。四篇均收入《草堂雜文》（北京新民印書館，1944年1月）。
2　片岡鐵兵給周作人信中的話（《知堂回想錄》，第591頁）。
3　周作人在淪陷區文壇無形中有很大影響。例如月刊《風雨談》（代表人柳雨生，1943年4月創刊）、《苦竹》的刊名就襲用了周作人1936年出的散文集《風雨談》（上海北新書店）和《苦竹雜記》（上海良友圖書印刷公司）的名字。胡蘭成在《雜誌》上發表過〈周作人與魯迅〉。
蘇青和張愛玲都寫過〈自己的文章〉，周作人也寫過同名的文章並用於文集的題目，1941年1月由上海三通書局出版。
4　文天行，《國統區抗戰文藝運動大事記》，四川省社會科學院出版社，1985年，第169頁。
5　同上，第225，247頁。

四、女性文學

1944年10月《天地》（十三期）刊登了如下文章：

> 廣義而言，文學亦屬藝術之一，而余於海上文壇亦不無「陰盛陽衰」之感，少數女作家之作品，確未可輕視，唯此乃上海一隅之地之特殊現狀，乃古今中外所

> 鮮見者。且於其謂「陰盛」，不如曰「陽衰」，較為更符實際。不佞份屬男性，自非例外，慚愧之餘，所願聲明者，不佞所寫全是遊戲文章，興到為之，用以娛人娛己。余之作品，絕非文學；不佞本身，更非作家也（正人〈從女人談起〉）。

從只能寫「遊戲文章」的文人「不是作家」的說法，可以看出這位男性對於文學的嚴肅態度，亦可以窺見其不能寫有關國家、民族命運的文章的失意之感。

與失去活力的男作家相比，一批新的女作家嶄露頭角，形成「陰盛陽衰」男女文壇地位逆轉的局面。女作家中既有蘇青那樣的集作家、月刊經營者、編輯於一身的社會活動家，亦有潘柳黛那樣，一面任《平報社》記者兼副刊編輯，一面自由撰稿，更有關露[1]那樣的中共地下黨員，接受組織的特殊任務，擔任以日本大使館和海軍報導部為後盾的女性雜誌《女聲》的中文版面的主編，撰寫了大量討論女性問題的散文，曾赴日本參加第二次「大東亞文學者大會」。還有病弱的汪麗玲，一面療養一面進行翻譯和創作，此外，施濟美、周煉霞等也頗有名。與男性作家的掌故軼事文章相比，女性作家的作品充滿了生命力，其原因何在？不妨以當時最活躍的蘇青為例來考察一下吧。

蘇青（原名馮允莊，筆名馮和儀，1914-1982）出生於浙江省鄞縣浣錦鄉，祖父是大地主，擁有數千畝土地。父親為美國哥倫比亞大學留學生，歸國後在漢口中央銀行供職，後任上海某銀行經理。母親畢業於師範學校，結婚後成為專職家庭主婦。蘇青童年時期在外祖母家度過，八歲移居上海。四年後，父親的銀行倒閉，旋病死。1933年，一八歲的蘇青進入南京中央大學外文系學習，在學期間與富家子弟結婚。次年因懷孕而輟學，做了家庭主婦。1935年，為了「發洩」由於生女孩而受到周圍不公平的待遇而開始寫作。租界淪陷之前，她的寫作僅限於記述「有閒」時的「感觸」，時時向《論語》、《宇宙風》等雜誌投稿。

蘇青的丈夫從事律師職業，事業在「孤島」期間曾有過短暫的繁榮，於1942年冬失業。失去收入後，蘇青的丈夫放棄了養家責任，與蘇青離婚。

在父親、丈夫的庇護下，在傳統家庭中衣食無憂的蘇青，突然失去了傳統女性的地位，被拋向社會。她帶著三個孩子，挑起一家之主重擔，不得不為打開生路而拼搏，用一枝筆向社會傾述女性的痛苦。

作為出身於五四後接受了現代教育的「新式女學生」的作家馮和儀（蘇青），她擁有傳統女性所沒有的審視及描述能力；作為結婚後重返家庭走生兒育女的傳統老路的當事人馮允莊，她兼備堅實的發言立場；而一旦結婚又被迫離婚的經歷，則使她獲得了非發言不可的動力。蘇青是寧波出身的銀行家的女兒，有著家傳的經營頭腦，又有較長的投稿經歷，有過被拒絕的體會，她深知做文學雜誌的支配人——掌握出版和刊行權力的重要性。儘管此時環境殘酷，「殊多顧忌」「不能暢所欲言」，所寫的文章「彷彿這裡有一部分不是我自己在說話」[2]，但創辦於淪陷區上海文壇焦土上的《天地》卻是中國歷史上罕見的一個名符其實[3]由女性掌控的媒體，維持活動近兩年。作為社長兼編輯，蘇青學會並精通了出版運作的程序。作者、編輯、社長渾然一體的特殊身份使蘇青獲得了一種前所未有的主體權——女性話語權。

1944年，蘇青的散文集《浣錦集》（四海出版社，1944年4月）[4]和長篇自傳小說《結婚十年》（天地出版社，1944年7月）[5]出版，在淪陷區大獲成功，數次再版。[6]

對這兩本書，蘇青本人的評價是：

> 至於《結婚十年》呢？所敘述的事根本是合乎周公之禮的，戀愛、結婚、養孩子是一條直線的正常的人生道路……
>
> ……我只覺得這本書缺乏「新」或「深」的理想，更未能渲染出自己如火般熱情來，不夠恨，也不夠愛。家庭生活是瑣碎的，這本書也顯得有些瑣碎起來了，假如勉強要替它找尋出一些價值的話，那只有說平實的記錄也可以反映出這個時代吧。
>
> 《浣錦集》裡的文章……其中有幾篇是自己比較喜歡的，如〈談女人〉、〈我國的女子教育〉、〈論女子交友〉、〈戀愛結婚養孩子的職業化〉、〈第十一等人〉、〈道德論〉等，似乎還有一貫的思想（《浣錦集》與《結婚十年》）。

在這裡，蘇青所說的「一貫的思想」即探求女性的存在意義的思想。蘇青將被周作人引用，在淪陷區膾炙人口的「飲食男女，人之大欲存焉」移動逗號，改為「飲食男，女人之大欲存焉」[7]，放在《浣錦集》卷頭，驚世駭俗，一時廣為傳揚。

《結婚十年》以親身經歷為範本，描寫「女主角在結婚十年中幾乎不曾過合理的生活，到頭來還是離婚」的命運，得出「生在這個世界中，女人真是悲慘，嫁人也不好，不嫁人也不好，嫁了人再離婚出走更不好，但是不走又不行，這是環境逼著她如此」[8]的結論，矛頭直指籠罩女性的以男權為中心的家庭及社會網絡。正如後來的研究者所說，蘇青的話語：

> ……在女人——這個空洞的能指，這扇供男人通過的空明的門中，填充了一個不是所指的實存，填充了一張真實的面孔，一個女人裸露的、也許並不美麗的面孔。她只是在一種樸素而大膽的女性的自陳之中，完成了對男性世界與男性的女性虛構的重述。
>
> ……蘇青只是在極度苦悶與極度窒息的時代的低壓槽中湧出的低低而辛辣的女性的述說；只是在一種男性象徵行為的壓抑之下，在一種死寂的女性生存之中，道出的一種幾近絕望的自虐自毀性的行為。而一個女人自毀性的講述行為，正是男性社會所必需的女性表象的轟毀。這是歷史地表之上的女性對其歷史地表之下的生存的陳述（孟悅、戴錦華，《浮出歷史地表》，河南人民出版社，1989年，第227-228頁）。

《浣錦集》裡，蘇青發出了低沉卻活生生的女性之聲。

她批評「新式」學校國文教材，「說的都是從前男人社會的事，……這類事情……意義也不錯，就是與我們沒有什麼切肌感」，經書之類的作者都是男人，「其間即使偶有一二女作家，如曹大家之類，她們也是代男人立言的。但這也無足深怪，因為她們讀的是男人的書，用的根本是男人所創造的文字呀，置身在從前的男人社會中，女子是無法說出她們自己所要說的話的。至於……新文學作品呢？對不住得很，也還是男人寫給男人看的，因為現在仍舊是男人的社會呀。雖然他們也談到婦女問題，提倡男女平等，替我們要求什麼獨立啦，自由啦，但代想代說的話能否完全符合我們心底的要求，那可又是一件事了。」她批評「新式」學校以男性為中心的教育方針，女子接受了看似公平的教育後，面臨的卻是「賢妻良母」的社會角色，「身為女子而受著男子的教育，教育出來以後社會又要你做女子的事，其失敗是一定的。」[9]她執著地談論兩性關係，追溯女性淪為「第十一等人」的歷史原因，一論、再論離婚[10]，談里弄托兒所[11]，談做媳婦的經驗[12]，將以往隱蔽在不透光的「私人領域」中附屬於父親、公婆、丈夫、兒子的無言的女兒、媳婦、妻子、母親的存在狀態一覽無遺地訴說於文字，通過媒體，流通於淪陷區的「話語公共領域」。作為「第十一等人」之一，作為有過婚史的女性，作為三個孩子的母親，蘇青的發言以生存為出發點，行文沒有理想，亦沒有幻想，沒有裝飾，亦沒有偽裝，沒有主義主張，亦沒有口號。她只是一味地述說、質疑沒有自主權的庶民、尤其是女性的生存問題，平實且現實。

從蘇青的例子可以看出，當國家遭遇空前的危機時，國家的基本單位——家庭亦無法逃脫危機的厄運。當影響民生的「飲食」問題惡化到極點，威脅到個體生存時，家庭的基礎——夫婦關係中平時被掩蓋的裂縫便驟然擴大，導致基礎崩潰，家庭解體。蘇青那樣富裕階層的家庭尚且急速走向貧困，繼而解體，貧窮家庭的女性，更是在生死線上掙扎。

解體的家庭被掀開屋頂，隱藏在四壁空間的女性的生存狀況被暴露無遺。在這歷史斷裂的瞬間，女性浮出歷史的地表，以反省過去為出發點，開始講述自己的故事，以探索新的生存之路。

1945年3月20日，上海新昌路發生了一起前所未聞的慘案。一個名詹周氏的女人殺死了自己的丈夫，並將屍體分解為16塊。原因是其丈夫既無職業，還有飲酒、賭博的惡習，拒絕了她提出的變賣家具設攤營業以圖謀生的建議。

蘇青發表〈為殺夫者辯〉（《雜誌》1945年6月），對迫使女人發瘋，將女人逼上殺人道路的社會現狀發出質問。

無獨有偶，三十多年後，臺灣女作家李昂偶然讀到關於此事件的文字，即以此作題材，寫出震憾世界的女性主義小說《殺夫》。

註釋：

1　前山加奈子，〈雜誌《女聲》的關露——從女性主義的視角重新思考〉（雜誌〈女聲〉の關露——フェミニズムの視點より再検討），《中國女性史研究》第三號，1991年7月。池上貞子〈佐藤俊子與關露〉（佐藤俊子と關露），《文學空間》第Ⅲ卷第3號，1992年。

2 〈《浣錦集》與《結婚十年》〉，《天地》第15期，1945年1月。

3 1906年1月，秋瑾曾在上海虹口的厚德里創立的蠡城學社創辦《中國女報》。該報名義上的主編是陳伯平，秋瑾實際負責並撰寫大部分稿件。該刊只出過兩期（夏曉虹，〈晚清婦女中的新因素〉《晚清文人婦女觀》，作家出版社，1995年。

4 本書收集了從1935年到1944年分別發表於《論語》、《宇宙風》、《宇宙風乙刊》、《中華週報》、《古今》、《風雨談》、《天地》等雜誌的散文五十三篇。計二十餘萬字。再版由天地出版社發行。刊行人為蘇青。後來蘇青談到「我也出過書，是自己印的」。（〈關於我——《續「結婚十年」》代序〉，《續結婚十年》，四海出版社，1947年2月）。

5 前七章在《風雨談》上連載，從第一期（1943年4月）至第十一期（1944年4月號），後面部分（至二十四章）直接成書。共計十餘萬字。

6 當時的上海，作家兼《天地》雜誌社長的蘇青，名聲更在張愛玲之上。《浣錦集》再版十次。《結婚十年》1944年7月出版，四個月後的11月，已再版九次，到1945年6月，再版十二次，1948年再版十八次，創下了驚人的記錄（劉心皇，《抗戰時期淪陷區文學史》，成文出版社有限公司，1980年。黃萬華，〈蘇青和她的《結婚十年》〉，《抗戰文藝研究》2期，1988年）。此外，據蘇青本人統計，（〈蘇青啟事〉《結婚十年》1946年9月，第十四版）發行數量1946年9月已達五萬冊以上，如果再加上華北的一二萬冊盜版，有七萬冊以上。1943年10月創刊的月刊雜誌《天地》，一直持續到1945年8月抗戰結束。三千本創刊號在兩天內賣完，後又加印了兩千本。在《大陸新報》以〈《結婚十年》——蘇青女士的自傳小説〉為題，介紹了作品「所蘊藏的中國文人悲喜交集的情感，以「理解中國人」為宗旨，向日本讀者推薦（水野京三，1944年8月27日）。順便説一下，當時「最暢銷的書」是蔣介石的《中國之命運》，1943年4月出版，到11月，「已賣了數十萬冊。」郭沫若《屈原》「賣出一萬冊」（同前〈渝桂文化界雜賦〉（二），1943年11月6日）。

7 此語出自〈談女人〉一文。但該文最初在《天地》第六期（1944年3月）刊載時，並未移動標點，仍為「飲食男女，人之大欲存焉」。筆者所見到的《浣錦集》第九版中，（1946年11月）改動了標點。1944年10月號的《雜誌》（第14卷第1期）「每月文摘」欄中提到「飲食男」女士，估計是蘇青先由口頭改動標點，後在《浣錦集》初版時作了改動。

8 〈《結婚十年》後記〉，《天地》第10期（1944年7月）。

9 〈我國的女子教育〉，《中華週報》42期（1943年4月17日）。

10 〈論離婚〉首發於《古今》第9期，（1942年10月）。〈再論離婚〉首發於《古今》23期，（1943年5月）。

11 〈組織里弄托兒所〉首發於《中華週報》第18期，（1942年10月24日）。

12　〈做媳婦的經驗〉，《中華週報》21期，（1942年11月21日）。

五、奇花開放

1943年1月，二二歲的張愛玲以英文散文“Chinese Life and Fashions”（中國人的生活和服裝，文內有她親手畫的十二幅服飾插圖）[1]登上上海文壇。該評論刊載於英文月刊《二十世紀》（*The XXth Century*）。

《二十世紀》於1941年10月在上海創刊。創辦人兼主編克勞梅・梅涅特（Klaus Mehnert）出生於莫斯科，父母都是德國人。畢業於柏林大學，獲博士學位。之後在蘇聯任過記者，在美國任過教。1941年自美經日本到上海。

《二十世紀》的發刊詞中，梅涅特談到創刊目的：由於歐戰爆發，海禁及戰火中斷了歐洲書刊的出版及發行，為填補真空，滿足滯留亞洲，特別是上海租界的外籍讀者的需要，同時也為旅居上海，因戰爭而失業的外籍記者、作家、攝影師等提供撰稿場地而創辦。

張愛玲的文章前，有梅涅特的編者按，稱她為「極有前途的青年天才」。同年6月號，刊載了張愛玲的“Still Alive”（還活著），梅涅特又在編者按中指出，1月份的張文「備受讚賞」，而張愛玲「與她不少中國同胞差異之處，在於她從不將中國的事物視為理所當然；正由於她對自己的民族有深遂的好奇，使她有能力向外國人詮釋中國人」。

至1943年12月，張愛玲在《二十世紀》共發表散文三篇、影評四篇，她的英文被評價為：「流暢雅麗，略帶一點維多利亞末期文風」。[2]

1943年早春，經人介紹，張愛玲拜訪了「禮拜六派」的著名作家周瘦鵑，將自己的中文小說〈沉香屑　第一爐香〉、〈沉香屑　第二爐香〉送上徵求意見。當晚，周瘦鵑掌燈夜讀，邊讀邊擊節，「覺得它的風格很像英國名作家Somerset Maugham（毛姆）的作品，而又受一些《紅樓夢》的影響」，讀後「深喜之」，決定在創刊不久，自己任主編的《紫羅蘭》[3]登載。5月發行的《紫羅蘭》第2期的卷首〈寫在紫羅蘭前面〉中，周瘦鵑花了三分之二的篇幅，詳細介紹了初識張愛玲的經過，高度讚賞張愛玲，向讀者「鄭重地發表」〈沉香屑〉。因雜誌篇幅有限[4]，直到9月的第6期，「兩爐香」才分五次[5]載完。在這期間，張愛玲的小說像沖開閘的水，源源不斷，發表於上海的主要雜誌。至1945年7月，共發表短、中、長篇中文小說17篇約26萬字，散文42篇約15萬字。刊載的刊物，除上述雜誌之外，還有柯靈任主編的《萬象》[6]，胡蘭成創辦的《苦竹》[7]以及《小天地》[8]，《新東方》[9]等。

1944年8月，張愛玲的第一部小說集題名《傳奇》，由雜誌社出版，發行僅四天便銷售一空[10]。同年12月，散文集《流言》（發行者：張愛玲，印刷者：中國科學公司）出版，一個月中再版了三次[11]。1944年12月，小說〈傾城之戀〉改編的同名話劇在上海公演，歷時兩個月，共演七十七場。

在一個低氣壓的時代，水土特別不相宜的地方，誰也不存什麼幻想，期待文藝園地裡有奇花異卉探出頭

> 來。然而天下比較重要一些的事故，往往在你冷不防的時候出現。……每件新事故都像從天而降，教人無論悲喜都有些措手不及。張愛玲女士的作品給予讀者的第一個印象，便有這情形（傅雷（署名迅雨），〈論張愛玲的小說〉，《萬象》，1944年5月）。

面對著這異想不到的奇蹟，上海人愕然了。

居住在上海的日本人中，也出現了張愛玲作品的愛好者。散文〈燼餘錄〉發表四個月後，被譯成日語，[12]1944年6月20日到28日，在《大陸新報》上分七次連載。同時，上海中文專科學校東亞同文書院[13]的英文教授若江得行[14]發表散文〈愛愛玲記〉，文中說：關注女士健康新作的不僅有我這樣的英文學徒，還有北大中文專業的日本學生，或許，關注予且[15]作品的人中，也有喜愛張愛玲的。與中國人數相等，日本人閱讀中國新雜誌的日子已經到來了。我希望人們知道，每逢新雜誌出版，便有日本人驚喜地奔向街頭購賣。

註釋：

1、2 鄭樹森，〈張愛玲與二十世紀〉，《聯合文學》第2卷第5期，1987年3月。

3 出版者：林振浚，發行者：紫羅蘭月刊社、銀都廣告公司。由銀都廣告公司總經理林振浚出資，「為了發揚都市文化」，「以編輯事宜全權相托」周瘦鵑，因對十年前周瘦鵑主編的《紫羅蘭》半月刊「留著極深刻的印象，故定名紫羅蘭。1943年4月創刊，1945年3月停刊，後期出版不定期。共出版18期。

4 《紫羅蘭》為36開本。

5 詳見後附作品年表。一些研究者，如水晶、余彬都認為張愛玲後來不再在

《紫羅蘭》發表文章，或許是因認識到自己作品的價值之故。其實起始的原因可能更單純，只是由於等不及。

6 發行者：萬象書屋。老闆平襟亞。1941年7月創刊，1945年6月停刊。主編者陳蝶衣，1943年7月後改換柯靈。36開本。前後歷時4年。

7 月刊，16開本。炎櫻畫的封面，滿幅竹枝竹葉。1944年10月創刊，1945年1月停刊。政論文較多，文稿多由胡蘭成用化名撰寫。胡蘭成在《今生今世》中回憶說共出四期，實為三期。

8 編者周班公。月刊，小32開本，1944年8月創刊，1945年停刊，共五期。

9 《新東方》第9卷第4、5期合刊，1944年5月。

10 〈《傳奇》集書評茶會〉。

11 初版二千冊，用張愛玲自己囤積的白報紙張印刷（水晶，〈夜訪張愛玲遺補〉，《張愛玲的小說藝術》，大地出版社，1973年，第36頁）。

12 室伏古樂譯。古樂是與汪偽政府有極深關係的記者室伏高信之女，當時26歲。引自池上貞子〈關於張愛玲作品的日語譯本〉，在「張愛玲國際研討會」（臺北，1996年5月）上的發言。

13 1900年由日本東亞同文會（會長：近衛篤麿，原首相近衛文麿之父）設立南京同文書院，8月遷入上海。1901年改名為東亞同文書院。同文書院的使命是培養政治經濟等方面的中國工作專家，至1945年四十多年中，四千餘名日本青年在此學習過。在二十世前半葉，他們中的多數成為日本帝國主義侵略中國的幫兇和走狗。但是，事實並非岩石一塊，據書院第三十四屆的一個畢業生回憶，魯迅先生逝世時，他和書院的一群同學到虹橋路去目送送葬隊伍，送葬行列的中國青年們怒吼著「打倒帝國主義」，作為同齡人，他們感到了「自然的共鳴」。後來，他們中有部分人拒絕了作隨軍翻譯。許多人痛苦地掙扎在日中兩國的感情糾葛中（栗田尚彌，《上海東亞同文書院——希望作日中橋樑的男人們》，上海東亞同文書院——日中架けんとした男たち，新人物往來社，1993年，第13—15頁）。

14 1901-1972。若江得行堪稱日本人中的第一號「張迷」。池上貞子〈關於張愛玲作品的日語譯本〉。

15 原名潘序祖，上海光華附中教師，中華書局編輯。著有長篇小說《小菊》、《鳳》，短篇小說集《妻子的藝術》等。上海淪陷時期，曾在報刊、雜誌等發表過大量作品。《予且短篇小說集》獲第一屆大東亞文學獎。

第二章　成長的歷程

在進入本章之前，首先對愛理克遜的認同（identity）理論作一簡要說明。

什麼是認同？認同就是回答和解決「我是誰？」（“Who am I” ?）這個問題。這個問題既是主觀的又是客觀的，既是個人的又是社會的。個人的認同是在成長中逐漸形成的。認同是指自我的心理社會的統一能力，是自我的能力在各發育階段中有效地統一，並在社會現實中，持續地有效地培養和發展為有組織的自我感覺和信心的。在《童年與社會》中，愛理克遜將人的生命週期的自我認同形成過程分為八個發展階段。與身體的發育階段對應，每一時期都有一組重要的心理特徵，如下頁所示：

人生的八個發展階段《童年與社會I》[1]

VIII 成熟期								自我統合對絕望
VII 成年期							生殖性對停滯	
VI 成年初期						親密對孤獨		
V 思春期　青年期					認同對角色紊亂			
IV 潛伏期				勤勉對自卑感				
III 性器官期			自發性對罪惡感					
II 肌肉肛門期		自律對羞辱・疑惑						
I 口唇感覺期	基本的信賴對不信							
	1	2	3	4	5	6	7	8

青年期是人生中情感的風暴季節，是人生的關鍵時期。這期間的心理狀態為：認同對角色紊亂。這時，身體發育成熟，結束了學習階段，青年長成大人，從家庭走向社會，尋求自己在社會上扮演的角色，通過社會角色證明自己的存在價值。此時，童年所體驗的認同的所有要素的經驗碎片，都需要再次有選擇地再生和歸納，組織統一，以求與意識形態、歷史要求和社會角色一致。自我認同的觀念就是在成長期中內面所準備的方向性和連續性與他人對自己的存在的意義——通過「職業」這一實體來明示自己的存在意義——的方向性和連續性一致的自信的積累。這期間同時存在著兩種可能性：自我發現和自我喪失，因此愛理克遜又將處於這種狀態的時期稱為「認同危機」時期。張愛玲的文學正是她「認同危機」期的產物。要理解她個人的創作背景及思想，必須對她的成長軌跡作一分析。首先，我們需要認識她的家庭，追溯她的家族史。

一、名門

張愛玲生於上海租界，除幼年的幾年外，整個成長過程幾乎都住在上海租界。因此可以說，她的創作源泉來源於「東方和西方文化的會合點，古代和現代歷史的的會合點，新與舊、善與惡、光明與黑暗、文明與野蠻的會合點」[2]上海。張愛玲對座落在公共租界的家這樣描述：

房屋裡有我們家太多的回憶，像重重疊疊複印照片，

> 整個的空氣有點模糊。……房屋的青黑的心子裡是清醒的，有它自己的一個怪異的世界（〈私語〉，《天地》第10期，1944年7月）

張愛玲的祖父張佩綸（字幼樵，1848-1903）出身於「士大夫」之家，中舉人，點進士，從翰林院的庶吉士進至侍讀，任詹事府少詹事、升署都察院左副都御史。1884年，法國軍艦進犯中國南部沿海，在總理衙門任職的張佩綸受命會辦福建海疆。他在福建海岸修築炮臺，率領中國水師對法國軍艦的入侵抵抗了一個月，最終戰敗。張佩綸被解職，流放北方邊境近三年。流放期滿後，被李鴻章招為幕僚。一次，偶然見到李鴻章的女兒李菊耦，然後讀到她的詩，深為感動，遂求婚。與李菊耦結婚時，張佩綸已年逾四十，這次是他的第三次婚姻。二三歲的李菊耦是一名才女，結婚之前，為李鴻章審看、整理公文，相當於私人秘書。[3]關於張佩綸與李菊耦的婚姻，李系親戚曾孟樸曾在小說《孽海花》（署名曾樸，上海真善美書店，1931年）中描述，因此書的成功，此段佳話廣為人知。

結婚後，張佩綸受到李鴻章的重用，輔佐李的政治改革。1900年，義和團起義時，經李鴻章推薦，張佩綸赴北京，任翰林院編修。後因與李政治見解不同，離開北京，定居南京，晚年不甚得意，生活費亦依靠妻子的嫁妝維持。

張佩綸既是官員，又是研究中國古籍的學者，著述甚豐，有研究中國古代政論《管子》的專著《管子學》24卷，此外還有《李鴻章年譜》、《澗于全集》20卷（包括其文作及奏議），1928年由其子、即張愛玲之父自費出版。張佩綸還與妻子李菊耦共著武俠小說、食譜[4]等，自費印刷。張書齋的藏書甚為豐富，然而長期以來，學者亦不得一見[5]。

張愛玲祖母的父親李鴻章（1823-1901）是清末政界的重要人物，其官宦生涯長達半個世紀，用他自己的話總結為「少年科弟、壯年戎馬、中年封疆、晚年洋務、一路扶搖」。三九歲時，李鴻章任江蘇巡撫，因鎮壓「太平天國」有功，使清王朝擺脫了危機，經授湖廣總督後任命為直隸總督（1870年），後兼任大學士（1872-1901），1879年又加太子太傅銜。

李鴻章從就任北洋通商事務大臣起，便掌握了清王朝處理外交問題的全權。作為洋務運動的推進者，他關心派遣留學生事務，積極主張從國外引進先進技術，並上奏建設鐵路等等。從上海外語學館到北洋海軍，李鴻章在文化、工業、商業、軍事等各領域大展宏圖，擁有輪船招商局私股的大部分股份，創建了許多企業，聚資數萬。晚年，李鴻章的名聲達到頂點，1892年李七十歲生日時，慈禧太后和皇帝親賜壽聯。

晚年的李鴻章，作為清政府的外交全權代表，甲午戰爭後，與日本談判簽定了喪權辱國的《馬關條約》，1901年，在他去世前三個月，與西方列強簽定了《辛丑條約》。

李鴻章死後，清王朝追贈太傅，謚「文忠」，封一等侯，世襲罔替，併入祀賢良祠。[6]

1911年，辛亥革命爆發，清王朝崩潰，李氏家族的榮耀也隨之消失。世襲一等侯的身分到孫子輩化為烏有。代代名門的傳統，因中華民國的誕生而告中止。從光榮的巔峰跌落下來的清王朝的遺臣們進入上海租界避難，從此定居。

經歷了光榮與沒落的清王朝遺臣及他們的後代，在上海租界過著怎樣的生活呢？張愛玲的小說裡能找到答案：

> 到底清朝亡國了，說得上家愁國恨，託庇在外國租界上，二十年來內地老是不太平，親戚們見了面就抱怨田上的錢來不了，做生意外行，蝕不起，又不像做官一本萬利，總覺不值得，政界當然不行，成了投降資敵，敗壞家聲……守著兩個死錢過日子，只有出沒有進（《怨女》，皇冠出版社，1968年，第143頁）。

註釋：

1　引自仁科彌生譯，《幼兒期與社會》（幼兒期と社會，日文版），美蕎書屋，1980年，第351頁。
2　柯靈，〈為十里洋場繡像〉，臺灣《中國時報》，1994年1月9日。
3　張愛玲，《對照集——看老照相簿》，臺灣皇冠出版社，1994年，第43頁。
4　《對照集——看老照相簿》同前，第44-46頁
5　Eminent Chinese of The Ch'ing Period (1644-1912)」（Edited By Arthur W.Hummel, United States Governm-ent Prihting Office Washington, 1943），恆慕義編，林怔、潭藝譯，《清代名人傳》，青海出版社，1990年。
6　同上，並參照苑書義著，《李鴻章傳》，人民出版社，1991年。

二、家和父親

中華民國誕生後第八年，1920年陰曆8月19日[1]，中秋後

第四天，張愛玲出生於上海一棟洋房。乳名叫煐。有關張愛玲父母的資料，長期以來，只能在她的〈私語〉和〈童言無忌〉（《天地》第7、8期合刊，1944年5月[2]），胡蘭成的《今生今世》（日本日刊新聞社，1959年）中看到隻言片語。1994年，張愛玲生前出版的最後一本書《對照集——看老照相簿》中，披露了祖父、祖母、外祖母及母親的照片。母親佔比例最大，達八張，而父親只在一張與母親和親戚的五人合影中出現。從這一點，可看出父母各自在張愛玲心裡佔有的份量。照片配有少量的文字，說明非常簡單，連父母的名字也沒提到，只提供了當時的生活碎片。張愛玲逝世以後，她的弟弟張子靜（1921-1996）將資料補充完整[3]。

張愛玲的父親是張佩綸與李菊耦所生的唯一的兒子張志沂（號廷重，1896-1953），母親是清末長江水師提督黃翼升之子黃宗炎和其妾（娘家為長沙郊區農民）所生的女兒黃素瓊（1896-1957）。與在史書上留名的李鴻章和張佩綸的輝煌生涯形成強烈的反差，張廷重的名字，因張愛玲才為世人所知。張廷重七歲喪父，在母親的嚴厲管教下長大。李菊耦嚴守讀書世家的傳統，望子成龍，督促兒子背書，背不出書就打，罰跪。父輩的成功，清朝名臣的政治背景及母親的舊式教育方式影響了張廷重一生。《對照集——看老照相簿》中，張愛玲回憶道：「我父親一輩子繞室吟哦，背誦如流，滔滔不絕，一氣到底。末了拖長腔一唱三嘆地作結。沉默著走了沒一兩丈遠，又開始背另一篇。聽不出是古文時文還是奏折，但是似乎沒有重複的。我聽著覺得心酸，因為毫無用處（第50頁）。」早在1905年，中國就廢除了科舉制度，從制度上切斷了父親和外祖父曾走過的讀書作官的老路。張廷重屬於呼吸過「五四」風氣的新一代，而他卻至死抱著四書五經，找不到通向社會的路，的確令人心酸。

辛亥革命後，張家一度從南京搬到青島，旋又搬到上海。1912年，母親死後，張廷重和妹妹張茂淵（1900-1991）跟著異母兄張仲炤（1868-1942）一起生活。張仲炤也與張家和李家的大多數親戚一樣，在清末通過科舉，官至中書。到上海後，一直閒住租界，無所事事。生活於十里洋場，大概也受熱衷洋務的李鴻章的家風影響，張家曾給張廷重請過英文家庭教師。張廷重能處理英文文件、信函、能說英語，能用一個手指打英文字。

婚後有了兩個孩子的張廷重仍沒能擺脫哥哥的拘管。1922年，經親戚介紹，張廷重在津浦鐵路局謀得英文秘書職業，方才得以分家，帶著妹妹舉家搬到天津。到天津後不久，有錢有閒的張廷重開始花天酒地，嫖妓，養姨太太，賭博，吸大煙。1924年，妻子忍無可忍，藉口陪妹妹留學，留下兩個孩子，離家出走到英國。1928年，聲名狼籍的張廷重終於被撤銷職務，這才趕走了姨太太，寫信央求妻子回國，搬回上海。

分家後，因兄長財產分配不公，張廷重和張茂淵兄妹二人起訴打官司，兄妹三人對簿公堂。三十年代中期，方才判定，張茂淵敗訴。敗訴的原因頗複雜，公堂幕後，既有原告和被告向司法官賄賂金錢的量差，還纏繞著「至親骨肉」之間的愛憎糾葛。[4]

現在，我們用張愛玲的眼睛看看家和父親在她心目中的形象吧。

像許多有錢人家一樣，張家的孩子由傭人照料。張愛玲最早的記憶在兩歲以後，〈私語〉中，她回憶兒時的家，第一個浮現的是女傭何干「頸項上鬆軟的皮」和「滿臉血痕」的面孔，是被「脾氣很壞」的自己「不耐煩」時抓的。何干是「祖母手裡用起來最得力的一個女僕」，父親自己當家後，每逢祭祖等大事，都要請教她，問老太太從前是如何行事的，由此可知她在張家的地位[5]。後來張愛玲被父親軟禁，差點送命，是她暗中活動[6]，才救了愛玲一命。幾乎在每一篇關於家的回憶文章裡，張愛玲都提到何干，卻沒有魯迅回憶長媽媽那份柔情。這是為什麼呢？原因恐怕應當追尋到張愛玲的嬰兒時期。

作為形成自我認同的起點和核心，愛理克遜特別強調了嬰兒在出生後一年的體驗中所獲得的基本信賴感的重要性。在生理上這一期間稱為口唇感覺期，愛理克遜將這一階段的心理狀態歸納為：基本的信賴感對不信賴感。乳兒對社會的信賴的最初表達形式，是靠攝食時的放鬆，睡眠的深度及排泄[7]的通暢來表現的。而這些生理感覺是否能正常發展有賴於照料他的大人（按傳統習慣，通常是母親，筆者注）對他的照顧的恆常性。可以這樣說，形成自我認同核心的過程，起始于出世時面對母親的那一瞬間。「嬰兒從最初的經驗得到的信賴感的量差，不是依賴於食物或愛情表示的絕對量，勿寧說是建立在與母親關係的品質上。母親順應嬰兒的每一要求，敏捷地反應照料，在自己所處的文化生活方式所信賴的框架內，母親充滿自信的養育方式，在孩子心裡種下信賴感。」母親的一貫性和連續性反射到嬰兒自身，使嬰兒同時獲得對自己的信賴，相信自己的諸器官有控制各種衝動的能力。嬰兒所體驗到的這種一貫性、連續性和方向性，是自我認同的感性認識基礎。如這一時期的發展方向不理想，反之則會從根子上損傷最基礎的信賴感，使不信賴感佔優勢。愛理克遜又說：「但是，就是在最理想的情況下，這一階段，在精神生活中也會發生內面的分裂感以及所有人都體會過的對失去的樂園的鄉愁。基本的信賴之所以必須通過人的一生加以保護，就是因為人們面對著被剝奪感、分裂感、被遺棄感的集合體的緣故。」[8]

由於文化、生活方式所致，更由於歷史的原因，張愛玲的母親沒有參加過具體的育兒活動。關於何干其人，沒有更多的資料，更無從考察她是如何照料嬰兒時期的張愛玲的，但有一點可以肯定，擱下她對少爺這個初生女孩[9]的感情暫且不論，她已上了年紀，即使有過照料嬰兒的經驗也當在幾十年前，能否順應嬰兒的每一細微的要求敏捷地反應？值得懷疑。「脾氣很壞」「不耐煩」表明了小愛玲心態的煩亂，何干「滿臉血痕」的面孔說明了兩人的關係。可以說，嬰兒期母親的「缺席」以及與母親的代理人何干不融恰的關係，從根子上損傷了張愛玲最基礎的信賴感，給她留下了永久的精神外傷。

緊接著何干出現的是父親的書，蕭伯納的戲《心碎的屋》。上面有父親的英文題名，令人感到「五四」新風。父親的英文題名讓愛玲感受到「一種春日遲遲的空氣」，文字和書是父親留給愛玲心靈唯一的正面遺產。

父親首次出場便緊連著另一個陌生的女人。

……我父親在外面娶了姨奶奶，他要帶我到小公館去玩，抱著我走到後門口，我一定不肯去，拼命扳住了門，雙腳亂踢，他氣得把我橫過來打了幾下，終於抱去了。到了那邊，我又很隨和地吃了許多糖。

這應該是三歲多的事。愛玲不到四歲，母親和姑姑出洋到英國去了。

母親去了以後，姨奶奶搬了進來。家裡很熱鬧，時常有宴會，叫條子。我躲在簾子背後偷看……

姨奶奶不喜歡我弟弟，因此一力抬舉我，每天晚上帶我到起士林去看跳午。……照例到三四點鐘，揹在傭人背上回家（〈私語〉，第154頁-155頁）

妓女出身的姨太太不喜歡弟弟的原因，大概是男孩子的存在更確實地證明了自己在張家不確定的地位之故吧。為了證實自己的存在，她在小愛玲身上下足了功夫。

還有一件事也使我不安，那更早了，我五歲，我母親那時候不在中國。我父親的姨太太是一個年紀比他大的妓女，名喚老八……她替我做了頂時髦的雪青絲絨的短襖長裙，向我說：「看我待你多好！你母親給你做衣服，總是拿舊的東拼西改，哪兒捨得用整幅的絲絨？你喜歡我還是喜歡你母親？」我說：「喜歡你。」因為這次並沒有說謊，想起來更覺耿耿於心了（〈童言無忌〉第9頁）。

過著舊式士大夫生活的父親，對孩子也堅持舊式教育，為愛玲和弟弟請了私塾先生，從早到晚，讓他們讀《孟子》等四書五經。有時，愛玲到姨太太屋裡去，立在父親的煙炕前背書，眼看著性格暴燥的姨太太恣意打自己的姪子，後來把父親也打了，用痰盂砸破了他的頭。姨太太終於被趕走了。傭人們都說「這下好了。」

生理學上將出生後二三年的幼兒期稱為肌肉肛門期。愛理克遜將此時期定義為生命週期的第二階段，其心理狀態為：自律對羞辱、疑惑。此時肌肉急速發達，語言、辨別能力得到發展，是獲得自制的階段。肌肉的成熟，為幼兒準備了兩種同時發生的社會狀態的實驗舞臺，保持和放棄。這時，幼兒由於獲得了自律能力，意識到自己「能夠」，從「被強迫」狀態感覺到了自己的「意志所致」。這一階段應得到的品德是自由意志感，而自由意志感是從伴隨著自尊心的自我控制感中生發的。究竟應該保持還是應該放棄？幼兒尚無辨別能力，為了培養幼兒的自律感，父母必須作出榜樣，保持有威嚴的自律形象。愛理克遜主張，此時，對從制度上保證個人意志的法律和秩序，父母應表現出尊敬的態度。

從學會走路到對性器官發生興味的第三期，生理學上稱為步行・性器官期，心理狀態為自發性對罪惡感。兒童在身體方面和人格方面都有了整體感，初次萌發了「努力爭取獲得」對象的意識。這就是在社會形態的編目中，獲得了稱為「佔有」對象的意識。遊戲中有了方向性、目的性。此時，兒童開始關心家庭以外的事物，夢想著長大，開始向長大後希望成為的偶像認同。這一階段的課題是獲得自發性。萌發自發性後，會與周圍的人競爭，嫉妒，也會因為失敗產生罪惡和不安感。此時，父母必須向孩子做出示範，讓父母的聲音和姿態在孩子的心裡內化，協調統一其良心與罪惡感。目標一致的家庭將作為一個理論例證，刻印在孩子的良心上。這一階段在幼兒的心裡培養的愛和恨、合作和固執、自我表現的自由和壓抑的比例具有決定性的意義。不喪失自尊心而獲得的自制的觀念會生發出持續一生的善意和自豪的感覺，反之，喪失自制心和來自外部的過度控制會導致羞恥和疑惑的性格特點並持續終生。

姨太太的存在，父親和傭人們對自己不同的態度和評價，給還沒有辨別能力，處於混沌無序狀態的愛玲帶來了最初的疑惑。當需要大人作出確實榜樣的時期，愛玲面前出現和消失的老八，直接關係到家長父親的形象，導致她對父親原初的信賴喪失。因老八引起的羞恥和疑惑感[10]，在促進張愛玲早熟的良心發達的同時，還形成她對醜惡的人性「視而不見」和「束之高閣」[11]的人生觀的最初的契機。

此外，不能忽視張愛玲身邊的女傭的影響，愛玲和弟弟[12]都是在女傭的照料下長大的。女傭從小就替代著母親的位置。作為大人，女傭的態度無疑給愛玲初期的人生觀以很大的影響。關於這一點，張愛玲有這樣一段記述：「領我弟弟的女傭喚做「張干」，裹著小腳，伶俐要強，處處佔先。領我的「何干」，因為帶的是個女孩子，自覺心虛，凡事都讓著她。」童年時身邊最接近的大人們的這種按性別給孩子分等級的態度，挫傷了小愛玲的自尊心。愛玲不能忍耐張干重男輕女的論調，常常和張干爭吵，最後又總被伶牙利齒的張干變著花樣佔了上風。這固然使張愛玲「很早地想到男女平等的問題」，想到「要銳意圖強，務必要勝過我弟弟」（〈私語〉，第153頁），但另一方面，由於性別這種非自我能支配的先天因素而造成不斷受挫的體驗，也形成了幼小的愛玲以迴避可能傷害自己的人來被動地保護自己，維護自己的「奇異的自尊心」[13]的最初的心理特點和行動模式。

更大一些，大約八歲，張愛玲看到了父親最脆弱的一面。

> 然而父親那時打了過度的嗎啡針，離死很近了。他獨自坐在洋臺上，頭上搭一塊濕手巾，兩眼直視……聽不清他嘴裡喃喃說些什麼，我很害怕了（〈私語〉，第156頁）。

這一軟弱的姿態，在使愛玲害怕的同時，還徹底摧毀了父親在孩子心中應有的地位。張愛玲後來這樣寫道：

> 小孩不像我們想像的那麼糊塗。父母大都不懂得子女，而子女往往看穿了父母的為人。我記得很清楚，小時候那樣渴望把我知道的全吐露出來，把長輩

們大大的嚇唬一下。

……他們（父母）不覺得孩子的眼睛的可怕——那麼認真的眼睛，像末日審判的時候，天使的眼睛。（〈造人〉，《天地》第七、八期合刊，1944年5月，《流言》，第134頁）。

這時，「能熟練地操作自己，因而能夠逐漸發展道德責任感，對制度、職業分擔、責任等也有一定程度的洞察力」[14]的愛玲內心產生了她人生最深刻的糾葛，「就是知道超自我的楷模和執行者的父親對孩子犯下了不可饒恕的罪行，而且企圖（以某種方式）不受懲罰地逃走時，對父親的憎恨。[15]」

孩子原始的、殘忍的、不知妥協的超自我對父親作出了審判。對父親的輕蔑貫穿了張愛玲終身。

另一方面有我父親的家，那裡什麼我都看不起，鴉片，教我弟弟做〈漢高祖論〉的老先生，章回小說，懶洋洋灰撲撲地活下去。像拜火教的波絲人，我把世界強行分成兩半，光明與黑暗，善與惡，神與魔。屬於我父親這一邊的必定是不好的……（〈私語〉第158頁–159頁）。

父親的形象後來融合在《傳奇》的世界的遺老遺少的群像中。張愛玲充滿嘲諷地將他們的形象刻畫如下：

> 鄭先生是個遺少，因為不承認民國，自從民國紀元起他就沒長過歲數。雖然也知道醇酒婦人和鴉片，心還是孩子的心。他是酒精缸裡泡著的孩兒屍[16]（〈花凋〉[17]，《雜誌》1944年3月）。

清朝滅亡後，清朝的遺老遺少們喪失了存在價值，他們狂嫖亂賭，醉生夢死，成為清王朝的活殉葬品[18]。

註釋：

1 陰曆生日由張子靜口述提供（對筆者和陳子善，1996年3月2日）。陽曆為1920年9月30日，張愛玲在填表時均用陽曆生日，在生活中過陰曆生日。

2 這兩篇均收在《流言》內，以下頁數為《流言》（上海書店影印出版，1987年）的頁數，後文均引用該版木。

3 張子靜，〈我的姐姐〉（季季、關鴻編《永遠的張愛玲》第3頁-71頁，學林出版社，1996年1月）。據張子靜口述（1996年3月2日）。

4 據張子靜說，打官司是為爭奪張佩綸藏書中的宋版書，敗訴的原因之一，傳說因為張廷重被其兄許諾將給予好處，中途拆訴，背叛了妹妹。張愛玲則強調是張廷重受後妻挑撥，將對前妻的怨恨轉嫁到妹妹身上而倒戈（因姑嫂關係始終十分融恰）。從姐弟兩人從對長輩傳說的同一事實的價值取向，可以看出張愛玲更重視感情比重的女性特點。

5 《對照集——看老照相簿》，第49頁。

6 張子靜，〈我的姐姐〉，第29頁。

7 據張子靜回憶，少女時代的張愛玲便秘嚴重，必須借助於灌腸，不知是否從嬰兒時代開始的。〈我的姐姐〉，第24頁）

8 《童年與社會Ｉ》，第317頁-321頁。

9 何干在張家的資格很老，重男輕女思想也很嚴重，她是否樂意照顧女嬰是個疑問。

10 羞恥和疑惑是一對兄弟，羞恥是指人在無心理準備的狀態下意識到處於他人的視線之中。羞恥是站立著暴露在光天白日下的感覺，疑惑卻與幼兒對身體背部的意識，尤其是對臀部的意識有很深的關係。儘管在身體的背後集中了有攻擊性的力比多（Libido），自己卻看不見，這是可以在不知不覺中被自身以外的他人的意志所支配的部位。這種基本的疑惑的念頭以後會形成用語言表現的強迫觀念的疑惑的基礎。例如，被隱藏著的迫害者所追趕，或懼怕從背部（或從臀部內部）來的偷襲（《童年與社會Ⅰ》第325-326頁）。

11 保持和放棄這兩種基本糾葛鬥爭的結果，是要麼產生充滿敵意的期待和態度，要麼產生溫厚可親的期待和態度。保持既有破壞性地、殘酷地保持；也有相反方向的、即照料性地、溫和地保持。放棄也同樣，既有破壞性地放棄，也有寬大地採取「視而不見」和「束之高閣」的態度（《童年與社會Ⅰ》，第323頁）。

12 張子靜對七歲以前的母親毫無印象，對父親的印象也如此，只記得帶自己的傭人。

13 對此，〈私語〉中有段描寫，愛玲三天兩頭去觀察被張干忘了而漸漸腐爛在抽屜裡的柿子，「然而不能問她，由於一種奇異的自尊心。」（第153頁）被動地維護自己的自尊是張愛玲一生的性格特點。這一點蘇偉貞也談到。（〈不斷放棄，終於放棄——張愛玲奇異的自尊心〉，《明報月刊》，1995年10月）。

14 《童年與社會Ⅰ》，第329-330頁。

15 《童年與社會Ⅰ》，第330頁。

16 據張子靜說，這一形象是描寫舅舅（母親的孿生弟弟）的〈我的姐姐〉（第53頁）。舅舅和舅媽兩人都抽大煙，和父親趣味相投。張子靜口述（1996年3月2日）。

17 〈花凋〉收入《傳奇》。引自《傳奇》，第330頁。（中國現代文學作品原本選印，人民文學出版社，1986年）。以後都引用該版本，引用時只註明頁數。

18 終其一生，張廷重只在社會上做過兩次事，第二次見本章五。

三、母親

張愛玲的母親黃素瓊（出國後改名黃逸梵）可以稱為中國的第一代娜拉。1916年，像當時大多數中國青年一樣，由家裡包辦結了婚。婚後心情抑悶，只能被動反抗，三天兩頭回南京娘家。以後，接受了五四新思潮，不甘於傳統婦女的生存方式，反對丈夫納妾、吸大煙，因勸阻無效，出走留洋，以示抗議。1928年，為挽回婚姻，一度返回上海。不久，對惡習難改的丈夫絕望，主動提出離婚。離婚後除數次短期回國以外，一直浪跡歐亞。她喜歡文學，能畫油畫，做雕塑。[1]

張愛玲對母親最早的記憶是從唐詩、漢字開始的：

> 最初的家裡沒有我母親這個人，也不感到任何缺陷，因為她很早就不在那裡了。有她的時候，我記得每天早上女傭把我抱到她床上去，是銅床，我爬在方格子青錦被上，跟著她不知所云地背唐詩。……我開始認字塊，就是伏在床邊上，……（〈私語〉，第154頁）。

父親和母親唯一的共同點就是對中國古典文學的愛好。由於家庭的教育，張愛玲三歲時就能背誦唐詩，早在七歲就寫了家庭悲劇的小說，八歲嘗試描寫烏托邦式小說。從習得語言初期，便強制性地學習漢字和中國古典文學，對張愛玲的一生有著決定性的影響。從幼兒時代起，張愛玲便在父母對立的夾縫中成長，父母唯一的共同點是喜歡文學，因此，文學成為張愛玲生命中唯一肯定的、一貫的、持續的存在，成為她整個生涯中唯一的支柱。

母親從英國回來，張愛玲迎來了人生中最快樂的時光。

> 我第一次和音樂接觸，是八九歲時候，母親和姑姑剛回中國來，姑姑每天練習鋼琴……

> 有時候我母親也立在姑姑背後，手按在她肩上，「拉拉拉」吊嗓子……無論什麼調子，由她唱出來都有點像吟詩，（她常常用拖長了的湖南腔背誦唐詩。）……
>
> 我總站在旁邊聽，其實我喜歡的並不是鋼琴而是那種空氣（〈談音樂〉，《苦竹》一期，1944年11月，《流言》，第212頁）。

在外四年，重新回到家中的母親，第一次給張愛玲的生活帶來了音樂。

> 一切都不同了。我父親痛悔前非，被送到醫院裡去。我們搬到一所花園洋房裡，有狗，有花，有童話書，家裡陡然添了許多蘊藉華美的親戚朋友。我母親和一個胖伯母並坐在鋼琴凳上模仿一齣電影裡的戀愛表演，我坐在地上看著，大笑起來……
>
> ……家裡的一切我都認為是美的頂巔。
>
> 畫圖之外，我還彈鋼琴，學英文，大約生平只有這一個時期是具有洋式淑女的風度的。此外還充滿了優裕的感傷，看到書裡夾的一朵花，聽我母親說起它的歷史，竟掉下淚來（〈私語〉，第156-157頁）。

如果能在這樣的環境下長大，文學少女張愛玲或許會成為第二個冰心：歌頌愛、大海和眼淚。

但是不久，幸福的生活被破壞。「我父親把病治好之後，又反悔起來，不拿出生活費，要我母親貼錢，想把她的錢逼光了，那時她要走也走不掉了（〈私語〉，第157頁）。

父母激烈地爭吵，最後終於協議離婚。[2]與父親不合的姑姑也與母親一起搬走了。

不久，母親去法國，張愛玲進了寄宿學校，幸福的日子一去不復返，音樂變了。

> 我不大喜歡音樂。不知為什麼，顏色與氣味常常使我快樂，而一切的音樂都是悲哀的（〈談音樂〉，第209頁）。
>
> 有了個顏色就有在那裡了，使人安心。顏色和氣味的愉快性也許和這有關係。不像音樂，音樂永遠是離開了它自己到別處去的，到哪裡，似乎誰都不能確定，而且才到就已經過去了，跟著又是尋尋覓覓，冷冷清清。我最怕的是凡啞林，水一般地流著，將人生緊緊把握貼戀著的一切東西都流了去了（同前，第210頁）。

從幼兒時代起，常常不在的母親的形像，化為永遠抓不住的「透明」，帶著「一種最原始的悲愴」[3]的旋律，成為張愛玲文學的背景音樂，在字與字，行與行的空白處流動，構成了張愛玲文學的基調。

直到晚年，張愛玲才首次披露母親的照片和經歷。她說母親是一個非常有勇氣的女性，用小腳「橫跨兩個時代」和東西方世界，母親還是個「學校迷」，卻只進過歐洲的美術學校。珍珠港事變後，母親從新加坡逃難到印度，曾給尼赫魯（Ja-waharlal Nehru）的兩個姐姐當秘書。1948年，在馬來亞的華僑學校擔任了半年的教師。1951年，在英國工廠當過制皮包的工人，五十年代末在英國逝世[4]。

注釋：

1 張子靜，〈我的姐姐〉，第8-33頁。
2 應在1929年10月國民黨政府施行新民法，從法律上保障了離婚後。
3 〈忘不了的畫〉，《雜誌》第十三卷第六期，1944年9月，〈流言〉，第166頁。
4 《對照集——看老照相簿》同前，第20-22頁。

四、文學少女

五六歲到思春期的十一二歲前後，被弗洛伊德稱為性慾潛伏期。愛理克遜稱這一時期為生命週期的第四期，其心理狀態為：勤奮對自卑感。至此，在個人的內面舞臺，走向人生旅途的準備已全部就緒。無論什麼樣的社會，都要訓練孩子學習能實際運用的技能和技術。孩子有很大的好奇心和求知慾。這一階段的課題是勤奮。通過勤奮獲得「自己能夠做好什麼」的感覺，反之，會產生不適應感和自卑感。這一階段應得到的品德是適應感和能力感。

另一方面，這一時期是在向社會性方面拓展的決定性的階段。勤奮意味著在他人身邊，或和他人一起做事，學童會意識到，比較自己想學習的願望和意志，別人或許更看重的是膚色、父母的經歷、或衣服的款式。

第五期為思春期和青年期。此時，已初步建立起了對技能和工具的良好關係，思春期到來的同時，宣告了兒童期的結束及青年期的開始。此時，性器官成熟，性慾（力比多Libido）起了變化，從先天資質發展起來的適應感要求與社會角色認同。

以下對張愛玲這段歷程進行考察。

在聖瑪利亞女校時的張愛玲是個憂鬱的少女。

那時，她很少回父親和繼母的家。偶爾回去，看到和自己處境完全一樣，但卻無處可逃的弟弟受虐待，會同情得哭起來，遭到繼母的嘲笑，無處述說的張愛玲，在鏡子中面對自己哭泣的臉，咬著牙發誓「有一天我要報仇」。

沒有母親的「父親的房間裡永遠是下午，在那裡坐久了便覺得沉下去，沉下去。」（〈私語〉，第159頁）即使張愛玲從這「充滿鴉片雲霧」的房間[1]逃出去，寄住在學校，也逃不出繼母的陰影。

> 有一個時期在繼母統治下生活著，揀她穿剩的衣服穿，永遠不能忘記一件黯紅的薄棉袍，碎牛肉的顏色，穿不完地穿著，就像渾身都生了凍瘡；冬天已經過去了，還留著凍瘡的疤——是那樣的憎惡與羞恥（〈童言無忌〉，第6頁）。

張愛玲在學校最感快樂的事，是自己的文才得以發揮並受到好評。中學一年級，十二歲時，張愛玲的文章第一次變成了鉛字，小說〈不幸的她〉登載在了學校年刊《鳳藻》（*The Phoenix*）上。[2]〈不幸的她〉描寫一對少女時代的密友，長大以後，一個為反抗母親為她訂婚而飄泊四方，另一個自由戀愛後結婚，過上了幸福的生活。十年後，兩人相見，一星期後，「不幸的她」悄然離去。因「不忍看了你的快樂，更形成我的淒清！」〈不幸的她〉中，明顯地投射著母親的形象，而倔強地堅持獨自咀嚼「淒清」的「她」正是作者的自畫像。

初二時，又發表了〈遲暮〉。〈遲暮〉以第三人稱描寫了一個孤獨的女人，那是作者心理狀態的真實寫照。「只有一個孤獨的影子，……望著這發狂似的世界，茫然地像不解這人生的謎。她是時代的落伍者了，在青年的溫馨的世界中已被擯棄了……她，不自覺地已經墜入了暮年人的園地裡……燈光綠黯黯的，更顯出夜半的蒼涼。」三年後，刊登在校刊上的〈秋雨〉也是一個「異常沉悶」的世界。

在當時任中文部教務主任汪宏聲的眼裡，張愛玲「瘦骨嶙峋」「不燙髮」（學生95%燙髮）「衣飾也並不入時」坐在最後一排最末一個座位上，「表情頗為板滯」。汪宏聲當著全班表揚她的作文，她也仍然毫無表情。平常「十分沉默」，「不說話，懶惰，不交朋友，不活動，精神長期的萎靡不振。」她是出名欠交課卷的學生，教師問起時，她的口頭禪是「我忘了」。上課不聽講，總不停地在紙上划著，彷彿在記筆記，其實在畫速寫。但考試成績總是A或甲，文才頗高，這在教師中，也是很有名的[3]。

到高中畢業，張愛玲在校內刊物上，發表了兩篇小說，五篇散文，四篇書評。從〈遲暮〉（1933年）到〈牛〉（《國光》1936年10月），短短的三年時間，張愛玲將

「五四」到三十年代，中國文學走過的道路象徵式地臨摹了一遍。對於少作，張愛玲後來自嘲說：「這裡有我最不能忍耐的新文藝濫調」的「新臺閣體」[4]。的確，這些作品模仿痕跡很濃，但如果將每部作品以時間為軸整理歸類，可以看到五四後新文學流向中兩個重要特徵。

〈遲暮〉和〈秋雨〉充滿著五四文學特有的感傷的調子。〈牛〉正像張愛玲自己評價的「可以代表一般『愛好文藝』的都市青年描寫農村的作品。」也可以說是三十年代描寫勞動階級的潮流的模式之一。

這些作品雖然透視出濃厚的時代特色，在描寫手法上，卻可看出張愛玲獨特個性的萌芽。例如〈牛〉中，描寫出門借牛的主人公祿興眼中看到的風景：「牽牛花纏繞著墳尖，把它那粉紫色的小喇叭直伸進暴露在黃泥外的破爛棺材裡去。一個個牽了牛扛了鋤頭的人唱著歌經過它們」。[5]表現失去牛，失去銀簪子，接著失去雞，最後失去丈夫的祿興的妻子的悲哀的描寫——「她覺得她一生中遇到的可戀的東西都長了翅膀在涼潤的晚風中漸漸地飛去。」[6]這些細節將生命過程中的活力與生命終點的黑暗和空虛強烈對照並融為一體。

高中畢業的前幾個月，《國光》登載了〈霸王別姬〉。按照汪宏聲的說法，這部作品是聽他介紹〈項羽本記〉後寫的，汪將此作品與郭沫若的〈楚霸王之死〉（〈楚霸王自殺〉之誤）[7]比較，認為張與郭相比，「有過之無不及。」

在基本視角上，張愛玲的〈霸王別姬〉與郭沫若的〈楚霸王自殺〉有著根本的不同：雖然兩者都以霸王的死為題材，但郭沫若的作品是通過一個「讀書人」的視點，來看烏江岸邊，與敵人戰鬥到最後的霸王的英姿，並借讀書人之口，總結出項羽失敗的原因——不學無術，失去了民心。最後點出關鍵：文武結合為天下。虞姬並沒有出場。而張愛玲的〈霸王別姬〉則是以虞姬為主人公，以虞姬的心理活動為中軸講故事，從虞姬的視點——女性的視角來看霸王的成功與失敗。這與後來張愛玲文學的主要特徵是一致的。站在男性的立場上，大多是痛惜楚霸王未能爭得天下，總結經驗，古為今用。而張愛玲描寫的虞姬的心情卻與此相反：在虞姬看來，假如霸王一統天下，她作了貴妃，才是悲慘的。因為霸王如果當了皇帝，便會有「三宮六院」，自己的存在將會變得微不足道，因此她私下裡反而希望這仗一直打下去。看到霸王的敗局不可避免時，虞姬主動選擇了自殺。臨死時，她倒在霸王的懷裡，說了一句「他所聽不懂的話：『我比較喜歡那樣的收梢。』」

透過女性的視點凝視對象——文學少女張愛玲的到達點成為後來青年作家張愛玲的出發點。

為文才自負的張愛玲「在前進的一方面我有海闊天空的計劃，中學畢業後到英國去讀大學。」張愛玲的榜樣是同屬教會學校系統的聖約翰大學的前輩林語堂。「我要比林語堂還出風頭，我要穿最別緻的衣服，周遊世界，在上海自己有房子，過一種乾脆利落的生活」（〈私語〉第159頁）。

畢業那年，在年刊調查表的「最喜歡」的一欄中，張愛玲填寫了當年的新聞熱點——為愛情捨棄英國王位的「愛德華八世」的名字。在「最恨」一欄中，張愛玲寫著：「一個有天才的女人忽然結婚」[8]。

這樣的文字，生動地反映出了為父母的愛恨劇厭倦至極的張愛玲對愛的渴望憧憬及對結婚的恐懼。「愛」和「結婚」，對女性來說，究竟意味著什麼呢？

這便是張愛玲後來的文學主題，答案在六年後誕生的《傳奇》裡。

註釋：

1　〈私語〉，第159頁。
2　陳子善，〈天才的起步——略談張愛玲的處女作《不幸的她》〉，《世界日報》1995年9月10日。
3　汪宏聲，〈談張愛玲〉，《語林》一期，1945年1月。
4　詩體名，明永樂、宣德年間（1403-1435）楊士奇等盛行臺閣詩。臺閣詩儒雅雍容，歌頌太平，缺乏豪放剛勁之氣。〈存稿〉，《新東方》第九卷第三期，1944年3月，收入《流言》，第124頁。
5　《張愛玲文集》第一卷，安徽文藝出版社，1992年第3頁。
6　同上，第5頁。
7　初出不詳，文章後附寫作日期1936年2月28日，《沫若文集》第五卷，人民文學出版社，1957年。
8　陳子善，〈雛鳳新聲——新發現的張愛玲少作〉，香港《明報月刊》，1990年7月號。

五、「詛咒」[1]

1937年8月，與上海「詛咒」的同時，張愛玲遭遇了人生的「詛咒」。

張愛玲高中畢業時，上海被戰火覆蓋。8月13日，日軍攻擊上海閘北，中國軍隊反擊，為時三個月的上海攻守戰開始。張愛玲因要在倫敦大學的上海考場連續考兩天試，不顧父親的反對，以家靠蘇州河太近，激戰槍聲過震，睡不著覺為理由，到臨時回國的母親的公寓住了兩個星期，引起父親狂怒：

> 我父親揚言說要用手槍打死我。我暫時被監禁在空房裡。我生在裡面的這座房屋忽然變成生疏的了，像月光底下的，黑影中現出青白的粉牆，片面的，癲狂的。Beverley Nichols有一句詩關於狂人的半明半昧：「在你的心中睡著月亮光」，我讀到它就想到我們家樓板上的藍色的月光，那靜靜的殺機。……數星期內我已經老了許多年。……頭上是赫赫的藍天，那時候的天是有聲音的，因為滿天的飛機。我希望有個炸彈掉在我們家，就同他們死在一起我也願意。（〈私語〉，第161-162頁）

父親發怒的直接原因，是受到後母的挑唆，但在感情因素的背後，還有著更深刻的社會原因及因社會原因導致的經濟原因。據張子靜回憶，1937年，母親為了愛玲出國留學的事，特地回到上海，約父親談判。因離婚協議書裡約定，愛玲的教育費用由父親負擔，而進什麼學校，則要事先徵得母親同意。對兒子，母親並未提出同樣的要求。從這裡可以看到母親對女性在中國的所處環境的深刻了解和擔憂，也能看到對愛玲的愛及期待。父親雖然有錢，但戰爭爆發，前景黑暗，自己開銷又大，便不願為女兒拿出這筆數目不菲的費用。父親避而不見母親，無奈，母親只得叫愛玲自己向父親提出，父親不同意，這樣就埋下了日後爆發的種子。

事實上，自1934年，隨著上海的工廠發展到四千家，成為中國的第一大工業城市起，都市人口增長，地價高漲，擁有不動產的父親的經濟情況好轉。加之從那年起，父親得到了他生平的第二次工作，也是最後的工作機會——在日本住友銀行上海分行做英文秘書，有了收入。但好景不長，1937年七七事變後，戰火迅速蔓延，8月31日，日軍攻打上海，父親主動辭去了工作。從那時起，上海經濟開始走下坡路。回溯張廷重的一生，與他生存的土地上海一樣，1936年達到頂峰，1937年8月13日以後，每況日下。

八・一三後，張家和上海市民一起在恐懼中度日。將張愛玲父親瘋狂的怒火放入時代背景，更容易理解。當時的租界因其特殊性，沒有正面遭受炮火的攻擊，但卻瀰漫著戰爭的空氣——大量難民湧入，租界人口從350萬增至400-500萬，千萬難民露宿街頭。8月14日下午，炮彈落在「大世界」的正門和南京路外灘，死傷數百人。23日下午，死傷七百餘人。巨大殘酷的死傷事件在租界繁華的中心區域發生了三次。居住租界的中國人、外國人均忍受著戰亂。8月13日到11月11日，三個月的戰鬥中，中國軍隊傷亡18-20萬人，日軍死亡1萬餘，傷3萬餘人。租界內外的一般市民死傷萬人以上（《上海史》，同前）。這樣的非常時期，一個女孩子的失蹤，誰也不會注意到的。張愛玲在監禁中迎來生命週期的「花季」——17歲生日。

我生了沉重的痢疾，差一點死了。我父親不替我請醫生，[2]也沒有藥。病了半年，躺在床上（〈私語〉，第162頁）。

臨近陰曆年關一個隆冬的晚上，終於可以行走的張愛玲趁看守交接的空檔，從大門逃了出去。

張愛玲永遠告別了父親的家，父親家亦只當張愛玲死了。除何干偷偷拿出來的一些小時候的玩具和少量物品外，留下的東西全部被繼母處理了。

從少女期到青春期，張愛玲通過家長——父親那發狂的殺氣，感受到中華民族的危機，感受到了上海市民的危機。在中華民族生死存亡的關鍵時刻，張愛玲體驗到了個體生命的生死存亡危機。個體生命史的「詛咒」與上海史的「詛咒」重疊，與中華民族歷史的「詛咒」重疊，以17歲的敏感心靈和柔弱肉體，張愛玲將這三重「咒詛」孤獨地隻身承受過來。

註釋：

1 詛咒，原文「Curse」，愛理克遜認同理論的重要概念，指在個人生活史中經歷的促進心理危機的最具衝擊性的事件。這一戲劇性的事件凝聚並投射著迄今為止滲透在自身的幼時的全部糾葛。星野美賀子譯，《甘地的真理——戰鬥的非暴力的起源》（ガンジの真理——戰鬥的非暴力的起源），日本美焉書房，1973年，第167頁。

2 實際上，據張子靜披露，最後因何干的勸說，父親為張愛玲注射了抗生素，控制住病情。張愛玲故意「漏寫」這一細節，證明了這一事件中父親的所作所為對她的衝擊性，父親的後一行動根本不足以抵消他先前的暴行。對這一細節的處理亦證明了文本的「真實」與現實「真實」的差別。

六、「廢物」與「天才」

逃到母親家的張愛玲，又面臨著新的危機。

在家做小姐，從未在商店買過東西的張愛玲，在日常生活中無疑是個廢物。「我不會削蘋果，經過艱苦的努力我才學會補襪子。我怕上理髮店，怕見客……在一間房裡住了兩年，問我電鈴在哪兒我還茫然」（〈天才夢〉，《西風》八月號，1940年。收入《張看》，臺灣皇冠出版社，1976年，第279頁）。

母親發現了她的毛病，深感失望。母親教她煮飯、洗滌，從走路姿勢，微笑的方法，到看人的眼色，讓她照鏡子研究面部神態……。這一切，對在父親家孤獨慣了的張愛玲來說，豈止是磨難，還使她漸漸失去了精神平衡。

母親的經濟能力有限，無力承擔兩個孩子的教育費，硬讓隨後逃出來的弟弟重返父親家。母親讓愛玲選擇：要麼節省下學費來裝扮自己，以圖早早嫁人；要麼繼續讀書，那樣就沒有餘錢兼顧打扮。張愛玲毫不猶豫地選擇了上大學。

張愛玲充分懂得金錢的威力。被監禁在父親家時，母親曾通過女傭人給她帶話：「跟父親，自然是有錢的，跟了我，可是一個錢都沒有，你要吃得了這個苦，沒有反悔的。」雖然張愛玲熱切地渴望自由，但「這樣的問題也還使我痛苦了許久。後來我想，在家裡，儘管滿眼看到的是銀錢進出，也不是我的，將來也不一定輪得到我，最吃重的最後幾年的求學的年齡反倒被耽擱了。這樣一想，立刻決定了。這樣的出走沒有一點慷慨激昂。我們這時代本來不是羅曼蒂克的」（〈我看蘇青〉，《天地》第十九期，1945年4月。《餘韻》，臺灣皇冠出版社，1987年，第85頁）。

對幼時就常常「缺席」的母親，張愛玲「一直是用一種羅曼蒂克的愛來愛著」的，但是，和母親一起生活後，「在她的窘境中三天兩天伸手問她拿錢，為她的脾氣磨難著，為自己的忘恩負義磨難著，那些瑣屑的難堪，一點點的毀了我的愛」（〈童言無忌〉同前，第4頁）。

嬰兒時期未能與母親建立起信賴關係的糾葛，在敏感的青春時期，愈發向不好的方向發展。對母親的困惑，反射回自身：

> 同時看得出我母親是為我犧牲了許多，[1]而且一直在懷疑著我是否值得這些犧牲。我也懷疑著。常常我一個人在公寓的屋頂洋臺上轉來轉去……我覺得我是赤裸裸的站在天底下了，被裁判著像一切的惶惑的未成年的人，困於過度的自誇與自鄙。這時候，母親的家不復是柔和的了。（〈私語〉第164頁）

雖然回到了母親身旁，精神上的孤獨非但沒有消解，反而更加強烈了。因對現實生活的不適應產生的自卑感和對文學才能的自負感，將年輕的張愛玲逼迫到精神更加不穩定的狀態。她在認為自己一無可取與自信自己是個文學天才的兩極之間搖擺著。

十八歲時，香港大學的新生張愛玲，給上海《西風》雜誌投寄了一篇〈天才夢〉，文章中寫道：

> 我是一個古怪的女孩，從小被目為天才，除了發展我的天才外別無生存的目標（《張看》，第277頁）。

所有的糾葛都積澱在心底，只等時期一到，便會開出絢麗的花朵。

註釋：

1　母親這次是專為女兒才在國內作了較長時間的逗留。母親為張愛玲請了收費昂貴的數學老師補課。當時與母親同來的還有母親的美國男朋友——一個做皮革件生意的商人，後來死於1943年新加坡淪陷的戰火。此事對母親打擊甚大。參見張子靜，〈我的姐姐〉，第30頁。

七、「解放」與戰場

1939年，張愛玲通過了倫敦大學的考試，因戰爭無法赴英，改入香港大學。

香港大學是一所綜合大學，有文、理、工、醫四個學院。張愛玲就讀文學院，選修C1組別，頭兩年須修英文、中國語文及文學、翻譯與比較，選修歷史或邏輯，張愛玲棄邏輯而選歷史。英文科除了寫作訓練以外，有名家作品選讀，毛姆的作品是老師極力推薦的；中文課程有文學、歷史、哲學三門主課。在這裡，張愛玲遇到了兩位恩師，中文教授許地山與歷史副教授佛朗士（N・H・France）。[1]

許地山出身臺灣，父親原在臺灣做官，臺灣被日本割據後，曾堅持抗日，失敗後回國，放棄了在臺灣的全部資產。許地山早年參加過「五四」運動，又是文學研究會的發起人之一，寫過不少小說、散文、詩歌，以〈命命鳥〉（1921）、〈春桃〉（1934）等作品蜚聲文壇。他專攻宗教，曾兩度留學美國、英國，兩次到印度考察研究佛教；通英語、粵語，還懂緬甸文、梵文、日文，能閱讀德文、法文及阿拉伯文等書籍，學識淵博。在燕京大學曾講授原始社會、人類學、佛教哲學、佛教文學、梵文、中國佛教史、道教史、中國禮俗史等課程[2]。他興趣廣泛，喜民俗學，一直研究中國服裝史，想撰寫一本服裝史專著[3]。發表過〈近三百年來的中國女裝〉（天津《大公報》1935年5、6、7、8月連載）。

1935年，許地山應聘到香港大學任中文系教授，許地山是香港大學聘請的第二位中國籍教授。他到香港大學後，對只重詩文，偏重記誦經史的中文傳統教法進行了改革，將中文課程分為歷史、哲學、文學三門。傳統歷史注重政治史，許地山在政治史上加文學史、宗教史等，他講歷史著重於每一朝代的興起與衰落，尤重視其典章制度。從上古史到近代史，一直講到「九・一八」事變、「中日關係最近之情形」[4]。哲學除採用經學裡的哲學著作外，再加上九流，道（漢代道教）釋等，還旁及印度哲學，作有系統的研究。文學部分加上詞、曲、小說及文學史和文學批評。現雖無資料證明所教的文學的具體課程，但從許地山的個人背景和做學問的宗旨來看，五四以來的新文學是不會漏掉的。這一點，他的歷史講義可作佐證。

張愛玲入學的1939年，許地山每週任課20小時以上。太平洋戰爭爆發前四個月的1941年8月4日，許地山因心臟病突發逝世，當時張愛玲剛上完大學二年級。許地山老師對張愛玲最重要的影響，恐怕還是在看待歷史與文化的態度及方法上。許地山的同事，比許地山晚到香港大學的中文系半年的講師馬鑑說：

> 許先生教人，是很注意方法的。單就歷史來說，他教學生讀史要求真實。中國歷史不真實的地方很多，彼此矛盾的地方亦很多。因此研究歷史的就有了題目，經許先生指導，如何去求真實，從何處去求真實，一一如法做去，得到一個比較滿意的結論，自然非常高興。所以學生從許先生求學，並不是專讀死書，還抱著一種興趣濃厚的研究態度。（〈許地山先生對於香港之貢獻〉，《追悼許地山先生紀念特刊》，1941年9月11日出版，收於《許地山研究集》，第373頁）

求真實，是許地山做學問的方法，也是做人的方法。許地山言傳身教，除了教學，還積極參加抗日救國活動。1938年至1941年期間，他一直任中華文藝界抗日協會香港分會的常務理事，又任新文字學會理事，積極從事文字普及教育工作。

提倡帶著問題作學術研究的許地山認為：「沒有用處的學問不算學問」，從現實出發，他對中國的傳統文化持嚴格的批評態度。在1941年的論文〈國粹與國學〉（《大公報》7月）中說：「自古以來我們就沒有真學術。退一步講，只有真學術底起頭，而無真學術底成就。所謂『通經致用』只是『做官技術』底另一個說法，除了學做官以外，沒有學問。」「中國學術底支離破碎，一方面是由於『社交學問』底過度講究，一方面是為學人才底無出路」。他批評中國文化一味熱衷「做人之學」，感嘆「衣、食、住、行、衛五種民族必要的知識，中國學者一向就沒曾感覺到應該括入學術的範疇」，在民族危機之際，許地山對中華文化的弊病看得更清楚，他痛心地說：「中華文化，可憐得很，真是一泓死水呀！這話十年前我不這樣說，五年前我不忍這樣說，最近我真不能不這樣說了。不過死水還不是絕可悲的，只是水不涸，還可以想辦法增加水量，使之澄清，使之溢出。」他將民族文化定義得具體而又十分切身，認為「能解決民生日用底問題底就是那民族底文化了」，指出研究學術的根本目的：「要知道中國現在的境遇底真相和解決中國目前的種種問題，歸根還是要從中國歷史與社會組織，經濟制度底研究入手」[5]。這篇文章的內容，許地山曾於同年（1941年）6月28日對嶺英中學高中畢業生講過。可以想見，對他自己的學生，也會同樣教導的。

許地山對中國文化傳統的看法一定引起了年輕的張愛玲強烈的共鳴。可以說，許地山對中國文化理性的批判態度及重實證之研究方法的基礎訓練，為早在自身的經歷中對傳統文化的負面有著感性認識的張愛玲，提供了理性的認識和批判方法。張愛玲堪稱許地山最優秀的學生，在張愛玲最精彩的散文中，有談女性服裝的〈更衣記〉和談宗教的〈中國人的宗教〉，單從這些別開生面的題目上，我們就能看到許地山視角的影響。在〈傾城之戀〉中，傳統大家中訓練出的流蘇「所僅有的一點學識，全是應付人的學識」那段話，彷彿是許地山「社交學問」的家庭實戰應用版。

雖然張愛玲從未在著述中直接談及過許地山，但正如熟悉香港大學、考察並發表了許地山與張愛玲的師生關係的黃康顯所說：「〈第二香爐〉與〈茉莉香片〉提及的華南大學，根本就是香港大學的影子，特別是後者的中文系，言子夜教授可能就是許地山教授的化身」[6]。本文在第三章的第二節中將論及〈茉莉香片〉，這篇作品的主題是「尋找父親」，張愛玲將留過學，年過四十五歲，有著瘦削身材，身著中國長袍，熱愛中國文學、熱愛中國，對不爭氣的學生恨鐵不成鋼（這些特徵都正與許地山吻合）的言子夜描寫為年輕的主人公暗暗傾慕的理想父親，而主人公及他憎恨的家庭背景則是以自己的弟弟和家為原型的。從這點亦可以推測出許地山在張愛玲心裡所佔的位置。從不言及這位恩師或許也正如她一貫所為，對自己生命中銘心刻骨的人和事（如母親、與胡蘭成的戀愛），始終不發一言，只在「虛構」的小說中透出些許蛛絲馬跡。[7]

對歷史副教授佛朗士，張愛玲在散文〈燼餘錄〉中直抒了對他的感情，讚揚他「豁達」「徹底地中國化」「對於英國的殖民地政策沒有多大同情」，他不「贊成物質文明」，家裡不裝電燈自來水，在野外養豬。張愛玲看到的只是佛朗士的表面。

其實佛朗士還有另一種身份。他當時是孫中山夫人宋慶齡的助手，在宋慶齡領導的「保衛中國同盟」任司庫。「保盟」的工作一方面是在國際上和華僑中宣傳抗日，一方面向世界各地募集醫療藥品器械、食品等物資運往抗日前線。由於志向一致，也因為工作需要，弗朗士是許地山的好朋友，常出入許家，與許地山商議募集物資及運輸線路等問題。[8]1937年弗朗士曾邀許地山參加中國福利會的活動送藥到延安，因學校不准假，未能成行。在學術上，弗朗士與許地山也有著同樣的革命精神。在課堂上，弗朗士教授歐洲通史及歐洲與中國的關係，這位歷史老師以英國式的幽默表現出對英殖民主義的反骨。張愛玲感激而又痛惜地回憶恩師：「他研究歷史很有獨到的見地，官樣文章被他耍著花腔一念，便顯得十分滑稽。我們從他那裡得到一點歷史的親切感和扼要的世界觀，可以從他那裡學到的還有很多很多，可是他死了——最無名目的死」。太平洋戰爭爆發後，弗朗士被征入伍，「那天在黃昏後回到軍營里去，大約是在思索著什麼，沒聽見哨兵的吆喝，哨兵就放了槍」（〈燼餘錄〉，《流言》第48頁）。死在自己人槍下的弗朗士用生命對「無可理喻」的「時代」打上了一個驚嘆號。

香港大學的同學都是華僑或馬來半島、越南等各殖民地的富家子弟。

> 對張愛玲來說，如果香港的生活是訣別可憎的過去，顯得有點誇張的話，那麼她因此可能冷靜而客觀地看待過去的生活，則是不容置疑的（池上貞子，〈張愛

> 玲——愛與生與文學——〉（張愛玲——愛と生と文學，《中國研究季刊》第一九號）。

張愛玲在這裡認識了一生中唯一的密友法蒂瑪（Fettima中文名炎櫻），法蒂瑪姓摩西甸（Mohideen），父親是阿拉伯裔錫蘭（現斯里蘭卡）人，回教信徒，在上海經營珠寶商店。母親是天津人，為了和青年印僑結婚，與家庭斷絕了關係。[9]炎櫻有著與錫蘭複雜的歷史——被葡萄牙、荷蘭殖民以及成為英屬直轄殖民地——相應的複雜血緣。

炎櫻與內向封閉型的張愛玲剛好相反，是一個開朗的樂天派，天不怕地不怕，敢於譏諷正統理論，在戰爭中，「流彈打碎了浴室的玻璃窗，她還在盆裡從容地潑水唱歌。」[10]她和張愛玲一樣，感覺敏銳，擅長繪畫，對色彩的辨別能力很強，也喜愛文學。張愛玲被開朗的炎櫻吸引，兩人像戀人一般親密無間。後來，張愛玲在上海成為名作家時，炎櫻也常常像影子一樣跟隨她出入公眾場合。炎櫻受到張愛玲的影響，將廢名和開元合著的詩集《水邊》中的每一首詩畫上象徵詩意的不同色彩，還寫了〈女裝，女色〉[11]、〈生命的顏色〉[12]（張愛玲譯）、〈死歌〉[13]（中文），發表在《天地》、《苦竹》上。兩人的友情持續終生[14]。

> 香港大學時代的張愛玲，作為居住在殖民地的別的殖民地的特權階級的一員，肯定獲得了擺脫沉重的體制、歷史、以及相應的價值觀和規範等等的自由。可以推測，這對張愛玲來說，是從父親、即中國的傳統

家族制度中解放出來，恢復了被在那之中上演的男人和女人的愛憎劇弄得疲憊不堪，變得冰冷的心的熱能，換言之，是奪回了年青女性的心之彈性。（池上貞子，同前）

並且，與膚色和文化背景都不同的炎櫻的親密交往，無疑對正處於嘗試建立自我認同的張愛玲起了極大的作用。「我是誰？」這一疑問，與「什麼是中國人？」「什麼是錫蘭人？」「什麼是華僑？」「印僑？」「什麼是英國人？」的概念相關連，而這些概念必須超越上海、香港、錫蘭、英國等狹窄的地域、國族，在以世界版圖為背景的空間方能界定。日後，張愛玲小說中出現的形形色色的混血兒，外國人，無不是她這一時期觀察和思考持續的結果。

張愛玲一心一意地發奮學習，因所有的科目都名列前矛而獲得了兩項獎學金（內梅茲〔Nemazee〕獎學金及頒發給二年級最優生的何福獎學金），過著半自力更生的生活。校方說好畢業後，可去英國的大學留學，真可謂前程似錦。然而，1941年末，張愛玲大學畢業的半年前（香港大學為三年制）爆發了太平洋戰爭。日軍佔領了香港，學校英國籍的教授充了軍。由於戰火，「學校的文件記錄統統燒掉，一點痕跡都沒留下。那一類的努力，即使有成就，也是註定了要被打翻的罷？……我應當有數」[15]。努力＝成功這一社會常識被戰爭破壞。在防戰的十八天中，張愛玲和市民們一起渡過了恐怖的日日夜夜。休戰後不久，張愛玲就在大學臨時醫院當了護士。這段經歷，僅使她對人類懦弱的利己主義理解更為深刻，此外一無所獲。

佔領了香港的日軍，揚言要將有著英國風貌的香港改造為具備東亞特色的地區，將香港定位於「大東亞的核心」，佔領後的緊急課題是實行「人口疏散計劃」。1936年香港有85萬人，根據1941年3月的調查達164萬人，估計實際上高達200萬，日方命令「讓不勞而食的華人歸鄉。」兩年中，「疏散」了97.3萬人（中島岑雄《香港》日本時事通信社，1985年）。在這樣的形勢下，1942年春，張愛玲回到了上海，住進公共租界的靜安寺路姑媽的公寓。秋天，入聖約翰大學[16]。因為戰爭，張愛玲與幾年前去新加坡的母親斷絕了消息，失去了生活來源。張愛玲只好半工半讀，由於體力不支，旋即輟學。為了生存，張愛玲不得不拿起筆來，用自己唯一的技能賣文為生。無論是禍是福，這個遲早要以文學來證明自身存在價值的女性，由於戰爭，提前數年結束了自己的認同延償期[17]。不久，張愛玲找到了解開「詛咒」的切口，潛伏在心中的糾結一團的各種心理葛藤驟然解開，釋放、昇華為文學之花。

註釋：

1　黃康顯，〈靈感泉源？情感冰原？——張愛玲的香港大學因緣《香港文學》第136期，1996年4月。

2　陳錦波，《許地山與香港之關係》，總發行：香港學津書店，1976年，第7-10頁。

3　鄭振鐸，〈悼許地山先生〉，《許地山研究》，南京：南京大學出版社，1989年，第410頁。
周俟松，〈許地山年表〉，《許地山研究》，第484頁。

4 陳錦波，《許地山与香港之關係》。

5 《許地山選集》，海峽文藝出版社，1985年，第636-643頁。

6 黃康顯，〈靈感泉源？情感冰原？——張愛玲的香港大學因緣〉

7 至於現在從張愛玲遺稿中發現並整理出版的《小團圓》及其他作品，屬作家身後之事，本書論述範圍僅限作家生前發表的作品。

8 周俟松，〈憶宋慶齡在香港與許地山的交往〉，《許地山研究》第122頁。

9 《對照集——看老照相簿》，同前，第56頁。

10 〈燼餘錄〉第46頁。

11 《天地》二十期，1945年6月。

12 《苦竹》二期，1944年12月。

13 《苦竹》一期，1944年11月。

14 根據張愛玲的〈憶胡適之〉（收入《張看》，第170-173頁），初到美國時，由炎styl介紹，寄住救世軍宿舍，並一起去胡適家訪問。

15 〈我看蘇青〉，《餘韻》，皇冠出版社，第87頁。

16 進聖約翰大學前，張愛玲由弟弟陪同去見父親，請父親按離婚協議出學費。父親答應並為愛玲交了最初的學費。（據張子靜口述，1996年3月2日），這大概是愛玲最後一次和父親見面。從這一點也可以理解張愛玲筆下很少有極端人物的思想形成基礎。

17 認同延償期：指青年人在認同期中暫時忽視時間的壓力，在一段時間中不斷摸索，改變職業，尋之又尋，直到找到適合自己能安身立命的職業的期間。這期間的心理，處於兒童和成年人的中間狀態。《童年與社會I》，第338頁。

第2部

《傳奇》與《流言》

第三章　《傳奇》的世界（一）——認同危機中的人們

《傳奇》初版本共收1943年4月到1944年2月寫作的小說十篇。[1]本書中稱張愛玲的前期小說。1944年2月以降至1945年1月的五篇[2]作品稱為後期小說。收入後期小說的《傳奇增訂本》於1946年出版（上海山河圖書公司）。

十五篇作品都以「男女間的小事情」[3]為題材。本章依照寫作的時序，考察前期的四篇小說。前兩篇可以說講的是「成長的故事」，另外兩篇以戰爭與文明作為背景。

一、香港之戀（〈沉香屑——第一爐香〉）

水晶說「第一爐香」，「是一個逼『良』為『娼』的故事。」寫的是「初出茅廬的少女，走向不幸婚姻的經過。」少女欲尋找自己理想的王子，不僅未能快活，反之，「替自己打開了一扇煩惱之門，聯帶產生了或多或少的悲劇性醒悟。」這是西洋作家比較鍾愛的所謂「啟蒙故事（story of initiation）」（〈「爐香」裊裊「仕女圖」——比較分析張愛玲和亨利・詹姆斯的兩篇小說〉，《張愛玲的小說藝術》，第61、78頁）。

〈第一爐香〉是張愛玲敲開文壇之門的首篇小說，因此，該文本具有雙重的「啟蒙」意義——對文本的主人公如此，對作者本人亦然。

> 在文字的溝通上，小說是兩點之間最短的距離……只有小說可以不尊重隱私權。但是並不是窺視別人，而是暫時或多或少的認同，像演員沉浸在一個角色裏，也成為自身的一次經驗。（《惘然記》，皇冠出版社，1983年，第7-8頁）

十九歲的上海姑娘——女主角葛薇龍的身上無疑疊印著作者的影子。文本寫的是她在戰爭期從上海來到香港，在香港這一特殊空間，經歷生命週期的認同危機，選擇人生道路的故事。

故事從葛薇龍站在香港山的高級住宅的走廊上的場面開始。高中二年級學生薇龍八·一三後隨家人一起到香港避難，由於無法承受飛漲的物價，父親決定回上海。薇龍為能留在香港繼續上學而採取了她有生以來的第一次獨立行動，她背著父親，來尋求從未見過面的姑母的經濟援助。姑母是父親的親姐姐，年輕時任性地嫁給一個比她大得多的香港商人為妾，父親認為辱沒了家門，大怒並與她斷絕了關係。現在，姑母是一個繼承了巨額財產的寡婦。

姑母的府邸可以說是香港的縮影。「各種不調和的地方背景，時代氣氛，全是硬生生地給攙揉在一起，造成一種奇幻的境界」（第135頁）。建築的外觀像一座摩登的電影院，白色的牆，仿古的碧色琉璃瓦，與具有美國南部早期建築風格的柱子揉合為一體。客室佈置是西式風格的，卻裝飾著中國擺設。作者用嘲諷的口吻說「英國人老遠的來看看中國，不能不給點中國給他們瞧瞧。但是這裏的中國，是西方人心目中的中國，荒誕，精巧，滑稽」（第135頁）。

上海的父親的家和香港姑母的家，分別意味著兩個時代的文化：前者屬於傳統中國，後者屬於受西洋文化支配的現代；前者重門第，後者重金錢。

姑母答應了薇龍的要求。初次見到姑母，給薇龍留下的印象是「姑母是個有本領的女人，一手挽住了時代的巨輪，在她自己的小天地裏，留住了滿清末年的淫逸空氣，關起門來做小型慈禧太后」（第147頁）。

聰明的姑母順應時代潮流，拋棄早已陳舊不堪的傳統門第觀念，作新時代的弄潮兒——商人之妾，最終通過金錢達到了傳統門第所追求的終極目標——做上了大權在握，一呼百應的「慈禧太后」。

「淫逸空氣」四個字表現出受過新式教育的女學生薇龍清醒的批判意識。站在這「淫」之世界的入口，薇龍充滿戒心，她告誡自己「只要我行得正，立得正，不怕她不以禮相待」（第147頁）。薇龍只將此事告訴了母親，而對父親則謊稱取得了學校的獎學金，在學校住宿。於是薇龍告別了家人，留在香港。

薇龍寄住在姑母家，感覺那裏的氣氛像衣櫃，「那裏面還是悠久的過去的空氣、溫雅，幽閒，無所謂時間」（第

155頁）。姑母是「徹底的物質主義者」，她主動把自己的青春換成了金錢，可「她永遠不能填滿她心裏的飢荒。她需要的是愛——是許多人的愛。」年輕男人、半老紳士——為獲得眾多男人的愛，姑母運用嫻熟的手腕，用年輕的女傭作誘餌。如今，姪女薇龍也成了誘餌之一。

有一天，姑母在花園裏舉行園會。香港社交界的名花，十五六歲的周吉婕也來參加了。在香港這個五彩繽紛的世界裏，周吉婕毫不遜色，她是一個混血兒，她的身體中「至少可以查出阿刺伯，尼格羅，印度，英吉利，葡萄牙等七八種血液，中國的成份卻是微乎其微」。周吉婕的同母異父兄弟喬琪喬臉上「沒血色，連嘴唇都是蒼白的，和石膏像一般」，他能講流利的英語、葡萄牙語，西裝得體，是一個具有紳士風度的花花公子。

吉婕對哥哥的評價是「雜種的男孩子們，再好的也是脾氣有點陰沉沉的」，接著，她談起混血兒的困境：

> ……我自己也是雜種人，我就吃了這個苦，你看，我們的可能的對象全是些雜種的男孩子。中國人不行，因為我們受的是外國式的教育，跟純粹的中國人攪不來。外國人也不行！這兒的白種人哪一個不是種族觀念極深的？就使他本人肯了，他們的社會也不答應。誰娶了個東方人，這一輩子的事業就完了。這個年頭兒，誰是那麼個羅曼諦克的傻子？……就為這個，吉妙（吉婕的姐姐　筆者注）也是一心的希望能夠離開香港。這兒殖民地的空氣太濃厚了；換個地方，種族

> 的界限該不會這麼嚴罷？總不見得普天下就沒有我們安身立命的地方（第166頁）。

花團錦簇的表面下藏著深感危機的內心，吉婕本人活脫脫的是香港的一個隱喻——危機根源於東方之血與西方之血的不平等的種族關係，儘管在這裏，這些元素似乎已融為一體。

薇龍沒想到自己會被花花公子喬琪的魅力吸引，開始，她拼命地壓抑這種感情，當一個夜裏，她在姑母和姑母的老情人司徒協面前，經歷了一場驚心動魄的場面後，改變了主意。

> ……不想喀啦一聲，說時遲，那時快，司徒協已經探過手來給她戴上了同樣的一隻金鋼石鐲子，這過程的迅速便和偵探出其不意給犯人套上手銬一般。薇龍嚇了一跳，一時說不出話來，只管把手去解那鐲子，偏偏黑暗中摸不到那門筍的機括（第170頁）。

不願就犯的薇龍主動接近喬琪，求他幫助。

在靜靜的山上，薇龍經歷了生平的第一次約會，喬琪親吻了薇龍，像看出了薇龍的心事，他輕聲地告訴薇龍他的性愛觀：「我不能答應你結婚，我也不能答應你愛，我只能答應你快樂。」尋找愛的薇龍，聽到這話「彷彿一連向後猛跌了十來丈遠，人有些眩暈。」受到打擊的薇龍，尋找著喬琪「心靈的窗戶」——他的眼睛。

> 薇龍抓住了他外衣的翻領，抬著頭，哀懇似的注視著他的臉，她竭力地在他的黑眼鏡裏尋找他的眼睛，可是她只看見眼鏡裏反映的她自己的影子，縮小的，而且慘白的。她呆瞪瞪的看了半晌，突然垂下了頭。喬琪伸出手去攬住她的肩膀，她就把額角抵在他胸前，他覺得她顫抖得厲害，連牙齒也震震作聲，便柔聲問道：「薇龍，你怕什麼，你怕我麼？」薇龍斷斷續續的答道：「我……我怕的是我自己！我大約是瘋了！」說到這裏，她哇的一聲哭了起來。喬琪輕輕的搖著她，但是她依舊那麼猛烈地發著抖，使他抱不牢她（第175頁）。

薇龍想要通過戀人這一鏡子認出自己，讓自己不確定的存在明確起來，然而，映在她眼睛中的，僅僅是黑眼鏡中反射出的自己那縮小的臉。

儘管如此，薇龍為了抵抗姑母和姑母的情人，與喬琪發生了肉體關係。這個新的關係，使薇龍的夢重新甦醒。晚上，薇龍睡不著，她來到陽臺，沐浴著夢幻般的月光，做著「愛之夢」，正是此刻，她無意中看見了剛剛和自己分手的喬琪正摟著一個女傭。

面對新的打擊，薇龍重新審視自己，對自己感到厭惡。

> 從前的我，我就不大喜歡；現在的我，我更不喜歡。我回去，願意做一個新的人（第185頁）。

面對過去與現在自己的兩種形象，薇龍進退維谷。這時，故鄉上海成了她的避難所。薇龍下決定盡快離開香港，重新做人。如許子東所說：「『上海』在〈第一爐香〉裏又是道德尺度和『家』的象徵。葛薇龍一覺得有墮落的危險，便立刻想到回上海。」家裏的一些小擺設會「使她想起人生中一切厚實的、靠得住的東西」（〈重讀《日出》、《啼笑因緣》和《第一爐香》〉，《文藝理論研究》1996年5期）。

薇龍去買了回上海的船票。在返回姑母家的路上遇到傾盆大雨：

> 薇龍一面走一面擰她的旗袍，絞乾了，又和水裏撈起的一般（第186頁）。

這畫面，象徵著站在命運的轉折點上薇龍徒勞的努力。

薇龍能選擇的道路有以下幾條：

一、當修道院的小學教師。但是「每月只有五六十元的薪水」，而且「盡受外國尼姑的氣」，沒什麼意思。

二、到社會上去找事做。卻「不見得是她這樣美而沒有特殊技能的女孩子的適當的出路」。

餘下的路，「自然還是結婚的好」。薇龍是一個現代女學生，理所當然地認為「結婚」的先決條件應該是「愛」，可是，當初戀被玷污後，薇龍失去了得到「愛」的自信。

最後，促使薇龍作出不回「家」這一選擇的，恰恰是上海傳統式的「家」。薇龍曾這樣設想：

> 啊，喬琪！有一天會需要她的，那時候，她生活在另一個家庭的狹小的範圍裏太久了，為了適應環境，她新生的肌肉深深的嵌入了生活的柵欄裏，拔也拔不出。那時候，他再要她回來，太晚了。她突然決定不走了——無論怎樣不走。（第187-188頁）

「新生的肌肉深深的嵌入了生活的柵欄」的比喻，形象地刻畫出傳統家庭主婦在薇龍心目中的意義——那是一個「囚籠」，一付「枷鎖」。

從職業女性和家庭婦女兩條道路上都看不到希望的薇龍，經過一番痛苦掙扎，最終選擇了效忠自己所愛的人的道路，她自欺欺人地幻想著：或許花花公子喬琪將來會改變的，走上了姑母指引的路，與喬琪結了婚。

然而，被改變的不是喬琪，而是薇龍自己。「從此以後薇龍這個人就等於賣了給梁太太與喬琪喬，整天忙著，不是替喬琪喬弄錢，就是替梁太太弄人」（第190-191頁）。

面對喬琪，薇龍自稱娼妓，嘲笑地說，與娼妓不同的是，「她們是不得已，而我是自願的。」

按照自己的意志，選擇了否定的認同的薇龍，陷入了絕望，幸福更是無從談起。陰曆三十夜，薇龍和喬琪到灣仔去看熱鬧，擠在人群中，在「燈與人與貨之外」她看見：

> 淒清的天與海——無邊的荒涼，無邊的恐怖。她的未來，也是如此——不能想，想起來只有無邊的恐怖。

> 她沒有天長地久的計劃。只有在這眼前的瑣碎的小東西裡，她的畏縮不安的心，能夠得到暫時的休息（第191頁）。

水晶將薇龍的墮落歸於她「對於虛榮的嚮往」「酷愛時裝」。許子東將葛薇龍與《日出》的陳白露和《啼笑因緣》的沈鳳喜比較，指出她們的共同點：「都是年輕美貌，都有學生背景，她們都放棄和背離了自已的情感原則，或成為交際花，或嫁給年老的軍閥」。

在分析葛薇龍「如何貪圖金錢虛榮而沈論墮落」（這也是三部作品的共同情節）時，許子東仔細分析了薇龍的四次選擇，尤其強調了第三次、也是「非常關鍵」的一次選擇，認為「她至少拒絕了梁太太（也是鳳喜）的道路，她寧可在『愛』字上冒險，正是司徒協那副手鐲，逼得薇龍迅速改變了對喬琪的態度，從謹慎暗戀，到期待婚嫁」。這一解釋推翻了他最初的前提——「貪圖金錢」，抓住了問題的所在——薇龍選擇的是「愛」。走筆至此，對薇龍的第四次，也是最後一次選擇，他卻筆尖一拐，作出以下解釋：

> 為了抓住（嫁給）喬琪，薇龍最終還是需要（而且不斷需要）司徒協的「手鐲」。

這詮釋，將因果混為一談，（或許因為女人「貪圖金錢」這一思維已定向為習慣）顯得含糊不清。之後，許子東又把三個女人故事中的男主角放在一起考察，抽出五四文學中愛情故事的三個模式：

> 一是「書生拯救風塵女子」（郁達夫〈迷羊〉、曹禺《日出》）；二是「書生『創造』新女性」（魯迅〈傷逝〉、葉聖陶〈倪煥之〉、茅盾〈創造〉）；三是「書生在純潔女人面前慾情淨化（為女人所救）」（郁達夫〈春風沉醉的晚上〉、〈遲桂花〉，施蟄存〈梅雨之夕〉）。

對男性筆下的以男性為主體的愛情小說作了回顧歸納後，在此大框架下，許子東談到「張愛玲筆下的女性世界的文學史意義」，指出葛薇龍的故事改寫了陳白露的前半生，他將葛薇龍墮落的原因視為首先是「自願的選擇」，其次是考慮到「現實的問題」，如「畢業後的工資，嫁什麼樣的人」，談到這些原因時，他用一種不以為然的口氣說：

> 難道五四知識份子所要拯救所要創造的玉潔冰清的女人，心裏想的卻是那麼現實的問題：衣服上的花邊、畢業後的工資，嫁什麼樣的人、如何找女傭……更重要的是，難道白露、薇龍的墮落不僅僅是由於社會制度的罪惡，也不僅僅是因為主人公一時的道德錯誤，而是基於某種更普遍的人性弱點？這麼說來，即使社會制度天翻地覆，白露與薇龍的故事仍會延續?!

許子東的邏輯是順理成章的，既然薇龍等女性的悲劇是出於「普遍的人性弱點」，（這也是許多文評家所認為的），與男性無關、與社會制度無關、與歷史無涉，那麼薇龍的悲劇當然是一個從古到今，乃至將來，恆古不變，也不可能改變的女性的必然。

上述解釋，用「人性弱點」抹煞了性別歧視，以「普遍」掩蓋了佔有生活資源權力的不平等，剝離了迫使薇龍「自願」選擇的環境因素。正是這類「普遍的」詮釋，抹去了張愛玲文本的女性意識。因此，張愛玲的文本常常被認為是「狹窄的，個人的」，缺乏「時代性與社會性」的。[4]

讓我們再一次思索薇龍的第三次選擇：正因為要逃避司徒協的「金錢」手鐲，逃離姑母的手掌，薇龍才一改謹慎的態度，投身於沒有財產，沒有金錢，遭純種白人歧視的喬琪。這一選擇正是薇龍身上的「學生」氣所致。最後與喬琪結婚，無論是對薇龍，還是對喬琪，都是一個無可選擇的選擇——喬琪因從此能在梁太太的經濟庇護下玩樂而就範，薇龍則是為了自己一廂情願幻想的「愛」。

梁太太說服喬琪「結婚」的一席話，將這婚姻的背後的實質交代得一清二楚，與薇龍為「愛」結婚的目的形成強烈的反差：「我看你就將就一點罷！你要娶一個闊小姐，你的眼界又高，差一些的門戶，你又看不上眼。真是幾千萬家財的人家出身的女孩子，驕縱慣了的，哪裏會像薇龍這麼好說話？處處地方你不免受了約束。你要錢的目的原是玩，玩得不痛快，要錢做什麼？當然，過了七八年，薇龍的收入想必大為減色。等她不能掙錢養家了，你盡可以離婚。在英國的法律上，離婚是相當困難的，唯一的合法理由是犯姦。你要抓到對方犯姦的證據，那還不容易？」（第190頁）。

倘若我們設身處地站在薇龍的立場，我們能選擇到什麼更好的出路呢？如果我們不就事論事，採用一個更廣闊的視角，是否可以這樣說：薇龍的處境不正是被「愛情」的神話所迷惑，東奔西撞，在傳統和現代的夾縫中找不到「愛」之所在的知識婦女窘境的寫照嗎？

註釋：

1 創作時間依照《傳奇》各作品後面標明的完成日期。發表時間參照附表一「作品・關係年表」。創作時間的順序如下：〈沉香屑——第一爐香〉、〈沉香屑——第二爐香〉、〈茉莉香片〉、〈心經〉、〈封鎖〉、〈傾城之戀〉、〈金鎖記〉、〈琉璃瓦〉、〈年青的時候〉、〈花凋〉十篇。除中篇小說〈連環套〉外（《萬象》、1944年1月-6月連載），收張愛玲這一時期的全部小說。另外〈封鎖〉寫作在〈傾城之戀〉之前，發表時間在後。

2 除《創世紀》（《雜誌》1945年3月-6月連載）和〈殷寶灩送花樓會〉（1944年1月）之外，1944年5月以降寫的五篇：〈鴻鸞禧〉、〈紅玫瑰與白玫瑰〉、〈等〉、〈桂花蒸 阿小悲秋〉、〈留情〉全部收入。

3 〈自己的文章〉，《新東方》，1944年5月，《流言》，第20頁。

4 這一點，周蕾也曾指出。見《婦女與中國現代性：東西方之間閱讀記》第三章，〈現代性和敘事——女性的細節描述〉，臺灣麥田出版，1995年，第228頁。

二、尋找父親——〈茉莉香片〉

夏志清在《中國現代小說史》「張愛玲」（*A History of Modern Chinese fiction, 1917-57*, Chapter 15 Eileen Chang,Yale Univ.Press, 1961, p.407）中說：

〈茉莉香片〉是一個引人入勝的故事。作品中的人物，也許是暗指作者纖弱的弟弟。張愛玲以一個青年人尋找自己真正的父親為主題，這一主題，是許多現代重要的小說家也挑戰過的。

此後，臺灣的張鈞莉根據夏志清的假說，將聶傳慶的形象與張愛玲的散文〈童言無忌〉以及〈私語〉中弟弟的形象作了對照比較，得出結論：聶傳慶的確是張愛玲弟弟的複製品。並且還將夏志清的觀點提至普遍，認為作品表現的是年青一代尋找「父親形象」。認為文本「說明了人與環境的矛盾，凡人的悲劇，親子關係的疏離，人與人以及與自己的衝突不協調……等等造成錯誤與痛苦的源泉」，創造了聶傳慶這樣一個「哀頽的、無能的，而又急欲肯定自我的悲劇人物。」[1]

的的確確，這篇小說的主題是「尋找父親」，但是他們兩人都忽略了一點，便是「缺席」的母親，她，才是連接聶傳慶與親生父親和理想中的父親的關鍵。下面，讓我們來看看這篇描寫一個青年與兩個「父親」之間的糾葛的故事。

與葛薇龍相似，聶傳慶也是在上海事變後，與家人同來香港避難的。二十歲的聶傳慶，生著一張「女性美」的面龐，因常常被父親毆打，耳朵有點聾。傳慶的家「是一棟陰沉沉的大宅」，父親和繼母的房中飄著霧騰騰的鴉片煙香。

放學回家的傳慶在有著「淡淡的太陽與灰塵」的客廳裏正中的紅木方桌旁邊坐下，伏在大理石桌面上，桌面冰涼，傳慶頭垂著，頸骨彷彿折斷了似的。藍夾袍的領子直豎著，太陽光暖烘烘的從領圈裏一直曬進去，曬到頸窩裏，可是他有一種奇異的感覺，好像天快黑了——已經黑了。他一個人守在窗子跟前，他心裏的天也跟著黑下去。

……那無名的磨人的憂鬱……（第115-116頁）。

正如張鈞莉所論證的，〈私語〉中父親的家中情景以及〈童言無忌〉中被父親任意打罵後的弟弟的形象，通過傳慶再現。

冷冰冰的家中，唯一關心傳慶的，是母親出嫁時從娘家帶來的女傭劉媽。但是傳慶討厭她。「寒天裏，人凍得木木的，倒也罷了。一點點的微溫，更使他覺得冷得徹骨酸心。」

傳慶「不愛看見女孩子，尤其是健全美麗的女孩子，因為她們對於自己分外的感到不滿意。」因為「健康美麗」會將自己發育不良的、單薄的身體反襯得更加令人不快。不過，真正的、根本的原因在於：

他發現他有好些地方酷肖他父親，不但是面部輪廓與五官四肢，連步行的姿態與種種小動作都像。他深惡痛嫉那存在於他自身內的聶介臣。他有方法可以躲避他父親，但是他自己是永遠寸步不離的跟在身邊的（第122-123頁）。

對父親的憎恨，源於父親的憎恨。傳慶四歲時，母親去世。母親生前沒有愛過自己的丈夫：

> 就為了這個，他父親恨她。她死了，就遷怒到她丟下的孩子身上。要不然，雖說有後母挑撥著，他父親對他不會這麼刻毒（第116頁）。

追根尋源，父親的恨是源於愛，源於求而不得的愛。

故事這樣展開：傳慶從母親的遺物中發現了母親的秘密。從前，母親馮碧落愛過一個人，他就是現在傳慶所在大學的國語老師言子夜。言家向馮家求婚，被馮家拒絕，嫌言家經商，與官宦馮家門不當戶不對。絕望的言子夜請求馮碧落跟自己出走國外，馮碧落下不了决心，結果聽從父母之命，嫁到了聶家。

> 關於碧落的嫁後生涯，傳慶可不敢揣想。她不是籠子裏的鳥。籠子裏的鳥，開了籠，還會飛出來，她是繡在屏風上的鳥——悒鬱的紫色緞子屏風上，織金雲朵裏的一隻白鳥。年深月久了，羽毛暗了，霉了，給蟲蛀了，死也還死在屏風上。
>
> 她死了，她完了，可是還有傳慶呢？憑什麼傳慶要受這個罪？碧落嫁到聶家來，至少是清醒的犧牲。傳慶生在聶家，可是一點選擇的權利也沒有。屏風上又添了一隻鳥，打死他也不能飛下屏風去。他跟著他父親二十年，已經給製造成了一個精神上的殘廢，即使給了他自由，他也跑不了（第118頁）。

新發現的母親的戀人，給絕望的傳慶帶來了光亮：

> 二十多年前，他還沒有出世的時候，他有脫逃的希望。他母親有嫁給言子夜的可能性。差一點，他就是言子夜的孩子（第119頁）。

這麼一想，從前逆來順受的世界變得無可忍耐。傳慶傾慕言子夜先生，把他視為理想的父親。第二天上課時，看著言子夜，他暗暗埋怨母親：

> 如果她不是那麼瞻前顧後……她替她未來的子女設想過麼？……如果他是子夜與碧落的孩子……一個有愛情的家庭裏面的孩子，不論生活如何的不安定，仍舊是富於自信心與同情——積極、進取、勇敢（第120-121頁）。

傳慶越想得到理想的父親，就越是執著於言子夜，越執著於言子夜，就越恨附在自己身上的聶介臣……在言子夜面前，聶傳慶無法專心上課，連最擅長的中國文學史的問題也回答不上來了。

言子夜的女兒言丹朱跟傳慶同班，也修中國文學史。丹朱是個健康快樂的姑娘，她陽光般明朗的個性本來就令陰鬱的傳慶不快，當知道言子夜和母親當年的一段戀情後，傳慶更是恨上了言丹朱，認為她搶走了自己的幸福。

上課時，傳慶總是注意言丹朱的視線，回答不出老師的提問時，感到她在「看著他丟聶家的人。不，丟母親的人！言子夜夫人的孩子，看著馮碧落的孩子出醜。」傳慶的失態激怒了言子夜，他指責傳慶說：「我早就注意到你了。從上學期起，你就失魂落魄的。……你若是不愛念書，……趁早別來了……」這指責跟父親的口氣如出一轍，傳慶哭了起來，雖然挨父親痛打時，他都沒哭過。言子夜越來越生氣，終於厲聲喝道：「……中國的青年都像了你，中國早該亡了。」將傳慶趕出了教室。

那天晚上，傳慶沒有參加學校的聖誕晚會，一個人在黑暗的山道上徘徊。為排遣煩悶，他打算走一整夜。

> 他喜歡黑，在黑暗中他可以暫時遺失了自己。
>
> ……
>
> 他父親罵他為「豬、狗」，再罵得厲害些也不打緊，因為他根本看不起他父親。可是言子夜輕輕的一句話就使他痛心疾首，死也不能忘記（第125頁）。

傳慶苦澀的自尊心復甦了，他厭惡自己。

徘徊在山道的傳慶，意外地碰上了晚會後回家的言丹朱。丹朱平時就很關心傳慶，她主動與傳慶並肩而行，代父親解釋。她告訴傳慶：香港學生的中文水平很低，還看不起中文，言子夜對此非常失望，傳慶是唯一一個「國語根基比誰都強」的學生，言子夜對他滿懷希望，正因為如此，失望也就更大。她勸傳慶向言子夜說明自己失態的原因。

面對著「奪去了自己父親」的丹朱，傳慶「胸頭充塞了吐不出來的冤鬱」，然而，丹朱根本不理解傳慶扭曲的心理，還是一味地勸慰著他。復仇的念頭時時浮現，一時，傳慶誤會了丹朱的好意，以為丹朱愛上了自己，愛——這夢寐以求的愛，他心機一轉，

> 他不要報復，只要一點愛——尤其是言家的人的愛。既然言家和他沒有血統關係，那麼，就是婚姻關係也行。無論如何，他要和言家有一點連繫（第129－130頁）。

這一瞬間，希望閃現了，傳慶轉向丹朱求愛。

> ……我要父親跟母親……
>
> 「丹朱，如果你同別人相愛著，對於他，你不過是一個愛人。可是對於我，你不單是一個愛人，你是一個創造者，一個父親，母親，一個新的環境，新的天地。你是過去與未來。你是神。」（第130頁）

面對這突如其來的熱情，丹朱無法理解，她拒絕了傳慶。傳慶拼命發出的愛的呼聲，沒有得到回應，兀自在山谷中消散。火熱的心驟然冷卻，傳慶離開了丹朱，丹朱為虛榮心刺激，緊跟傳慶不捨。

終於，二十年來沉積在心中的怨恨、恥辱、憤怒的火山爆發了。傳慶對奪去了自己「真正父親」的敵人丹朱咬牙切

齒地喊叫道：「告訴你，我要你死！有了你，就沒有我。有了我，就沒有你。」

> 他用一隻手臂緊緊挾住她的雙肩，另一隻手就將她的頭拼命地向下按，似乎要她的頭縮回到腔子裏去。她根本不該生到這世上來，他要她回去。（第131-132頁）

傳慶扔下倒在地上的丹朱，獨自回到家。他倒在床上，「臉上像凍上了一層冰殼子。身上也像凍上了一層冰殼子。」故事是這樣結束的：

> 丹朱沒有死。隔兩天開學了，他還得在學校裏見到她。他跑不了。（第133頁）

兒子反抗暴君父親，這是五四以降的作家所熱衷的主題。這主題到張愛玲手裏，卻別開生面。〈茉莉香片〉並沒有將父與子的糾葛表現為單純的力量關係，而是突出了形成父子關係的紐帶——母親的作用。傳慶對兩個父親的感情，是母親對兩個男人的感情的延續。

至於那無名的磨人的憂鬱，他現在明白了，那就是愛：

> ——二十多年前的，絕望的愛。二十多年後，刀子生了鏽了，然而還是刀。在他母親心裏的一把刀，又在他心裏絞動了。（第116頁）

傳慶心中的孤獨和憂鬱的根源均來自這「生了鏽的刀」＝「絕望的愛」。絕望於愛，抑鬱而死的母親的悲劇，宿命般地在兒子身上延續。比之母親，兒子的悲劇更加無奈——母親有過選擇的機會，兒子卻絕無選擇的可能——體內流淌著母親與她不愛的人的混合的血，無論多麼厭惡、多麼憎恨，都無法分離。

傳慶是集張愛玲作品中人物特徵於一身的典型，他不是與外部世界分離，對抗的主體，而是接受家庭、社會各種關係的存在的總和。無論外表還是內在、身體還是靈魂，都同時繼承著父親與母親，包括他（她）的感情和行為模式。張愛玲的世界裏，沒有「出污泥而不染」的荷花——如巴金《家》中的覺惠，走出黑暗的家庭就能得救，就有光明。

張愛玲筆下的人物很難按善惡兩分，即便傳慶的父親，亦「並不是有意把他訓練成這樣的一個人。」面對扭曲的兒子，他感到的是「憤怒與無可奈何，私下裏又有點害怕。」

傳慶向丹朱發出的愛的呼聲，是他向心中的母親、父親發出的最初也是最後的愛的呼喚。後來的暴力是對得不到的愛的報復，本質上與其生父的暴力一般無異。

背負著求愛不得的母親與父親的悲劇命運，融合著病弱的母親和「暴虐」的父親的血，懦弱的傳慶搖身一變，轉變為暴君的一幕，表現出站在肯定的認同與否定的認同的交叉路口，身處認同危機期的年輕人逆反的可能性，及這種可能性與遺傳、成長環境的關係，向人們證明：規定青年向肯定認同方向還是向否定認同方向發展的決定關鍵不是別的，正是「愛」。

以上分析的兩篇作品，描寫的都是與作者年齡經歷相仿，處於生命週期中認同危機時期的青年。作品中，有著作者及其家族的投影。主人公們均生活在半殖民地上海或殖民地香港，身處文化衝突的漩渦，在戰亂中求生存，找不到人生的楷模，迷惘、絕望……，苦苦掙扎之後，選擇了負面認同。

此後，張愛玲暫時離開了年青一代，將目光投向成年男女。

註釋：

1　張健主編，〈張愛玲小說中的男性世界〉，《張愛玲的小說世界》，臺灣學生書局，1984年，第70-72頁。

三、「封鎖」的世界——〈封鎖〉

在記述香港戰爭體驗的散文〈燼餘錄〉（《天地》第五期，1944年2月）中，張愛玲描寫了遭遇空襲時，縮在門洞子裏越過人頭看到的電車：

> 一輛空電車停在街心，電車外面，淡淡的太陽，電車裏面，也是太陽——單只這電車便有一種原始的荒涼。（第46頁）

淪陷時期的上海也常常見到這樣的景象。當時，「封鎖」是家常便飯，日軍以清查抗日活動為名，常常在南京路、浙江路等繁華街道與閘北、楊樹浦等人口密集地區封鎖街道，嚴禁市民通行[1]。此外，防空演習，或重要人物路過，稍有動靜，便下令封鎖。警笛一鳴，上海立即癱瘓，進行日常活動的人們立刻被迫進入非常狀態。以這種狀態下的電車為背景，張愛玲搭起了小說〈封鎖〉的舞臺。

> 封鎖了。搖鈴了。「叮玲玲玲玲玲」，每一個「玲」字是冷冷的一小點，一點一點連成了一條虛線，切斷了時間與空間。（第331頁）

文本用封鎖的鈴聲拉開獨幕劇的幕布，用解除封鎖的鈴聲將其關閉，在常態的時間和空間上切割出一塊非常態的時空舞臺。

進入封鎖的時空，文明同時被截斷。舞臺上的電車，充滿了一種原始的荒涼感，乘客均陷入「可怕的空虛」之中。在那裏，文明社會的面具摘下，「在家她是一個好女兒，在學校是一個好學生」的大學英語助教、二十五歲的吳翠遠，變成一個單純的女人。三十五歲的呂宗楨是一名「會計師，他是孩子的父親，他是家長，他是車上的搭客，他是店裏的主顧，他是市民」，而此時，他亦變為「一個單純的男子」。兩人相愛了。翠遠原本屬於呂宗楨「不怎麼喜歡」的那種女人，「白倒是白的，像擠出來的牙膏。她的整個的人像擠出來的牙膏，沒有款式」。宗楨偶然和翠遠交談了幾句，便被她的純真吸引，為她肯定了自己的男人身份而欣喜，因而重新發現了自己，並斷定「翠遠是一個可愛的女人——白、稀薄、溫熱，像冬天裏你自己嘴裏呵出來的一口氣……她是你自己的一部分，她什麼都懂，什麼都寬宥你。」為了她，宗楨「打算重新結婚」。翠遠也想背叛家裏「那些一塵不染的好人」，嫁給這個「不很誠實，也不很聰明，但是一個真的人！」

在文明被截斷了的框架中，價值觀發生了逆轉。就像心理學家魯賓的「白色的壺和黑色的兩人面對面的多義圖形」，真的男人和真的女人內在的要求成為白色的壺凸現出來，而社會基準和價值觀，便像黑色的兩個人相對的臉，後退為背景，變成雜音。在白色世界裏，文明社會的一切都變得微不足道，無須顧慮。平時，非常注意別人的視線，「唯恐喚起公眾的注意」的吳翠遠，這時拋棄了淑女式的哭法，「簡直把她的眼淚唾到他臉上。」

魯賓的多義圖

不久封鎖解除了，「宗楨突然站起身來，擠到人叢中，不見了。……對於她，他等於死了。」白色的世界後退，社會前景化，恢復如前，黑色相對的二人的臉凸現，社會的價值觀佔了優勢。封鎖一旦解除，「封鎖期間的一切，等於沒有發生，整個上海打了個盹，做了個不近情理的夢。」

內面世界和外面世界、自己和他人、個人和社會——用張愛玲的話來說，生命與文明就像這張雙關圖像的壺和人像一樣，兩者儘管相依相存，互為襯托、缺一不可，卻不可能同時被知覺者認識，必須以一方的後退為代價，另一方的價值方能呈現。

在封鎖的框架中，用魯賓的多義圖來解釋，白色部分代表著「真」這一符號，黑色部分為「善」符號。

翠遠「家裏都是好人……世界上的好人比真人多……翠遠不快樂。」翠遠家鼓勵翠遠做「好人」，翠遠亦不負所望，拼命努力，二十五歲就擔任了大學英語助教，「打破了女子職業的新紀錄」。但是，因為她沒有留過學，在學校受校長、學生的氣；又因為失去了結婚的機會，在家裏也受氣。「生命像聖經，從希伯萊文譯成希臘文，從希臘文譯成拉丁文，從拉丁文譯成英文，從英文譯成國語」，「國語又在她腦子裏譯成了上海話，那未免有點隔膜。」當翠遠進入文明消失的荒涼世界，才第一次感覺到「真的生命」並發現了「真人」宗楨，她渴望成為他生命的一部份。但是，當宗楨按社會的標準，說出「錢」的瞬間，他立刻變了質，「我又沒有多少錢，我不能坑了你的一生！」宗楨倒退為芸芸眾生的「好人」，「世界上的好人又多了一個。」（第313頁）在這裏，文明社會中所產生的二元對立的價值體系——真與偽，被真與好（善）取而代之，偽置換成好（善），也就是說，偽與善成為同一項，真與惡成為同一項，圖示如下：

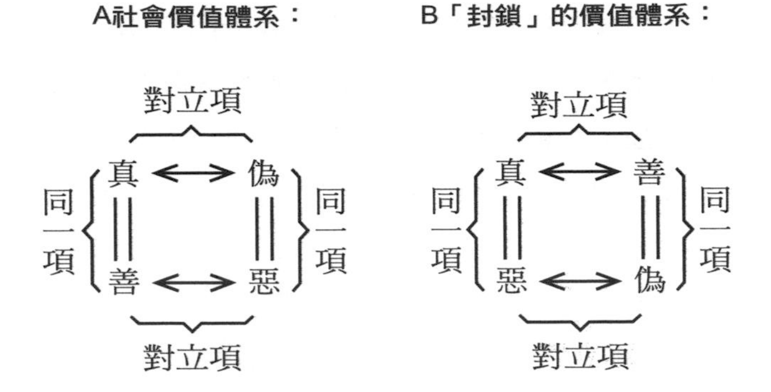

A圖是現實中的社會價值體系，B圖是張愛玲構築的價值體系。B圖將A圖的對立項關係顛倒後重建。在B圖中，人遵從內在生命真的要求，則違反了社會和他人的標準，在外面反映為惡；如果戴了偽的假面具，就會被他人看作好（善）。自己的、內在世界的標準往往與他人的、外面世界的標準相反，因而人們常常陷入真與善須擇其一而不能的兩難境地。而且，無論選擇了哪一項，相反的一項總會接踵而至。如果選擇了真，隨之而來的是惡，如果選擇了善，隨之而來的是偽。文明世界被封鎖，人的心靈就會解放；一旦封鎖解除，心靈又會被封鎖。張愛玲在〈封鎖〉中出色地表現了在現實世界中，人們身不由己、進退維谷的存在狀態。

註釋：

1 劉惠吾編著，《上海近代史》（下），第408頁。

四、人之牆——〈傾城之戀〉

法國文學研究專家傅雷在〈論張愛玲的小說〉中，以「人內在的情慾鬥爭」是「人類最大的苦難」為理論，批判了左翼文學階級鬥爭的理論，他批評說：「我們的作家一向對技巧抱著鄙夷的態度。五四以後，消耗了無數筆墨的是關於主義的論戰。彷彿一有準確的意識就能立地成佛似的，區區藝術更是不成問題。」[1]同時，他讚揚了張愛玲的技巧，肯定張愛玲的作品彌補了迄今為止的文壇的不足。但對不符合「內在情慾鬥爭」標準的〈傾城之戀〉，他未給予肯定的評價。

傅雷認為〈傾城之戀〉：

> 幾乎占到二分之一篇幅的調情，盡是些玩世不恭的享樂主義者的精神遊戲……好似六朝的駢體，雖然珠光寶氣，內裏卻空空洞洞，既沒有真正的歡暢，也沒有刻骨的悲哀……
>
> 總之〈傾城之戀〉的華彩勝過了骨幹：兩個主角的缺陷，也就是作品本身的缺陷。

〈傾城之戀〉一發表，便被文評家視為名作，他們一味讚揚小說的技巧，極少論及思想。夏志清亦然，在他的《中國現代小說史》中，詳細地詮釋了〈金鎖記〉，並給予了最高評價，而對〈傾城之戀〉，只有四五行字的內容介紹。

1944年，譚正璧在《當代女作家小說選》（上海太平書局，1945年）的卷頭，選登了張愛玲的〈傾城之戀〉，他在〈序文〉中，對作品作了如下的評價：

> 意識是作品不可缺少的生命，技巧是作品外表面必須有的修飾……有人批評張愛玲的小說的缺點，是好用美妙的技巧來掩蓋她平凡的意識，所以同樣是她的成名的作品，〈傾城之戀〉不如〈金鎖記〉，這是一種極苛刻的批判……然而在意識方面，兩者實在無從分別它的軒輕，因為故事的發生既有年代的相差，社會又不是凍結不變的化石，所以同樣是苦悶，自然有著深淺高低的分別。這相差的程度並不是作者的意識高下的程度（〈論蘇青與張愛玲〉《風雨談》六期，1944年12月和1945年1月合刊）。

譚正璧一反傅雷的說法，認為〈傾城之戀〉和〈金鎖記〉的差異是程度的差異。這該是一語中的意見吧。

對重視意識、即思想性的批評家來說，〈傾城之戀〉是一部棘手的作品。批評家們無意中被作品的魅力所吸引，卻找不到批評的標準。這也是理所當然的，實際上，運用傳統的批評標準，根本無法評價這部作品。

1989年，年輕的研究者從女性主義的視點切入，探討了

〈傾城之戀〉，認為張愛玲以「女人的在場」將歷史／文明／女人的男性權威話語「巧妙而委婉的解構」了，並作出了如下的詮釋：

> ……這部愛情傳奇是一次沒有愛情的愛情。它是無數古老的謊言、虛構與話語之下的女人的辛酸的命運。這是一次成功的出售（孟悅、戴錦華，《浮出歷史的地表》，第260頁）。

這個提法，為解讀〈傾城之戀〉賦予了前所未有的新的生命。

藤井省三從東西方文明的角度，就這部戀愛小說，作了如下的評述：

> 英國華僑范柳原，對美麗的祖國的夢破滅了，苦惱於自身的認同。白流蘇從心底厭惡腐朽的舊制度下的大家族，卻無逃脫的辦法。他們兩人相互尋求的愛，在文明制度中，是不可能成就的（〈解說〉，《浪漫都市物語上海・香港』40S》，第227頁）。

〈傾城之戀〉是張愛玲文學中的一部重要作品。下面，我根據以上諸種評說，將焦點集中在男女主人公「調情」的力量對比關係上，闡述自己的意見。

文本一開始，描寫了女主人公白流蘇的家——白公館：

> 上海為了「節省天光」，將所有的時鐘都撥快了一小時，然而白公館裏說：「我們用的是老鐘。」他們的十點是人家的十一點。他們唱歌走了板，跟不上生命的胡琴（第58頁）。

清王朝遺臣的家，在清王朝崩潰三十年後，還不能忘記過去。白家大家族三代二十多口人，靠遺產生活在一起，從未中斷過金錢的糾紛。離婚後的白流蘇回到娘家，他哥哥花完了她的錢，口口聲聲「天理人情」，想的卻是如何把妹妹從家裏趕出去。流蘇雖感到這個家不能住了，但她既未受過教育，又手不能提，肩不能挑，既無法養活自己，還不想失去「淑女」身份。流蘇離開家唯一的道路就是與有錢的男人再婚。

一個偶然的機會，白流蘇認識了從英國回來的青年實業家范柳原。范柳原的父親是中國人，很有錢，當年和在倫敦認識的華僑交際花秘密地結了婚，生下范柳原，范柳原在英國長大。在中國，他父親有妻子，因此范柳原的母親一輩子也沒有回中國。要確定范柳原的法定身分非常困難。母親死後，他孤身一人流落倫敦，很吃了些苦，後來，父親死了，他才終於得到了繼承權。身在異國，找不到自我認同的范柳原，人生最大的糾葛便是對父母故土的情結——中國情結。

「把女人看成他腳底下的泥」的范柳原，被有著離婚史，二十八歲的白流蘇的善於「低頭」的傳統中國風韻所吸引，從她身上找到了「真正的中國女性美」，於是，范柳原策劃將白流蘇引到香港。他們兩人在香港淺水灣飯店、淺水灣海灘等背景下展開的「戀愛」遊戲，可謂意味深長。流蘇是一個無力自立的「無用」「淑女」，范柳原在錫蘭、馬來西亞擁有相當的財產，物質富有卻苦於尋不到自己的根，兩人都試圖在對方身上尋求自身的缺失。

尋求中國作精神支撐的范柳原，總試圖與流蘇交談，用談話這一方式，將擴散的自我形象投射到「真正的中國女人」——流蘇身上，期待對方的反射使自身的認同逐漸明晰起來，以界定自己的「中國」身份。

然而，范、白二人的對話總是自說自話，互不咬合，中間彷彿隔著一層什麼。張愛玲將他們的一個戀愛場景放在淺水灣，用「牆」這一具象表現他們之間的隔膜。「那堵牆極高極高，望不見邊。牆是冷而粗糙，死的顏色。」

> 柳原靠在牆上對流蘇說：「……有一天，我們的文明整個的毀掉了，什麼都完了……如果我們那時候在這牆根底下遇見了……流蘇，也許你會對我有一點真心，也許我會對你有一點真心。」（第81-82頁）

被西洋文明疏離，帶著對故鄉的「夢」，范柳原成人後回到中國，結果，卻陷入了失望。絕望於東西方文明的柳原陷入了雙重認同危機。他把這些苦惱訴說於理想偶像——流蘇，並懇求她：

> 我自己也不懂得我自己——可是我要你懂得我！我要

你懂得我！（第81-82頁）

柳原無法確立自我認同的苦惱，是得不到連「吃飯」都沒有保障的流蘇的理解的。「原來范柳原是講究精神戀愛的」，「精神戀愛的結果永遠是結婚……精神戀愛只有一個毛病：在戀愛過程中，女人往往聽不懂男人的話。」流蘇只能在自己的認知框架中，按自己的意願來理解柳原的意思。

一天晚上，在飯店，一牆之隔，柳原給流蘇打來電話，話題從「愛」開始，當流蘇對他「你愛我麼」的問題無言以對時，柳原說：

> 「『死生契闊——與子相悅，執子之手，與子偕老。』……我看那是最悲哀的一首詩。生與死與離別，都是大事，不由我們支配的，比起外界的力量，我們人是多麼小，多麼小！可是我們偏要說：『我永遠和你在一起；我們一生一世都別離開。』——好像我們自己做得了主似的！」（第89頁）

流蘇無法理解柳原這種形而上的悲哀，她的苦惱還停留在最基本的、生存的層次上。語塞的流蘇不知所措，把話題拉到自己朝思暮想的「結婚」上。柳原終於說道：「根本你以為婚姻就是長期的賣淫。」這樣的「侮辱」激怒了流蘇，拍的一聲把耳機摜下。為了尊嚴，流蘇向柳原提出要回上海。柳原以「自滿的閒適」的態度，同意了流蘇的決定。送流蘇回上海的柳原，毫不掩飾自己自信的神色，「他拿穩了她跳不出他的掌心去。」

事態正是按照柳原的算計發展的。不久，不堪忍受娘家欺負的流蘇，捏著柳原的一封電報再次來到香港。明知這是「下賤」的「屈服」行為，但流完辛酸淚後還是只得順從柳原的安排。敘述者淡淡地點出了流蘇的處境：

> 她承認柳原是可愛的，他給她美妙的刺激，但是她跟他的目的究竟是經濟上的安全。（第95頁）

一個以殘存的青春和美貌作賭注，渴望獲得未來的生活保障，一個試圖藉「真正的中國女人」來確立自己曖昧的「中國人」身份，流蘇和柳原，兩人都「算盤打得太仔細了」，花了好幾個月時間相互試探、博弈，最後，處於弱勢的流蘇全面屈服，交易成功。柳原把「真正的中國女性美」一握在手，當作「私有財產」「貯藏」起來後，他不再需要流蘇了。第二天，他告訴流蘇一個禮拜後要上英國去，並拒絕了流蘇希望同行的要求。流蘇雖未得到妻子的位置，但作為情婦，有了暫時的生活保障。流蘇住進柳原為她租的房子，「她累得很，取悅於柳原是太吃力的事……現在她什麼人都不要——可憎的人，可愛的人，她一概都不要。」

如果沒有戰爭，他們兩人的故事就會這樣結束了。然而，戰爭開始了，戰爭阻止了柳原的英國之行，他回到了流蘇身邊。

在生死與共的兩人之間，又出現了具有象徵意義的「牆」。

兩人在淺水灣飯店避難，受到頻頻飛來的炸彈的威脅。

> 柳原與流蘇跟著大家一同把背貼在大廳的牆上……到後來一間敞廳打得千創百孔，牆也坍了一面，逃無可逃了，只得坐下地來，聽天由命。
>
> 流蘇到了這個地步，反而懊悔她有柳原在身旁，一個人彷彿有了兩個身體，也就蒙了雙重危險。一彈子打不中她，還許打中他。他若是死了，若是殘廢了，她的處境更是不堪設想。她若是受了傷，為了怕拖累他，也只有橫了心求死。就是死了，也沒有孤身一個人死得乾淨爽利。」（第100頁）

隔開他們二人的牆，因為戰爭而坍塌了。「就是死了，也沒有孤身一個人死得乾淨爽利」，流蘇第一次有了與柳原相依為命的感覺，兩人之間產生了人與人如同手足的連帶感。

戰亂過後，兩人的關係變了。過去他們話很多，現在柳原幾乎沉默不語。他們默默地在彈痕累累的戰場上走了數十里，「偶然有一句話，說了一半，對方每每就知道了下文，沒有往下說的必要。」昔日的饒舌，都是為了裝假，正像柳原說的：「我裝慣了假，也是因為人人都對我裝假。」

> （戰難後的香港）一到了晚上，在那死的城市裏，沒有燈，沒有人聲，只有那莽莽的寒風，三個不同的音階「喔……呵……嗚……」無窮無盡地叫喚著，這個歇

> 了，那個又漸漸響了，三條駢行的灰色的龍，一直線地往前飛，龍身無限制地延長下去，看不見尾。「喔……呵……嗚……」叫喚到後來，索性連蒼龍也沒有了，只是一條虛無的氣，真空的橋樑，通入黑暗，通入虛空的虛空。這裏是什麼都完了。剩下點斷堵頹垣，失去記憶力的文明人在黃昏中跌跌蹌蹌摸來摸去，像是找著點什麼，其實是什麼都完了。（第102-103頁）

柳原的預言變成了現實。「牆」塌了，兩人再次相遇在廢墟，「錢財，地產……全不可靠了。靠得住只有她腔子裏的這口氣，還有睡在她身邊的這個人。」「文明人」的「記憶」不是別的，就是刻在錢財、資產上的「權力」。失去文明記憶的同時，傳達文明的工具——語言也失去了意義。解除了權力的符咒，只剩下「身體」的柳原（男人）第一次與流蘇平等相處，「他們把彼此看得透明透亮，」這是使他們能夠共同生活十年八年的決定性的一瞬。柳原和流蘇就這樣因戰亂而結婚，成為「平凡」的夫妻。

在文明的廢墟上結合的兩個人，又回到了「萬盞燈」的上海，語言又恢復了權力。但柳原不跟流蘇鬧著玩了，他把「俏皮話省下來說給旁的女人聽」。難怪流蘇對他的行為「有點悵惘」，心靈相通的一瞬，真的就能戰勝有著數千年根基的男人的支配力嗎？因「香港的陷落」這一偶然的事件而成就的這樁戀愛，到底能持續多久呢？

文本結束時，敘述者寫道：「也許就因為要成全她，一個大都市傾覆了。」文本故意將普通人被歷史作弄的故事顛倒為美人引起戰亂的歷史常套話語，加強了「什麼是因，什麼是果」的「不可理喻的世界」的荒誕色彩，接下去的「傳奇裏的傾國傾城的人大抵如此」給「傳奇」、「傾國傾城」這些古典詞彙注入了現代意義。傳奇與現實、事實與文本、歷史與書寫的關係，都在敘述者的這一筆中道盡，一舉解構了歷史書寫的神話。

文本的結尾反覆了開頭的情景：「胡琴咿咿啞啞拉著，在萬盞燈的夜晚，拉過來又拉過去，說不盡的蒼涼的故事——不問也罷！」（第106頁）儘管發生了這一切，事物並無本質的變化，首尾一致的文本框架，象徵著流蘇不可改變的命運。

註釋：

1　據柯靈〈遙寄張愛玲〉說，傅雷在〈論張愛玲小說〉中，批評了巴金。編輯時，柯靈刪除了這一節，使傅雷非常生氣。

第四章　《傳奇》的世界（二）——四分五裂的靈魂（〈金鎖記〉）

〈金鎖記〉是張愛玲文學的代表作。作者自認為女主角曹七巧是《傳奇》中唯一「徹底的」人物。[1]二十幾年後，又將此篇改寫為長篇小說《怨女》[2]，由此可以窺見作者對這一作品的偏愛。

正如一些研究者曾經指出的，〈金鎖記〉「有點幼稚粗雜，文筆也未脫古典小說窠臼」[3]。「結構是分裂的⋯⋯上半部是姜公館有代表性的一天⋯⋯而到了後半部，時間突然加快，姜公館的群像的描寫突然變成了曹七巧的傳記」，整體上缺乏「均衡感」[4]。與〈金鎖記〉相比，《怨女》的「藝術手法及文章勝前」，[5]「結構是合理的，佈局也井井有條，但卻沒有了〈金鎖記〉那種極其震撼人的魅力」[6]。的確如此，〈金鎖記〉的後半部節奏突然加快，女兒長安被推到前臺，有取七巧而代之之嫌。而《怨女》中女兒被刪除，更清楚地描寫了時代背景，突出了大家族中男人們的活動，並詳盡地刻畫了兒子的行為，而這一切都配置得十分妥貼，始終保持著配角位置，以烘托女主人公。

然而我認為，長安恰恰是理解〈金鎖記〉的關鍵。在某種意義上可以說，長安的處境是作者創作該作品的原動力，與作者年齡相似的長安身上包含著作者本人的體驗[7]。與長安站在同一立場上的作者因急於傾訴而無暇顧及小說的整體結構，因在長安身上投射了過多的情感而破壞了作品的均衡，造成了明顯的裂縫。但正因為同一原因，作品具有了震撼人心的力量。

儘管〈金鎖記〉有上述缺點，但仍在張愛玲的作品中受到了最高評價。奠定張愛玲文學批評基石的兩篇經典——傅雷的〈論張愛玲的小說〉和夏志清的「張愛玲」[8]（《中國現代小說史・第15章》，耶魯大學出版，1961年），兩者相隔十七年的時間和數萬里空間，得出的結論卻驚人地相似。兩人都將〈金鎖記〉視為中國文學的巔峰。傅雷稱讚它為「我們文壇最美的收穫之一」，夏志清讚賞它為「中國從古以來最偉大的中篇小說」。兩人都認為這個「悲劇」是由主人公「內在的情慾（Passion）」所造成的。兩人高度評價了作者的眼光和作品的技巧，但圍繞著主人公七巧的「道德性」卻作了如下批評：

「最基本的悲劇因素」是「她是擔當不起情慾的人」（傅雷）；「七巧是她社會環境的產物，可是更重要的，她是她自己各種巴望、考慮、情感的奴隸」（夏志清）。因此「最初她把黃金鎖住了愛情，結果卻鎖住了自己」（傅雷）；「是把自己鎖在黃金的枷鎖裏的女人，不給自己快樂，也不給她子女快樂」（夏志清）。也就是說，悲劇是七巧自作自受的結果，將其後果強加於孩子的七巧作為母親犯下了不可饒恕的罪行，「悲劇變成了醜史，血淚變成了罪狀」（傅雷）。

下面將要談到，〈金鎖記〉是一篇控訴男權制度的作品。具有諷刺意味的是，當這篇作品被男性批評家捧上光榮的頂峰的同時，主人公七巧變得臭名昭著，作品的靈魂被抽空。遺憾的是，兩人無意識中陷入男性優越的傳統思想陷阱的評論至今仍被繼承著。

如何評價七巧，不僅關係到這篇作品的核心問題，而且關係到張愛玲文學創作的核心問題。本文從女性的視角重讀七巧的故事，追根尋源，以求作品的真意所在。

一、貧與富

作品的舞臺為辛亥革命後1910年代到40年代的上海租界姜公館。姜老太爺曾為清朝高官，現已去世，公館裏住著姜老太太和三個兒子全家及傭人們。一大家子全靠遺產生活。二兒子是「軟骨症」（骨結核）患者，終生臥床，在故事中始終未露面。女主角曹七巧是這個「軟骨症」二爺的妻子。故事從七巧成親五年後開始，七巧和丈夫之間已生有一子一女，曾為麻油店的招牌姑娘的七巧被老太太扶為正房，成了姜家的二奶奶。從她和妯娌們的對話中我們得知，她從未有過性的快樂，三年前連性生活也斷絕了。

這裏，請注意作者描寫的這一細節。特別是病名「軟骨症」。喪失行動功能，僅殘存著繁殖功能的這塊「沒有生命的肉體」隱喻著政治上被去勢的清朝遺臣姜家——在政治舞臺上失去了權力，依靠權力所獲得的遺產金錢苟延殘喘，如同一堆沒有骨頭正在腐爛的肉。姜家用金錢彌補二兒子的身體缺陷，與麻油店主人，曹家的家長曹大年締結契約，得到其妹——健康的姑娘曹七巧。這一構架將以父權為中心的中國傳統社會中關於「婚姻」的話語轉變為具體形象。在「將合二姓之好，上以事宗廟，而下以繼後世也」（《禮記・婚儀》）的話語世界裏，結婚只是保證「家」的「種」的延續手段。姜二爺和曹七巧的婚姻把這種觀念推向極端——當事者之間非但無「情」無「愛」，甚至無「性」而生殖，無「身體」而續種。

完成了「生殖」職責，庶民七巧在大戶姜家得到了穩定地位，然而，由於丈夫「身體」的「缺席」，女性的「身體」顯現[9]。由此產生了一系列矛盾。

出身貧寒的七巧原本就是姜家女人們輕蔑的對象，加之沒有「教養」，口無遮攔，常把與「軟骨症」丈夫之間的「性」煩惱掛在嘴旁，觸犯了「讀書人」家的禁忌，越發為妯娌們嫌惡。由於七巧的「賤」，甚至也被丫頭們小看。對姜家來說，七巧是個闖入者，異端者，存在於姜家的秩序之外。

二、身體與法

如果說姜家二爺是一塊「沒有生命的肉」，三爺季澤則是一具「行屍走肉」。儘管有著健康的身體，卻東遊西蕩，不務正業，終日沉溺於鴉片、酒精之中，捧戲子、玩女人。這個花花公子是關在姜宅的七巧能接觸到的唯一男人，也是姜家唯一願意答理七巧的人。七巧和姜季澤之間的糾葛是文本的「心臟」。

兩人第一次交鋒，對話圍繞著「身體」展開。七巧認真地規勸季澤不要一味玩樂，傷了「身體」：

> 「一個人，身體第一要緊。你瞧你二哥弄得那樣兒，還成個人嗎？還能拿他當個人看？」……七巧直挺挺的站了起來……用尖細的聲音逼出兩句話道：「你去挨著你二哥坐坐！……」她試著在季澤身邊坐下……她將手貼在他腿上，道：「你碰過他的肉沒有？是軟的、重的，就像人的腳有時發麻了，摸上去那感覺……」季澤臉上也變了色，然而他仍舊輕佻地笑了一聲，俯下腰，伸手去捏她的腳道：「倒要瞧瞧你的腳現在麻不麻？」七巧道：「天哪，你沒挨著他的肉，你不知道沒病的身子是多好的……多好的……」……她不像在哭，簡直像在翻腸攪胃地嘔吐。（第15-16頁）

男權制度下，女人的「身體」被物化，成為契約對象。此刻，血肉之軀爆發了，帶著與生俱有的衝動和慾望，要求自身的權利。女人的「身體」試圖侵犯男人「神聖」的話語與法的禁區。

起初態度輕佻的姜季澤，當聽到七巧對「病身子」的感覺時，也禁不住膽寒。但他馬上回覆常態，想將這殘酷的話題轉化為輕飄飄的調情。當他聽到七巧生命深處的呼叫的瞬間：

> 季澤先是楞住了，隨後就立起來道：「……你不怕人，我還怕人呢。也得給二哥留點面子！」……七巧向門走去，哼了一聲道：「你又是什麼好人？趁早不用在我跟前假撇清！且不提你在外頭怎樣荒唐，只單在這屋裏……別說我是你嫂子了，就是我是你奶媽，只怕你也不在乎。」（第16頁）

被七巧一語道穿，季澤立刻軟了下來，向七巧討饒。對被禁錮在姜家牢獄，永無出路的七巧來說，季澤不僅是她唯一可能接觸的男性，也是唯一願意聽她說話的對象。因此，儘管她對季澤的本性了如指掌，仍然向他訴苦，祈求感情：

> 「我就不懂，我有什麼地方不如人？我有什麼地方不好？……難不成我跟了個殘廢的人，就過上了殘廢的氣，沾都沾不得？」她睜著眼直勾勾朝前望著，耳朵上的實心小金墜子像兩隻銅釘把她釘在門上——玻璃匣子裏蝴蝶的標本，鮮豔而悽愴。（第17頁）

這幅畫像是禁錮在傳統的深宅大院裏的所有女人的定格像。

（季澤）心裏也動了一動。可是那不行。玩儘管玩，他早抱定了宗旨不惹自己家裏人，一時的興致過去了，躲也躲不掉，踢也踢不開，成天在面前，是個累贅。

……

她也許是豁出去了，鬧穿了也滿不在乎。他可是年紀輕輕的，憑什麼要冒那個險，他侃侃說道：「二嫂，我雖年紀小，並不是一味胡來的人。」（同上）

七巧當然知道，要獲得「身體」的快樂，必須以捨棄「身體」為代價。縱然七巧敢豁出去，但「身體」既為姜家所有，在姜家的手心，想捨棄也無處可捨。與姜家的男人結成同盟來對抗姜家的「法」，只能是妄想。對季澤來說，與七巧調情，不過是他玩的無數遊戲之一。想尋求快樂，外面有的是歡場女子，家裏的女人歸根到底是保證「純種」的工具。試圖逾越「制度」所規定的界線的七巧對季澤是危險的。這時，姜家的浪蕩公子擺出一副正人君子面孔，叫聲「二嫂」，以提醒各自在「家裏」的身份，以人倫為武器拒絕了七巧。述敘者直逼季澤的內心，道出他的真實想法，將他的內心世界和外在表象同時明示給讀者，將季澤的欺騙性暴露無遺。

三、真與假

十年後，婆婆和丈夫去世，分家後的七巧帶著兩個孩子搬到租借的房子裏，成為一家之主。數月後，季澤來訪。兩人第二次的交鋒是文本前半部的高潮。

七巧看見「滿面春風」寒暄著的季澤，「疑惑他是來借錢的，加意防備著」，故意把話岔開。不料，季澤卻向七巧訴起衷腸，說自己和妻子合不來，拼命在外頭玩，都是為了七巧，以前只是礙著家裏人多眼雜，不得不管著自己。聽了這話，

> 七巧低著頭，沐浴在光輝裏，細細的音樂，細細的喜悅……這些年了，她跟他捉迷藏似的，只是近不得身，原來還有今天！可不是，這半輩子已經完了——花一般的年紀已經過去了。人生就是這樣的錯綜複雜，不講理。當初她為什麼嫁到姜家來？為了錢麼？不是的，為了要遇見季澤，為了命中註定她要和季澤相愛。（第29頁）

意想不到的幸福，使七巧一時迷惑，如陷夢境。看著季澤的眼睛，七巧的頭腦中緊張地鬥爭起來：

> 他難道是哄她麼？他想她的錢——她賣掉她的一生換來的幾個錢？僅僅這一轉念便使她暴怒起來。就算她錯怪了他，他為她吃的苦抵得過她為他吃的苦麼？好容易她死了心了，他又來撩撥她。她恨他。（同上）

「他還在看著她」，十年來的思戀使七巧的心急劇地動搖：

> 就算他是騙她的，遲一點兒發現不好麼？即使明知是騙人的，他太會演戲了，也跟真的差不多罷？（同上）

十年前，季澤拒絕了自己愛，十年後卻來向自己求愛。是什麼原因會引起這奇蹟般的逆轉呢？在明爭暗鬥的大家庭裏生活的十幾年，教會了七巧猜疑。七巧很清楚，十年前的自己與現在的自己，根本的不同只有一點——掌握了財權。毫無疑問，七巧愛這個男人，問題是，這男人愛自己麼？他果真是來求愛的麼？還是以「愛」為武器來騙錢的呢？他究竟是愛人還是敵人？

在緊張的心靈格鬥中，七巧向愛傾斜，雖懷疑他在撒謊，也準備接受這「假愛」了。這時，一個陰影襲上心頭，立刻使心的傾斜轉變了方向：

> 不行！她不能有把柄落在這廝手裏。姜家的人是厲害的，她的錢只怕保不住。她先得證明他是真心不是。（同上）

這裏是文本的又一個關鍵。對此，傅雷解讀為七巧「為了黃金」「拒絕了所愛的男人」。夏志清也表示了同樣的見解：「她這幾年來，不斷的等待，不斷的算計，早就把自己套在金鎖裏面，不論真愛假愛，她都不能接受。」以後的批評家們繼承了這個詮釋。[10]

必須指出，制止七巧投身於「愛」的，是姜家這個巨大的陰影，是家長的權力，家長的法。強制七巧必須對丈夫——哪怕已是亡靈——保持貞操的「法」，像枷鎖般地束縛著七巧，七巧十分清醒：姜家的錢雖然暫時由自己掌管，卻並不屬於自己。自己只不過是姜家未成年兒子臨時的財產管理人罷了，要保住這個身份，必須恪守「婦德」，恪守寡婦的貞操。[11]一旦失足，不但錢會被姜家立刻收回，自己還會遭到嚴懲。「婦德」和「金錢」擰成一體，雙重的枷鎖緊緊地禁錮著七巧。要成全自己的愛，必須與「姜家的法」對抗，首先必須證明季澤是姜家的叛逆之子。在這個關頭，季澤的愛是真是假便性命攸關，而愛的試金石不是別的，正是「金錢」。

七巧改變話題，用信任的口氣向季澤詢問起房產、田地的處理方法。季澤「果然回答得有條不紊，顯然他是籌之已熟的。」季澤的目的暴露了，他是為錢而來的。面對這不願相信的真實，七巧怒不可遏。她將手裏的扇子向季澤頭上擲去，「你拿那樣的話來哄我——你拿我當傻子——」：

> 七巧一頭掙扎，一頭叱喝著，然而她的一顆心直往下墜——她很明白她這舉動太蠢——太蠢……（第31頁）

七巧沒有上季澤的當，保住了維繫生存的金錢。但就在這一瞬間，她意識到已失去了比生命更珍貴的什麼。

季澤揚長而去。臨行時吩咐傭人請醫生給七巧看病，給七巧貼上了「病人」的標籤。

「她的愛給了她無限的痛苦。單只這一點，就使她值得留戀。多少回了，為了要按捺她自己，她迸得全身的筋骨與牙根都酸楚了。」這是七巧一生唯一的愛，已浸透她的生命，成為生命的意義。慌亂中七巧責備自己：

> 今天完全是她的錯。他不是個好人，她又不是不知道。她要他，就得裝糊塗，就得容忍他的壞。她為什麼要戳穿他？人生在世，還不就是那麼一回事？歸根究底，什麼是真的，什麼是假的？（同上）

何等悲哀！女人要獲得愛，必須接受男人的不愛，明知是假愛也得裝糊塗，而接受後的命運只會更加悲慘。別無選擇，七巧毫不猶豫地拒絕了假愛，捍衛了自己的真愛，在這同時，愛的對象棄她而去，永不復來。真心後悔著的七巧趕到窗邊追尋那正在消逝的身影。

> 季澤正在弄堂裏往外走，長衫搭在臂上，晴天的風像一群白鴿子鑽進他的紡綢褲褂裏去，哪兒都鑽到了，飄飄拍著翅子。（第32頁）

永不再來的瞬息，環繞著所愛人的身體的是晴天的風，是七巧的意念，白鴿子般地自由自在地飛翔，晴天的風般地自由自在地愛撫著他，這是七巧的最高憧憬。可望不可即的畫面終於消逝，幻滅了一生的夢：

> 過了秋天又是冬天，七巧與現實失去了接觸。雖然一

樣的使性子，打丫頭，換廚子，總有些失魂落魄的。
（同上）

七巧的靈魂死了，「女性」七巧死了。

四、母親與女兒

取代七巧身上的「女性」的是「父親的影子」。不允許存在的「女性」是潛藏在七巧身上的「他者」，一旦顯現，勢必被放逐。「女性」七巧的死，意味著七巧身上的「他者」被徹底壓制。之後，七巧融入姜家的秩序，成為貨真價實的「姜家母親」——父親的替身。作品的後半部分圍繞著家長七巧和兒子、女兒的糾葛展開。

分家後七巧掌管一家的經濟實權時，兒子長白十四歲、女兒長安未滿十三歲。兩人「身材瘦小，看上去才七八歲」，「薄薄的兩張白臉」，「紙糊的人兒似的」。在瘦弱幼小的孩子面前，七巧是父權的代理人。成為姜家「二房」獨撐門面的家長七巧，不僅忠實地繼承姜家的教育傳統，還變本加厲，對男孩和女孩施行完全不同的教育。對父親的繼承人，遲早要成為真正的「家長」的兒子放任不管，一味地對同性的女兒行使權力。

一天，孩子們一塊玩兒時，長安登上高處不慎摔下，被暫住在家裏的表兄——七巧的姪子接住，正巧被七巧看見，七巧將他痛罵一頓，趕出了家門。然後教育長安「……天下的男子都是一樣混賬。男人……碰都碰不得！誰不想你的錢？你娘這幾個錢不是容易得來的，也不容易守得住。……叫你以後提防著些……」為了控制成長的女兒，竟硬給長安纏腳，雖然後來放鬆了，但已不能完全復原。

無論願意與否，時代的氣息影響著姜家。凡事效仿姜家「大房」和「三房」的七巧，也打算送孩子進洋學堂。長白每天打小牌，跑票房，吊嗓子，不肯去學校。七巧無奈，只得把長安送到女中。長白漸漸學叔父季澤，逛起窯子來。七巧著了慌，替他娶了親。

兒子的結婚生活喚醒了七巧壓抑多年的「性」。

> 這些年來她的生命裏只有這一個男人。只有他，她不怕他想她的錢——橫豎錢都是他的。可是，因為他是她的兒子，他這一個人還抵不了半個……現在，就連這半個人她也保留不住——他娶了親。（第39頁）

衝破壓抑屏障的「性」，病態地險惡地發作了——朝著不應當的對象。因對方是兒子，七巧只能尋求變態的心理滿足。她將兒子徹夜留在自己的鴉片煙舖，探聽兒子的房事。翌日，邀了連親家母在內的女眷來打牌，將「兒子親口招供的她媳婦的秘密宣布了出來」，逼得親家母臉皮紫脹，倉皇逃離。兒媳芝壽忍氣吞聲，終於病倒。長白又開始出入窯子。七巧給他納妾，教他吸大煙，好容易把長白留在了家裏。

七巧和女兒長安的糾葛是後篇的重點。長安的人生有過兩次短暫的快樂時光。第一次是住進寄宿學校的半年，學校生活使長安健康起來。然而不久，因一些小事，七巧便要到學校去興師問罪，為了制止母親，長安不得不主動退學。之後，關在家裏的長安雖不時跟七巧嘔氣，但「她的言談舉止越來越像她母親了。」跟隨母親，長安終於也吸鴉片上了癮。長安近三十歲時，才經堂妹介紹，認識了大她幾歲，在德國留學八年剛歸國的童世舫。不久，兩人訂了婚。這是長安人生中的第二段愉快的時光。訂婚後，長安拼命戒煙。

七巧看到像換了個人似的長安，「不由得有氣」。長安洋溢著幸福的表情刺痛了她內心的傷痕，這回，輪到她來實行姜家的法了。「父親的法」的被害者成為可怖的執行者，倍嘗身體衝動之苦的母親殘酷地壓制女兒。七巧一如既往地大談「男人壞」，接著將多年壓在心底的積憤向長安爆發：

> 「姓童的還不是看中了姜家的門第！別瞧你們家轟轟烈烈，公侯將相的，其實全不是那麼回事！……人呢，一代壞似一代，眼裏哪兒還有天地君親？少爺們是什麼都不懂，小姐們就知道霸錢要男人——豬狗都不如！我娘家當初千不該萬不該跟姜家結了親，坑了我一世，我待要告訴那姓童的趁早別像我似的上了當。」（第50頁）

姜家和曹家，兩股水火不容的力並存體內，既非姜又非曹，既是姜又是曹的七巧，向自己身體分化出的他者——繼承姜姓的女兒長安復仇。

父親和母親、姜和曹、身處兩種血液的對立和融合的夾縫，長安除了做一個「美麗而蒼涼的手勢」以外，別無它法。長安到公園去，請求童世舫解除婚約。

> 長安悠悠忽忽聽見了口琴的聲音，遲鈍地吹出了「Long, Long Ago」——「告訴我那故事，往日我最心愛的那故事。許久以前，許久以前……」這是現在，一轉眼也就變了許久以前了，什麼都完了。長安著了魔似的，去找那吹口琴的人——去找她自己。（第52頁）

口琴聲與決定退學的那天夜裏吹著口琴的少女長安重合，伴隨著長安的每一次自我犧牲。長安着了魔似的執著地追尋著的這旋律，它是一個象徵，象徵著自己的原像，象徵著女性本來的形像。少女長安認同的榜樣——真正的母親，她何時、消失在了何方？再次出現的「Long，Long Ago」的旋律，讓人們回憶起「許久以前」的女性的「愛的故事」，與七巧曾聽到的「細細的音樂」遙相呼應，成為一曲「愛」的輓歌，成為〈金鎖記〉的主旋律。

長安「生命裏頂完美的一段」被扼殺的場面掀起文本最後一波高潮。一天，七巧背著長安命令長白請童世舫到家來吃便飯。在七巧家的餐室，童世舫和長白喝著酒，天南地北聊天時：

> 長白突然手按著桌子站了起來。世舫回過頭去，只見門口背著光立著一個小身材的老太太，臉看不清

> 楚……門外日色昏黃，樓梯上鋪著湖綠花格子漆布地衣，一級一級上去，通入沒有光的所在。世舫直覺地感到那是個瘋子——無緣無故的，他只是毛骨悚然，長白介紹道：「這就是家母。」
>
> ……
>
> 長白道：「妹妹呢？……」。七巧道：「她再抽兩筒下來了。」世舫吃了一驚，睜眼望著她。……隔了些時，再提起長安的時候，她還是輕描淡寫的把那幾句話重複了一遍。她那平扁而尖利的喉嚨四面割著人像剃刀片。
>
> 長安悄悄地走下樓來，玄色花繡鞋與白絲襪停留在日色昏黃的樓梯上。停了一會，又上去了。一級一級，走進沒有光的所在。（第53-54頁）

曾被男人的謊言扼殺的女人用謊言扼殺了自己的女兒。「沒有光的所在」的囚人七巧強行將女兒也帶進這黑暗的牢獄。沒有辯解，默默無言，長安靜靜地目送所愛的背影。

> 長安覺得她是隔了相當的距離看這太陽裏的庭院，從高樓上望下來，明晰、親切，然而沒有能力干涉，天井、樹、曳著蕭條的影子的兩個人，沒有話——不多的一點回憶，將來是要裝在水晶瓶裏雙手捧著看的——她的最初也是最後的愛。（第55頁）

同樣是失去愛的場面。母親經歷過的摧心裂肝的劇痛不復再來，女兒甚至喪失了語言。

同一天，長白的妾生下一子。不久，長白的妻子芝壽病死，妾扶為正室，不到一年即自殺。之後，長白「只在妓院裏走走。長安更是早就斷了結婚的念頭」。

生命的最後，摸索著「骨瘦如柴的手臂」上的翠玉鐲子，七巧的腦海浮起年輕時的畫面。

> 十八九歲做姑娘的時候，高高挽起了大鑲大滾的藍夏布衫袖，露出一雙雪白的手腕，上街買菜去。喜歡她的有肉店裏的朝祿，她哥哥的結拜弟兄丁玉根，張少泉，還有沈裁縫的兒子。……如果她挑中了他們之中的一個，往後日子久了，生了孩子，男人多少對她有點真心。七巧挪了挪頭底下的荷葉邊小洋枕，湊上臉去揉擦了一下，那一面的一滴眼淚她就懶怠去揩拭，由它掛在腮上，漸漸自己乾了。（第56頁）

「滾圓的胳膊」變得「骨瘦如柴」，滿腔的激情化為一滴陰乾的眼淚。風燭殘年之時，一線亮光閃回，女性七巧追求的生命意義重現眼前——那便是男人的「真心」。肉店的朝祿、沈裁縫的兒子、丁玉根、張少泉，這些與黃金和權力無緣的草根男性的名字，點出了七巧的另一條生活道路，指出了女性的另一種可能性，明示出拯救的路徑。

七巧死後，長安和長白分了家搬出去住。

> 三十年前的月亮早已沉下去，三十年前的人也死了，

然而三十年前的故事還沒完——完不了。（第57頁）

敘述者意味深長地關閉上文本。

五、狂女傳記

傅雷對七巧的評價充滿了性別與階級歧視的話語暴力，他稱七巧為「出身低微的輕狂女子」。將七巧的行為視為「輕狂」，暴露了傅雷所執的道德標尺——不允許女性表達對情慾，尤其是對「性」的要求。在「輕狂」這一貶義詞前加上「出身低微」的限定，顯示出傅雷的階級立場——這話如同出自姜家老太太之口。

傅雷認為，「門戶的錯配」是種下七巧的悲劇的「第一個遠因」，姜家的家長老太太的「一念之善（或一念之差），抬高了她的身分，做了正室，於是造成了她悲劇的第二個遠因。」「然而最基本的悲劇因素」是「她是擔當不起情慾的人」（這裏的「情慾」似指「黃金慾」和「戀愛慾」），把七巧所有行為的動機還原為「黃金的情慾」：

為了黃金，她在焦灼期待，「啃不到」黃金的邊的時代，嫉妒妯娌姑子，跟兄嫂鬧架。為了黃金，她只能「低聲」對小叔嚷著：「我有什麼地方不如人……」為了黃金，她十年後甘心把最後一個滿足愛情的希望吹肥皂泡似的吹破了。

與傅雷比較，夏志清的評價客觀一些，也寬容一些。他準確地把握了悲劇的起因，意識到七巧所處的文化環境，認為七巧並非自己樂意「投身於上流社會的禮儀與罪惡之中」，七巧是「特殊文化環境中所產生出來的一個女子」。儘管如此，歸根到底，他仍將悲劇的根本原因歸罪於七巧，「更重要的，她是她自己各種巴望，考慮，情感的奴隸」。與對七巧的嚴厲批評相反，兩人對季澤的行為，尤其對他的「假愛」卻視而不見，不置一詞。

通過上述對「女性」七巧變質成「父親的替身」的過程，即七巧「發瘋」顛末的考察，結論非常清楚，造成「瘋女人」七巧的元兇不是別人，正是男權「制度」，是姜家和曹家的男人們。在這一「制度」下，男人們按自己的慾望，用各種各樣的交易方式交換、買賣女人。根據需要，有人將女性看作貨幣，有人將女性看作保證「純種」的工具，還有人將女性看作獲取「快樂」的玩偶。季澤深諳此種「文化」「制度」的神髓，自由自在地操作交換金錢、身體、性和愛。有錢時買女人，沒有錢時，把身體和「假愛」賣給女人換錢。對七巧說來，身體、金錢、性、愛溶為一體，既無法分離，更不能自主。在這樣的「制度」下，無論她循規蹈矩，甘於忍受自己被分配的角色，還是離經叛道，反抗命運，都註定要陷入金錢與身體、身體與法、性與愛兩相對立的艱難處境。試問，這樣的生存狀態，血肉之軀能擔當得起麼？原因應該在將七巧逼為「瘋女人」的話語和制度中尋找。

〈金鎖記〉講述了中國傳統家族制度下女性・母親的

故事。描繪出在男權社會中的女人生存的實態。應該說，對「家族制度」的質疑才是〈金鎖記〉的真意。

傅雷、夏志清對〈金鎖記〉的批評無非是男權方式的解釋。對浸透男性中心意識的人來說，自然看不見七巧的悲劇所提示的問題。試問，在傳統的「制度」和「文化」之中，男性主體尚且發狂，靈魂一分為二，女性的靈魂又該如何？而從四分五裂的靈魂的母體生出的女兒的靈魂呢？解開在閱讀這一再生產的過程中再次束縛住女性的「男性話語」的「枷鎖」，〈金鎖記〉的真意才能凸現。替失語的女兒長安們發問，追溯逼迫女性沉默的歷史，探尋生命之源——男性和女性的「真愛」，才是這個文本的靈魂。

從親子關係出發，追尋男女關係的張愛玲，通過〈金鎖記〉的寫作，找到了男女關係裂痕的根源。

注釋

1 〈自己的文章〉（《流言》所收）。

2 香港《星島晚報》連載，1966年。臺灣皇冠出版社，1968年。

3、5 金克木，〈玉梨魂不散　金鎖記重來——談歷史的荒誕〉（《讀書》1989年7，8期合刊）。金克木也認為《怨女》的藝術及文章勝過〈金鎖記〉，而力量則不如（同上）。

4、6 王楓，〈一個美麗而蒼涼的手勢——張愛玲小說散論〉，《中國現代文學研究》，1993年3期。

7 有關長安與張愛玲自傳之間的關係，參見第七章之二。據張子靜回憶，姜家的原型是李鴻章的次子李經述家。李家三少爺李國熊患軟骨症，七巧是姜家為他娶的媳婦。張子靜，〈我的姐姐〉，前出《永遠的張愛玲》，第40、41頁。

8 1957年，夏志清將剛完稿的張愛玲章寄給夏濟安，夏濟安譯為中文，題名〈張愛玲的短篇小說〉和〈評《秧歌》〉，分兩次在臺灣《文學雜誌》發表。這裏的引文引自中文版（劉紹銘編譯，臺灣傳記文學出版社，1985年新版，第413、406頁）。有幾處在表現上與英文版有出入。因考慮到在漢語圈的讀者中，中文版更有影響。

9　身體與法、父親與父親的影子，存在與不在，母親與女兒等的關係參考了以下資料：

朱麗葉・克麗斯蒂娃，《中國的女性》（中國の女たち），丸山靜等譯，日本瀬裏佳書房，1984年。

芭芭拉・約翰遜，《差異的世界——解構・話語・女性》（差翼の世界——脱構築・ディスコール・女性），第十三章，〈我的怪物／我的自身〉，日本紀伊國屋書店，1990年，第256頁。

波拉・J・嘉勃唧，《女兒和母親——女性間的障礙》（娘と母——女性間の障壁），久米稔等譯，日本家政教育社，1986年。

朱埃爾・道爾，《拉康解讀入門》（ラカン解読入門），小出浩之譯，日本岩波書店，1989年。

10　其中也有女性意識較強的研究者。例如孟悅、戴錦華著，《浮出歷史地表》。于青，《天才奇女——張愛玲》（花山文藝出版社，1992年）。諸多論文中，陳筱玲，〈《金鎖記》裏的鎖〉，《張愛玲短篇小說論集》（臺灣遠景出版社，1983年）與蕭雲儒的〈從張愛玲的《金鎖記》到電視劇《昨夜的月亮》〉（《小說評論》1991年4期）對這一場面的見解有些部分與本文相近。前者指摘了季澤「喪失人性」，但評價七巧時仍引用並贊同了夏志清的說法。後者主要以改編的電視劇本為對象。

11　關於在中國傳統社會中女性和家產的所有關係及貞節觀念，主要參考以下資料。滋賀秀三，《中國家族法的原理》（中國家族法の原理）第四章：〈婦女的地位〉，日本創文社，1967年，第415頁。

丸尾常喜，《魯迅——「人」「鬼」的糾葛》（魯迅「人」「鬼」葛藤）第四章：〈祝福和救贖——祥林嫂的死〉，日本岩波書店，1993年，第219頁。

第五章 《傳奇》的世界（三）——走向女性主體

一、反常識作家

創作使張愛玲從過去的糾葛和青春初期的詛咒中解放出來。作品被讀者接受，從而使她個人的糾葛轉移到社會話語領域，成為社會所有。〈傾城之戀〉和〈金鎖記〉的成功，使張愛玲在文壇獲得了不可動搖的地位，確立起作家身份，度過了認同危機時期。

伴隨著文學上的成功，一件意想不到的事闖入了張愛玲的生活。在高中時代便已將「結婚」劃出人生計劃外的她，突然戀愛了。

關於胡蘭成其人，本文不打算作詳細探討。在此，僅將他與張愛玲的契合點及相互的影響作一簡略的分析。

胡蘭成是在他人生轉折的關節上認識張愛玲的。胡蘭成曾任汪偽政府的宣傳部次長，《中華日報》總主筆。因寫了一篇判斷「日本必敗，南京政府必亡」的文章，並在日軍高層將領中傳閱而激怒了汪精衛，1943年12月7日，被關進監獄。因日本軍人的營救，48天後，1944年陰曆除夕，寫了悔過書後被釋放。

出獄後的胡蘭成被汪政府疏遠，迎來了人生的空白期，每天與看門人的孩子玩橋牌。

在政治生命的危機期，胡蘭成讀到了蘇青《天地》上的〈論言語不通〉一文，有感而發，寫了一篇〈論言語不通之故〉在《天地》發表。同期刊載有張愛玲的〈封鎖〉。胡蘭成讀時「才看得一二節，不覺身體坐直起來」。正是〈封鎖〉的特殊時空和「疏離」氛圍，與胡蘭成的心境一拍即合，將他吸引。

胡蘭成稱自己為「囿於定型的東西」，「是受過思想訓練的人，對凡百東西皆要在理論上通過了才能承認」，「且又被名詞術語禁制住」，「對公定的學術界權威我膽怯」。一向按社會常識行事，盲目崇洋的胡蘭成，遇到張愛玲後，深感衝擊：

> 張愛玲種種使我不習慣。
>
> 張愛玲卻教了我沒有禁忌。
>
> 在我以為是應當的感情，在她都沒有這樣的應當。
>
> 張愛玲為我的新鮮驚喜卻尚在判定是非之先。

〈民國女子〉中，處處可以讀到這樣的句子，對老於世故的胡蘭成來說，張愛玲是嶄新的。「你用一切定型的美惡去看她總看她不透」。一句話，張愛玲把胡蘭成的常識「全打翻了」。張愛玲批評人的尺度是「乾淨」「聰明」：

即使對方是日神，她亦能在小地方把他看得清清楚楚。常人之情，連我在內，往往姑息君子，不姑息小人，對東西亦如此。……愛玲對好人好東西非常苛刻，而對小人與普通東西，亦不過是這點嚴格，她這真是平等。（〈民國女子〉，《今生今世》上，第305-319頁）

胡蘭成說到了關鍵所在。張愛玲的「反常識」，源自她這種平等的態度，而平等的世界觀的根源，來自於她本人所處的位置和角度。這一點，將在第七章中詳細討論。

這一點體現在對中國文學的態度上，是喜愛《詩經》，《紅樓夢》，民間小調，蹦蹦戲等。對西洋文明，她「寧是只喜現代西洋平民精神的一點」。

我是從愛玲才曉得了漢民族的壯闊無私，活潑喜樂……（《今生今世》，第325頁）

農家出身的胡蘭成，「士」大夫意識非常濃厚，因崇尚金錢與權力，才被汪精衛拉下水，參加了所謂「和平運動」。在政治舞臺上受挫的胡蘭成，邂逅張愛玲後，深受影響，其文藝觀成為他後來著述「私觀中國歷史」《山河歲月》（臺灣遠景出版社，1975年）的基調。

胡蘭成所描述的張愛玲的價值觀，我們已在〈封鎖〉中熟悉。在這裏，從胡蘭成的角度列舉，不過想再次印證作者的思想與文本的關係。

戀愛關係，是指戀愛雙方相互善意地允許並接受他者的自我參與自身的秩序，互相肯定。與胡蘭成的喋喋不休相比，關於這段戀愛，張愛玲一直保持沉默。儘管後來寫了《小團圓》，以小說的方式追憶這段歷史，但因種種顧忌，一直在燒毀還是發表之間搖擺，直至逝世。

認識胡蘭成之前，張愛玲已經成名，並通過成名建立並鞏固了自我認同。而經過「五四」洗禮，熱心政治、時事、歷史及理論的胡蘭成更加寬了張愛玲的視野，加深了她的思考，使她能有意識地參照當下的政治形勢及新文化的歷史、理論來反思自己的作品並繼續創作。

請看下例：

1944年《新東方》3月號刊載了胡蘭成的〈皂隸‧清客與來者〉，批評了當時的文藝雜誌與文人，稱他們或為拿官方津貼的皂隸，或為專寫前朝掌故或近人軼事供官員們消遣的侯門清客。但對蘇青創辦不久的《天地》卻頗有好感，認為有些「潑剌的作品」，其中特別提到張愛玲的〈封鎖〉，稱其「非常洗練」，「簡直是寫的一篇詩」。用數百字介紹梗概後，他說：

> 我喜愛這作品的精緻如同一串珠鍊，但也為它的太精緻而顧慮，以為，倘若寫更巨幅的作品，像時代的紀念碑式的工程那樣，或者還需要加上笨重的鋼骨與粗糙的水泥的。

接下來五月號的第四、五期合刊裡，刊載了張愛玲的

〈自己的文章〉，針鋒相對地回覆了胡蘭成：

> 一般所說的「時代的紀念碑」那樣的作品，我是寫不出來的，也不打算嘗試，……我甚至只是寫些男女間的小事情，我的作品裡沒有戰爭，也沒有革命。

將這篇文章與張愛玲在認識胡蘭之前寫的〈論寫作〉（《雜誌》1944年4月）比較，其間的關係尤為清晰。

如《今生今世》中胡蘭成坦率表現的那樣，張愛玲對胡蘭成是一個巨大的文化衝擊，其實胡蘭成對張愛玲也未嘗不是如此。張愛玲關注的是男女瑣事中的權力差（參差對照），胡蘭成代表著傳統「士」的文學觀，兩相撞擊，迸出火花，產生出這篇〈自己的文章〉。

同年5月，陷入熱戀的胡蘭成寫了〈評張愛玲〉（《雜誌》），8月〈亂世文壇〉（《天地》）問世。

隨著與胡蘭成這一異性的特別的親密關係的深入，由炎櫻啟開的張愛玲的心全部開放。從這時開始，她將從前以虛構的小說形式處理的個人生活史中的糾葛，用與熟朋友談心的方式向讀者娓娓道出。〈童言無忌〉和〈私語〉便是這一時期的記錄。

此後的小說，也有了新的變化。在前期小說中只從側面描寫的男主角，在後期作品中以正面出場，取材範圍也更為廣闊。

二、訣別「家」——〈花凋〉

〈花凋〉是張愛玲前期小說的最後一篇，也可看作「成長故事」的完結篇。傅雷作過如下評述：

> 明知掙扎無益，便不掙扎了。執著也是徒然，便捨棄了。這是道地的東方精神……川嫦沒有和病魔奮鬥，沒有絲毫意志的努力……她連抓住世界的念頭都沒有。不經戰鬥的投降。自己的父母與愛人對她沒有深切的留戀。讀者更容易忘記她，而她還是許多短篇中刻畫得最深的人物！（〈論張愛玲的小說〉）

文本從題著「愛女鄭川嫦之墓」的墓碑開始描寫，上面刻著主人公的生平：

> ……川嫦……十九歲畢業於宏濟女中，二十一歲死於肺病。（第309頁）

據張子靜說〈花凋〉寫的是舅舅家三表姐的經歷。三表姐與愛玲年齡、家庭背景都相仿，經歷也相似。不同的是，三表姐死於疾病，愛玲卻死裏逃生。因此，我們可以在川嫦的形象中能看到作者的部分投影。

川嫦的父親鄭先生，可以說是清王朝「遺少」的總代表。他因為不承認民國，自從民國紀元起就「是酒缸裏泡著的孩屍。」「孩屍」鄭先生的臉由各種假面組合而成：

> 鄭先生長得像廣告畫上喝樂口福抽香煙的標準上海青年紳士，圓臉，眉目開展，嘴角向上兜兜著，穿上短褲子就變了吃嬰兒藥片的小男孩，加上兩撇八字鬚就代表了即時進補的老太爺，鬍子一白就可以權充聖誕老人（第310頁）。

在這短短的描述中，刻畫了鄭先生具有的四副面具。第一副是廣告中常見的媚俗之顏；第二副是幼稚的嬰兒的臉；第三副是威嚴的家長的面孔，前面冠以「即時進補」的定語後，威嚴的假面背面透出一種難以言說的淒涼；第四副是給孩子漂亮的謊言，為他們圓夢的聖誕老人的臉。

張愛玲借用電影的蒙太奇手法，將鄭先生碎片般的人格用四個面具表現出來。就這樣，清王朝的「孩屍」，借現代各式各樣的衣裝還魂了。

身為七個孩子的父親，鄭先生豪放不羈，「有錢的時候在外面生孩子，沒錢的時候在家裏生孩子。」（第310頁）從鄭先生與女人們「內」「外」有別的交往來看，對鄭先生來說，民國似乎更為方便。

> 鄭先生是連演四十年的一齣鬧劇，他夫人則是一出冗長單調的悲劇。（第311頁）
>
> 川嫦的母親每天給女兒們念叨自己的教訓，告誡她們：「一個女人，要能自立，遇著了不講理的男

人，還可以一走。」（第318頁）

在實際生活中，離家出走的張愛玲的母親是例外中的例外，世上絕大多數的母親，都像川嫦的母親那樣，雖然憎恨丈夫，卻因經濟、孩子等原因，不得不犧牲自己，默默忍受。

中學畢業的川嫦並不打算結婚，她抱著幻想，想等父親有了錢後送自己上大學。然而，對父親來說，「女兒的大學文憑原是最狂妄的奢侈品」，「為門第所限，鄭家的女兒不能當女店員，女打字員，做『女結婚員』是她們唯一的出路」（第312頁）。因此，父母給川嫦介紹了在奧地利留過學的章，然而，好不容易進行到締結婚約的階段，川嫦卻得了肺病，婚約告吹。

父親不想拿錢給重病的川嫦治病，而是利用人情，多方算計，想讓章醫生拿出藥費。川嫦絕望了，她清楚自己在世界上的從屬地位：「人家要她，她便得到她所要的東西」（第328頁）。她把本該對父母說的話，不斷地對自己重複：「總之，她是個拖累。對於整個的世界，她是個拖累。」痛苦的自我意識纏繞著她，「她的自我觀念逐漸膨脹。碩大無朋的自身和這腐爛美麗的世界，兩個屍首背對背栓在一起，你墜著我，我墜著你，往下沉」（第329頁）。

絕望的川嫦只求一死，但是，她的錢還不夠買安眠藥，她不得不忍著痛苦，一步步走向死亡。三個星期後，川嫦死了。在她的墓碑上，刻著美麗的墓誌銘：

> ……愛音樂，愛靜，愛父母……無限的愛，無限的依依，無限的惋惜……回憶上的一朵花，永生的玫瑰……安息罷，在愛你的人的心底下。知道你的沒有一個不愛你的。（第309頁）

「全然不是這回事。」緊跟在墓誌銘後的敘述者一句話，戳穿了這充滿感情的墓誌銘的虛偽。這篇墓誌銘，成為張愛玲清算從出生到青春期與「家」中一切糾葛的標誌。自此，張愛玲徹底走出了她個人史的陰影，邁入成熟期。

三、分裂的自我——〈紅玫瑰與白玫瑰〉

水晶把〈紅玫瑰與白玫瑰〉的主人公振保和五四以來，致力於「性和男性心理」描寫的第一人郁達夫書中的主人公相比較，認為振保是「寫男性性心理」最成功的人物，將振保「性心理」糾葛的原因歸結為「戀物癖」（Fetish）[1]。

耿德華（Edward M.Gunn）評論說：「佟振保是用自己掌握的社會習慣和秩序來評價自己的人」，「他的偽善之處在於試圖用井然的公式界定女人以及自己與她們的關係」。他認為紅玫瑰和白玫瑰分別比喻振保界定的社會認可的女性和「不道德」（illicit）的兩類女性[2]，振保與她們的矛盾是「個人幻想」和客觀事實之間的矛盾。筆者認為，耿的說法比水晶的說法更中肯。遺憾的是，耿的討論止於矛盾的表面現象，沒有挖掘出關鍵所在——振保「幻想」的根源。

正是在這個文本中，張愛玲開始正面質疑男權社會積習。文本一開始便寫道：

> 振保的生命裏有兩個女人，他說一個是他的白玫瑰，一個是他的紅玫瑰。一個是聖潔的妻，一個是熱烈的情婦——普通人向來是這樣把節烈兩個字分開來講的。
>
> 也許每一個男子全都有過這樣的兩個女人，至少兩個。（第397頁）

「每一個」將振保從個別提至普遍，振保＝男性，這種詮釋應不算過度。

> （振保）是有始有終，有條有理的。他整個地是這樣一個最合理想的中國現代人物，縱然他遇到的事不是盡合理想的，給他自己心問口，口問心，幾下子一調理，也就變得彷彿理想化了，萬物各得其所。（第397頁）

振保可以說是現代男性理想的典型。有條有理、有始有終，遵守「正確」規範的行為使貧民出身的振保獲得了理想的社會回報。他留學英國，一邊打工，一邊學習紡織工程，經過艱苦奮鬥，得到了「世界窗口的窗口」——上海老牌外國商社的高級職位。振保的成功是「公」「私」兩方面的。他有一個出身不錯，受過高等教育，美麗賢慧的妻，一個女兒。

（振保）事奉母親，誰都沒有他那麼周到；提拔兄弟，誰都沒有他那麼經心；辦公，誰都沒有他那麼火爆認真；待朋友，誰都沒有他那麼熱心，那麼義氣，克己。（第397-398頁）

孝順敬業、克己義氣的振保得到了現代商業社會的最高獎賞——「信用」。不過，走到今天的「理想」狀態，振保曾經過許多痛苦，而每一次的痛苦，背後都襯著一個女性的影子。第一次是他留學英國，利用休假，去巴黎旅行時發生的事。難耐隻身旅行的無聊，振保找了一個黃頭髮的娼妓。對振保來說，身在異國，又是第一次性體驗，應該充滿浪漫，可留在他頭腦中的印象卻是那女人老是不放心自己體臭的樣子：

這樣的一個女人，就連這樣的一個女人，他在她身上花了錢，也還做不了她的主人。和她在一起的三十分鐘是最羞恥的經驗。（第400頁）

更感震動的，是她映在鏡子裏的眼睛：

眼睛是藍的罷……眼珠子本身變了透明的玻璃球。那是個森冷的，男人的臉，古代的兵士的臉。振保的神經上受了很大的震動。（第400頁）

透明的玻璃球意味著冰冷，擊碎了振保對妓女＝「賣笑」職業的觀念，在這種場合，森冷的臉只應屬於「買笑」的男人。而擺在面前的現實是，玩的人與被玩的人，買的人與被買的人，雙方的角色翻了個兒，完全顛倒了。在振保的頭腦中，社會性別（Gender）的顛倒，只能作為性（sex）的顛倒才能接受。

> 從那天起振保就下了決心要創造一個「對」的世界，隨身帶著。在那袖珍世界裏，他是絕對的主人。（第401頁）

所謂袖珍世界，就是與「公」領域隔離的「私」領域。為證明自己能否成為「私」領域的「絕對的主人」，需要他者，此袖珍世界的他者不是別人，是那些與「我」有特殊關係的女人。振保「是正經人，將正經女人和娼妓分得很清楚。」玩娼妓當然另當別論，留學時，振保還愛過一個「正經女人」，一個英國人與中國人的混血姑娘玫瑰。玫瑰性格奔放，對男人態度隨便。玫瑰用這種態度對振保，振保認為是「天真爛漫」，可如果對其他男人也這樣，振保就覺得她有點「瘋瘋傻傻」。回國前，振保認為將玫瑰這種性格的女人移植到中國的土地上不上算，根據自己這一「對」的判斷，振保和玫瑰分了手。分手之際，玫瑰流著淚，緊緊地擁抱著振保，恨不得以身相許。振保控制住自己，毅然和玫瑰分了手。振保對自己的「操行充滿了驚奇讚嘆，但是他心裏是懊悔的。背著他自己，他未嘗不懊悔」。背著「對」的自己，「另一個自己」現形了。

回到上海後，振保借住在英國留學時的朋友的公寓裏，認識了朋友的妻子嬌蕊。嬌蕊比玫瑰更「熱情」，是個新加坡華僑。雖然振保內心喜歡「熱情」的女人，可他的原則是，這樣的女人不能做妻子。不過，如果是別人的妻子，又另當別論：

> 嬌蕊與玫瑰不同，一個任性的有夫之婦是最自由的婦人，他用不著對她負任何責任。（第417頁）

振保奮力抵抗嬌蕊的誘惑，一面抵抗，一面又說服自己。終於，他與嬌蕊發生了性關係。振保的私生活因此而改變：

> 以後，他每天辦完了公回來，坐在雙層公共汽車的樓上，車頭迎著落日，玻璃上一片光，車子轟轟然朝太陽馳去，朝他的快樂馳去，他的無恥的快樂——怎麼不是無恥的？他這女人，吃著旁人的飯，住著旁人的房子，姓著旁人的姓。可是振保的快樂更為快樂，因為覺得不應該。（第419頁）

振保認為自己「是墮落了」，享受這秘密快樂的振保最在乎的是世人的目光。有一天，他和嬌蕊一起走在街上，遇到了振保認識的英國老太太艾許和她的女兒。振保裝出與嬌蕊是普通朋友的樣子，可卻又在意著「艾許小姐靜靜窺伺著的眼睛」，是不是被她看出什麼來了？振保不自然起來。於是，他故意很親熱地對嬌蕊說話，「然後一笑，隨後又懊悔，彷彿說話太起勁把唾沫濺到人臉上去了。他老是覺得這艾許小姐在旁觀看」。旁人的目光，對振保來說，具有絕對權威。那天晚上，振保在嬌蕊的床上想起了艾許夫人。接著聯想到自己的母親，他一任自己聯想下去，「感到不止有一個母親，一個世界到處都是他的老母，眼淚汪汪，睜眼只看見他一個人」。對周圍無數眼光的幻想，使振保感到偎依在自己身邊的嬌蕊突然之間「成為身外物了」。嬌蕊溫柔的話語使振保流淚，但自己的眼淚也「還是身外物」。

這一次，嬌蕊的愛是認真的。她告訴振保為了讓這戀愛有結果，她將他們兩人的事寫信告訴了出差在外的丈夫，並要求離婚。聽到這出乎意料的話：

> 振保在喉嚨裏「嗯」地叫了一聲，立即往外跑，跑到街上，回頭看那崔巍的公寓，灰赭色流線型的大屋，像大得不可想像的火車，正衝著他轟隆轟隆開過來，遮得日月無光。事情已經發展到不可救的階段。他一向以為自己是有分寸的，知道適可而止，然而事情自管自往前進行了。跟她辯論也無益。麻煩的就是：和她在一起的時候……一切都是極其明白清楚，他們彼此相愛……沒有她在跟前，他才有機會想出諸般反對的理由。像現在，他就疑心自己做了傻瓜，入了圈套……如果社會不答應，毀的是他的前程。（第428頁）

振保不顧一個勁哭泣的嬌蕊，「為了崇高的理智的制裁，以超人的鐵一般的決定，捨棄了她」。後來，由母親作主，振保與一個與自己身份相配的姑娘煙鸝結了婚。

煙鸝的特徵是「白」。「名字是與一個人的外貌品性打成一片，造成整個的印象的」[3]。小說家張愛玲強調名字和形象的有機關係，對〈金鎖記〉中生龍活虎的主角以色彩鮮明的「七巧」[4]命名，賦予煙鸝則是一個「白」（與白流蘇一樣）色符號。

「白」意味著什麼？敘述者說：

> （煙鸝）給人的第一個印象是籠統的白……單只覺得白……她的白把她和周圍的惡劣的東西隔開來，像病院裏的白屏風，可同時，書本上的東西也給隔開了。煙鸝進學校十年來……黑板上有字必抄，然而中間總像是隔了一層白膜。（第431頁）

「白」如同煙鸝的影子，每當煙鸝出現，「白」也隨之出現。振保眼中的妻子：

> 結了婚八年，還是像什麼事都沒經過似的，空洞白淨，永遠如此。（第437頁）

精通英語的張愛玲，或許是有意識地使用「白」來傳達空白之頁這一西方傳統的意象吧。對於「白」，張愛玲有如下解釋：

> 然而白布是最不羅曼蒂克的東西，至多只能做到一個

> 乾淨，也還不過是病院的乾淨，有一點慘戚。（〈被窩〉，初登在《新中國報》學藝〈副刊〉，1190期，1944年11月19日。後收入《對照集——看老照相簿》，同前，第99頁）

「白」（「空白」）比喻的是在數千年的男權統治下，「被迫放棄了女性主體」的「良家婦女」。這樣的女人「愛」男人不為別的，「就因為在許多人之中指定了這一個男人是她的」。

結婚不久，對振保來說，煙鸝已非常乏味。他開始秘密地定期宿娼。有一天，振保在公共汽車上偶然遇到了嬌蕊。她已經再婚，還帶著孩子。「孩子」在傳統觀念中是遠離「淫」的存在，孩子的母親則意味著「家庭」型的「賢妻良母」，抱著孩子的嬌蕊的形象完全打破了振保自以為是的判斷。接著，嬌蕊冷靜地告訴振保自己找到了生活的意義，然後反問振保「你呢？」振保極力保持著平靜，想把他完滿幸福的生活用兩句簡單的話歸納，斟酌字句之時：

> 在公共汽車司機人座右突出的小鏡子裏看見他自己的臉，很平靜，但是因為車身的嗒嗒搖動，鏡子裏的臉也跟著顫抖不定，非常奇異的一種心平氣和的顫抖，像有人在他臉上輕輕推拿似的。忽然，他的臉真的抖了起來，在鏡子裏，他看見他的眼淚滔滔流下來，為什麼，他也不知道。在這一類的會晤裏，如果必須有人哭泣，那應當是她。這完全不

> 對，然而他竟不能止住自己。應當是她哭，由他來安慰她的。（第436頁）

遺棄者和被遺棄者，「具有鐵的意志」的人和流淚的人，社會性別又一次顛倒了。通過鏡子，振保一貫「對」的假面突然被剝離，暴露出「真的自己」。而剝開這假面的凶器不是別的，正是振保自己的視線。在〈封鎖〉中，通過自己和他者所表現的「真——善（對）」的主題，又在振保這同一人物身上重新出現了。

長期以來，振保以社會陳習為做人準則，以男性中心作為界定「對」的行為規範，並將其內化為自身的一部分。此刻，冷不防地直面自己的質樸臉面，振保竟誤以為是「她者」。何為假面？何為真顏？何為實？何為虛？誰是自己，誰是他人？對「假面」與「真臉」的顛倒的認識，讓振保意識分裂，恰如鏡內外一分為二的兩張面影。這突然的遭遇摧毀了振保精心經營的「對」的世界，他陷入了認同危機[5]。

振保回家去，他的家「臨街，一長排都是一樣，淺灰水門汀的牆，棺材板一般的滑澤的長方塊」，猶如大都市中的自己——芸芸眾生之一。

回到家，振保看見的是「臉上像拉上了一層白的膜」的妻子和「由虛空的虛空之中喚了出來」的女兒。

振保過去「對」的面孔，不過是為了獲取別人的讚許，「從他母親起，都應當拍拍他的肩膀獎勵有加」而蒙上的假面，重新發現「真的自己」以後，靠假面獲得的從前的所有一切都變得分毫不值。振保精神分裂，不斷向妻子施加壓力，使妻子患上了便秘症。緊接著，逆來順受的妻子給了振保致命的一擊，振保發現她與裁縫發生了男女關係。

振保扔掉了「對」的面具，經常飲酒，公然嫖妓。為了做給妻子看，一天，振保故意將妓女帶到自己的家門口。振保注意到從窗口窺視的妻子的視線，把洋傘朝積在地上的水上打去，一邊打一邊想，打碎它！打碎它！

> 砸不掉他自造的家，他的妻，他的女兒，至少他可以砸碎他自己。（第446頁）

振保砸碎了「對」的自己，拒絕了對家庭的責任和義務，滿腔怒火朝著妻子爆發了。他把臺燈的鐵座子擲向妻子：

> 振保覺得她完全被打敗了，得意之極，立在那裏無聲地笑著，靜靜的笑從他眼裏流出來，像眼淚似的流了一臉。（第447頁）

結尾處振保又恢復了原樣：「第二天起床，振保改過自新，又變了個好人。」文本的框架與〈封鎖〉和〈傾城之戀〉類似，不過悲劇的主體變成了男人。

無論東方還是西方，男性書寫的文學作品中，大體上都將女性分為「聖女」和「蕩婦」兩類。這反映了長期以來，僅僅把女性視為「性」的對象的男性視點，它符合男性一手創造的家族制度的要求——生養「純種」的「妻子」和提供「快樂」的「妓女」，世上只應有這兩類女人。歷來，在被男性壟斷的中國文學中，作為對現實的賢妻良母（白）的心理補償，在「虛構」的世界中創造了美麗、活潑且善良的妓女。

張愛玲對「現代人」的夢作了非常透徹的描述：

> 良善的妓女是多數人的理想的夫人。……美之外又加上了道德。現代的中國人放棄了許多積習相沿的理想，這卻是一個例外。（〈洋人看京戲及其他〉，《流言》，第112頁）

振保即現代人。整個文本以振保的視點為基點。描寫振保時，使用通常賦予「男人」的修辭——「理性」、「努力」、「鐵」、「超人」等等。對女人的描寫則借用「玫瑰」這一陳腐的比喻，用「白」象徵「貞」，「紅」象徵「淫」。用男性的語言，解構男性的「常識」，顛覆男性的霸權位置，使男性認同陷入危機，這正是張愛玲的本領。

男性的認同能否形成，完全取決於與女性的關係。從振保決心成為「自己絕對的主人」開始，在建構、證明自我認同，到自我認同分裂、瓦解的全過程中，每一個節骨眼上都離不開女人。振保能否確立起自我認同，取決於他能否隨意支配女性。當女性被他玩弄於掌間，其行為未超出他的常識範圍時，他的自我認同保持著穩定的一貫性，反之，則陷入危機。「白玫瑰」和「紅玫瑰」的形象分別承載著男性所規定的「妻子」和「娼妓」的角色，振保的想像力無論如何都不能超出這兩個範疇。他將這兩類女性「分得很清楚」。

振保在感性上被熱情＝紅吸引，而理性卻將此看作「淫」＝「惡」，加以否定。雖然理性肯定「白」＝「貞」，感情上卻感到乏味。振保的「基準」還是雙重的：要求「自己的女人」「貞」，自己卻追求「別人的女人」。〈金鎖記〉中七巧的時代，從制度上將女人劃分為「貞」「淫」兩類，維持了男女關係的相對穩定。「五四」以後，隨著女性觀念的改變，傳統的性別關係遇到了危機。文本中的「紅玫瑰」和「白玫瑰」打破了「貞」「淫」的迥然分界，猶如一塊硬幣的兩面：「白」面呈現時，「紅」面被遮蔽；「紅」面出現時，「白」面消失，兩個女性分別從「紅」轉「白」，由「白」轉「紅」，逆轉對換，變幻不定。「白玫瑰」變化的過程，一針見血地直指傳統男性的性觀念的裂縫。按照男性的理想，被男性一手塑造的「純潔」的「白」女人，對男人來說是乏味的。一旦她仿效男性，由純白變成「鮮紅」，又給予男性致命的打擊。男性霸權文化的矛盾最終反彈回男性自身，導致他們的自我認同分裂。

〈紅玫瑰與白玫瑰〉將〈封鎖〉的主題更向前發展了一步，揭示出生命與文明、自己與他者、個人與社會的矛盾的最根源的病灶，將文明深層的裂痕——男性霸權文化的裂痕呈現，擴大，最終導致傳統的男性自我認同解體。〈封鎖〉中自我／他者，真／善涇渭分明的二元界限被抹去，兩者互相介入，相互置換，流動變幻，立體可信。

四、阿小與哥兒達──〈桂花蒸　阿小悲秋〉

〈桂花蒸　阿小悲秋〉的女主人公名叫丁阿小（小），男主人公叫哥兒達（大）。從人名便可看出，文本描寫的男女關係與〈傾城之戀〉中「白」女和「范」（飯）男的傳統關係有著根本的不同。丁阿小和哥兒達，兩個名字並列，營造出土與洋，中國人與西洋人的反差效果。本文描寫了蘇州女傭在上海外國人居住的公寓裏辛勞的一天。

> 丁阿小手牽著兒子百順，一層一層樓爬上來。高樓的後洋臺上望出去，城市成了曠野，蒼蒼的無數的紅的灰的屋脊，都是些後院子，後窗，後衖堂，連天也背過臉去了……（第463頁）

一個「後」字，道盡了丁阿小在這公寓中的位置。位於樓後面的廚房是阿小幫佣的地方。阿小每天帶著孩子走到這裏開始一天的生活。……急急忙忙打開廚房的門，站在凳子上，從架子上拿咖啡，燒開水，趁著水沒開的功夫給兒子吃麵包，打發他去學校。客廳的電話響了，接電話後，去敲主人臥室的門。「灰色眼睛」「體態風流」的西洋（國籍不詳）「美男子」哥兒達不高興地從臥室來到客廳接電話……

阿小回到廚房，她看到「兩隻用過的酒杯，有一隻上面膩著口紅」，「垃圾桶裏有個完整的雞蛋殼，他只在上面鑿了一

個小針眼」，另外「冰箱裏面還有半碗『雜碎』炒飯」，這是

> 他（主人）吃剩的，已經有一個多禮拜了。她曉得他並不是忘記了，因為他常常開冰箱打探情形的。他不說一聲「不要了，你把它吃掉罷，」她也決不去問他「還要不要了？」她曉得他的脾氣。（第466頁）

通過女傭的眼睛，主人生活的「裏面」，輕而易舉地反轉為「表面」。

掛斷電話的主人，看了備忘錄，又繼續打電話，還不時抽空向在廚房的阿小發指令。吃完早飯後，主人到辦公室去了。

……電話鈴又響起來了。從早上起電話鈴聲不斷，來電話的都是女的：李小姐、黃頭髮女人、中國人、外國人、熟悉的聲音、陌生的聲音……阿小應接不暇。

阿小的同鄉，一個叫秀琴的年輕姑娘來還昨夜請客借的盤子，她是住在這家公寓的黃頭髮女人的女傭。通過阿小和秀琴的交談，讀者聽到的，不是宴席的輝煌豪華，而是主人的小氣吝嗇；不是一直鬧騰到半夜的聚會，而是宴會後男女主人的幽會……。通過阿小之口，道出了哥兒達從早到晚與女人交往的「私生活空間」的「日常」。

哥兒達私生活的心臟——臥室，是女傭阿小的工作場所，亦是女傭們自由出入的公開場所。阿小為了讓秀琴看看哥兒達從情婦那裏得到的高檔禮品，把秀琴帶進了哥兒達的臥室。臥室裏散亂地放著彩綢墊子，床頭有無線電，畫報雜誌，牆角掛一只京戲的鬼臉子，桌上一對錫蠟臺。

房間裏充滿著小趣味，有點像個上等白俄妓女的妝閣，把中國一些枝枝葉葉啣了來築成她的一個安樂窩。最考究的是小櫥上的煙紫玻璃酒杯，各式各樣，吃各種不同的酒……

牆上用窄銀框子鑲著洋酒的廣告，暗影裏橫著個紅頭髮白身子，長大得可驚的裸體美女，題著「一城裏最好的。」和這牌子的威士忌同樣是第一流。（第471頁）

臥室的情景忠實地反映了哥兒達的「內心」情趣。

場景換成了浴室，阿小一邊搓洗著哥兒達的襯衫，一邊對秀琴訴說：

……他一個男人，比十個女人還要小奸小壞。……「上海這地方壞呀！中國人連傭人都會欺負外國人！」他要是不在上海，外國的外國人都要打仗去的，早打死了！……看他現在愈來愈爛污，像今天這個女人——怎麼能不生病？前兩個月就弄得滿頭滿臉痱子似的東西，現在算好了，也不知塌的什麼藥，被單上稀髒。（第472頁）

掩蓋在筆挺西裝裏的「隱私」，便這樣一覽無餘地展示在讀者面前。

到了吃午飯的時間。阿小招待同鄉女傭，照料兒子，和女傭們閒聊，議論一對剛搬來的有錢的新婚夫婦豪華的家具，以及女傭、廚子的人數等等。

下午，阿小的丈夫到廚房來了，他在街上做裁縫，薪水低，不僅養不活阿小和兒子，有時還向阿小要零用錢。夫妻倆沒有共同的生活空間，丈夫平時住店，阿小和兒子住亭子間。邊熨衣服邊和丈夫說話的阿小，查看著兒子學習的丈夫……悶熱狹小的廚房，是阿小一家團聚的地方。然而，這樣的和諧也只是短暫的，很快，不諧和音闖了進來——讓丈夫讀鄉下娘家的來信時，又遭遇到娘家不友好的態度——因阿小沒有舉行過正式的結婚儀式，娘家一直用漠視她的丈夫和兒子存在的方式來表示抗議。阿小頗感寂寥。

哥兒達回來了……斷斷續續地對話、接電話、取冰、打洗澡水……阿小不停息地做著單調而繁雜的家務，文本亦不厭其煩地描寫阿小「忙得團團轉」的工作情景。這裏既沒有發生大的變化和意外的轉折，更沒有悲慘的結局。主人和女傭，兩者的境況如天壤之別，卻沒有磨擦；價值觀大相徑庭，但沒有衝突。豈止如此，當阿小接哥兒達過去情婦的電話，對方提出哥兒達的床套略有點破了，要替他製一床新的時，阿小「對哥兒達突然有一種母性的護衛，堅決而厲害」，拒絕了對方。哥兒達招待一個舞女，阿小在為他們做晚餐的甜食時材料不夠，「甜雞蛋到底不像話，她一心軟，給他添上點戶口麵粉，她自己的，做了雞蛋餅」，而「她和百順吃的卻是菜湯麵疙瘩。」

夜晚，突然下起了大雨，阿小無法回家，把被子鋪在廚房的臺子上，和兒子入睡。

風聲、雨聲，還聽得見樓上新婚夫婦的吵架聲和哭聲。阿小看到了公寓的另一副面孔，與白天完全不同的模樣，她在惡夢中睡去了。

半夜，哥兒達帶著舞女回來了。到廚房來取冰的哥兒達，看到這時的阿小，「心中很覺安慰」，因為「這阿媽白天非常俏麗有風韻的，卸了裝卻不行」。敘述者說出了哥兒達的想法：

> 因為他本來絕對沒有沾惹她的意思；同個底下人兜搭，使她不守本分，是最不智的事。何況現在特殊情形，好的傭人真難得，而女人要多少有多少。

從開著的門縫間，阿小看到哥兒達帶來的女人：

> ……女人在房裏哈哈笑著，她喝下的許多酒在人裏面晃蕩晃蕩，她透明透亮的成了個酒瓶，香水瓶，躺在一盒子的淡綠碎鬈紙條裏的貴重的禮物。門一關，笑聲聽不見了，強烈的酒氣與香水香卻久久不散。廚下的燈滅了，蒼蠅又沒頭沒腦撲上臉來。（第485頁）

第二天早上，天氣驟然涼了。「乘涼彷彿是隔年的事了」。阿小看著陽臺的垃圾，漠然想道：「天下就有這麼些人會作髒！好在不是在她的範圍內。」文本結束。

1972年，水晶訪問張愛玲，談及這部作品，說「那蘇州娘姨看來像一個『大地之母』，因為自始至終，她都在那裏替主人洗衣服、整理房間，彷彿有『潔癖』似的」。當水晶讚賞說結尾部分尤其精彩時，張愛玲爽朗地笑了，「從笑聲裏，我覺察到她是非常偏愛『阿小悲秋』的」。[6]

水晶舉出魯迅的祥林嫂（〈祝福〉）和吳組緗的線子嫂〈樊家舖〉），將這兩個女主人公定位為「左翼作家」為抨擊社會制度而描寫的「勞動階級」。他將同樣是「勞動階級」的丁阿小與祥林嫂和線子嫂比較，認為「丁阿小的個性，遂有如『抽刀斷水』，顯得暖昧，不容易界定」（階級的）「界限」，可以看作是「不典型」的人物，但是他說，「其實『不典型』有時倒是典型的，徹底的，為的是我們在日常生活中，反而常常會碰到這樣的人物！」也就是說，丁阿小的形象比魯迅們「虛構」的「勞動階級」的女性形象更貼近現實。

水晶認為，張愛玲數次使用「髒」這一意象，拓展了阿小由於職業原因對「髒」敏感的意義，「阿小是處在一個道德敗壞、淫亂污穢的世界裏」。這便是「髒」這一符號的象徵意義。他闡述說：張愛玲「通過對於阿小適度的誇張描寫，來反襯出哥兒達在道德天平上的渺小，和她不成比例」。[7]

順水晶的思路進一步解釋，如果說「潔癖」是代表阿小的符號，那麼「髒」就代表哥兒達。乾淨與「髒」的優劣關係，和社會通常認為的「小」女傭與「大」主人的身分符號剛好相反。「乾淨」＝「小」、「髒」＝「大」的符號關係，顛倒了阿小與哥兒達的力量關係，從而，主人和女傭的貴賤、大小、上下關係亦顛倒過來，構成了一對新的關係。

「乾淨」與「髒」還代表著外面與裏面。居室的「乾淨」是以裏面的「廚房」為支撐的，是以「廚房」的「髒」為代價換取的。「居室」和「廚房」、「外面」和「內部」的一對關係，亦象著社會上的「男」與「女」的因襲關係。文本還站在男人與女人各自的立場與視角上觀看對方：在哥兒達的眼中，阿小只有兩個價值，或是「性」、或為「勞動力」。哥兒達沒把阿小作為「性」對象，不是由於他的道德基準，而是出於他的經濟價值觀。對哥兒達來說，此時此地，「勞動力」商品的價值更高於「性」商品。市場原理如此，最現代的西洋男人當然遵循。

另一方面，在阿小的眼中，不僅看到堂堂主人的紳士表面，更看到他「髒」與「吝嗇」的內面。但她對哥兒達的態度是包容的，關鍵時候，她還會以「強烈」的母性情感幫助、保護哥兒達。

「潔淨」這一符號，總結歸納了阿小＝女性孜孜不倦為瑣碎小事終日忙碌的意義，以「潔淨」的「母性」形象，張愛玲將阿小・女性從屬、邊緣的位置重建。

> 秋是一個歌，但是「桂花蒸」的夜，像在廚裏吹的簫調，白天像小孩子唱的歌，又熱又熟又清又濕（第463頁）。

開篇這首天真快樂的歌，率直地表現出了作者喜悅的心情：經過漫長的探索，終於找到了——發現了男女之間應有的、真實的關係，找到了女性主體的真正意義。這首歌為

《傳奇》劃上了完美的句號。[8]

五、玻璃與鏡子

對張愛玲喜用的意象，耿德華作過如下評述：

> 月亮、鏡子、玻璃等意象像張愛玲的商標，這些意象給小說以個性。[9]

的確，這三樣東西，在張愛玲小說中出現的頻率最高。

據水晶統計，在張愛玲〈鴻鸞禧〉這部一萬字的短篇小說中，「鏡子被提到七次之多，提到眼鏡五次，玻璃九次，白磁三次」，水晶指出這些「統統是脆薄易碎的東西。」說「鏡子和《傳奇》一書的關係，真可以說是『白虹屏中碧』，碧彩熛灼，自成為一個世界。令人奇怪的是：邁出了《傳奇》的疆界，到了《秧歌》、《赤地之戀》、或者《半生緣》諸長篇中，鏡子雖然照舊出現不誤，卻不若《傳奇》中那樣重要了」[10]。對此，他詮釋說，張愛玲採用傳統文學中的「破鏡」這一比喻，形容夫妻間的琴瑟不調，或用鏡子，反映人物的「他我」「知交」（alter-ego）等等，給鏡子賦予了多方面的意義。

上述內容，讓我們在一定的程度上理解了《傳奇》中鏡子的作用。在此，我想從另一個角度談談鏡子的功能。

玻璃和鏡子，是《傳奇》描寫人際關係時使用的小道具，兩者的作用不盡相同。先看看玻璃的作用吧。

（白流蘇）還只十來歲的時候，看了戲出來，在傾盆大雨中和家裏人擠散了。她獨自站在人行道上，瞪著眼看人，人也瞪著眼看她，隔著雨淋淋的車窗，隔著一層無形的玻璃罩——無數的陌生人。人人都關在他們自己的小世界裏，她撞破了頭也撞不進去。（〈傾城之戀〉，第63頁）

整個的花團錦簇的大房間是一個玻璃球，球心有五彩的碎花圖案。客人們都是小心翼翼順著球面爬行的蒼蠅，無法爬進去。（〈鴻鸞禧〉，第392頁）

玻璃是隔在人與人、自己與他人之間的固體物質。透過玻璃能看見人，卻不能接觸。它象徵著自己與他人的隔膜。

索性砸碎玻璃又會怎樣呢？

小寒望著他……在他們之間，隔著地板，隔著檸檬黃與珠灰方格子的地席，隔著睡熟的狸花貓……短短的距離，然而滿地似乎都是玻璃屑，尖利的玻璃片，她不能夠奔過去。她不能夠近他的身。（〈心經〉，第284頁）

玻璃一旦破碎是非常危險的，它會扎傷人。

在無法迴避他人視線的玻璃世界裏，為了自衛，必須努力扮演出「對」的自己，努力時使用的道具便是「鏡子」。在玻璃的一面塗上水銀，遮擋住對面他人的視線，就可為自己創造出一個操練的場地。這時，自己變成他者，將自己的視線假設為他者的，按照他者的標準苦練演技。

在〈紅玫瑰與白玫瑰〉中，振保用他者的眼光審視鏡中的自己，以致分辨不清孰我孰他。是鏡子讓他的「內在自我」現了原形。

〈傾城之戀〉的白流蘇，決心逃出娘家時通過「鏡子」審視自己，建立起了自信。

> 依著那抑揚頓挫的調子，流蘇不由得偏著頭，微微飛了個眼風，做了個手勢。她對著鏡子這一表演，那胡琴聽上去便不是胡琴，而是笙簫琴瑟奏著幽沉的廟堂舞曲。她向左走了幾步，又向右走了幾步，她走一步路都彷彿是合著失了傳的古代音樂的節拍。她忽然笑了——陰陰的，不懷好意的一笑，那音樂便戛然而止。外面的胡琴繼續拉下去，可是胡琴訴說的是一些遼遠的忠孝節義的故事，不與她相干了。（第66頁）

鏡子前的流蘇扮演了兩副面孔，[11]一張是古代美人的臉，而且是京劇舞臺上合著胡琴調子的美人。以此演技為武器，流蘇成為范柳原尋根理想的幻像，令柳原傾倒。

「陰陰的，不懷好意」的笑是流蘇的另一張面孔。這是一張完全不同於古代美人的、揭去了傳統的「忠、孝、節、義」的溫情面紗，決絕的、冷酷的臉。

在香港的飯店，流蘇又一次面對鏡子：

> （月光）映到窗子裏來，那薄薄的光就照亮了鏡子。流蘇慢騰騰摘下了髮網，把頭髮一攪，攪亂了，夾叉叮玲鐺啷掉下地來。她又戴上網子，把那髮網的梢頭狠狠的銜在嘴裏，擰著眉毛，蹲下身去把夾叉一隻一隻揀了起來（第94頁）。

在沒有他人視線的月光中，流蘇口銜異物，眉毛緊擰，猙獰可怖，與在月光中，面對柳原，「美得不近情理」的臉，互為表裏。

流蘇在月光中兩次出現的判若兩人的兩副面孔，與她在穿衣鏡中照出的兩副面孔對應，絕妙地表現出流蘇表演給人看的美的假面和冰冷的內心，全方位地刻畫出這個「低頭」「無能」女性的辣腕，這是她在舊制度的大家族中——一個弱肉強食、你死我活的世界裏學會的「所僅有的一點學識」，「應付人的學識」。

在鏡子前面，柳原親吻流蘇，「他還把她往鏡子上推，他們似乎是跌到鏡子裏面，另一個昏昏的世界裏去了，涼的涼，燙的燙，野火花直燒上身來。」（第94頁）。

最熱烈的戀愛場面，亦在鏡前演出。冷——熱、真——偽、美——醜、悲哀——快樂，一並融入鏡中，你中有我，我中有你，難解難分。

注釋

1　〈潛望鏡下一男性——我讀紅白玫瑰〉，《張愛玲的小說藝術》，第101、

110頁。

2　《被冷落的繆斯》（*Unwelcome Muse-Chinese Literature in Shanghai and Peking 1937-1945*, Columbia University Press, 1980），第208頁。

3　〈必也正名乎〉，《雜誌》第十二卷第四期，收入《流言》第33頁。

4　在〈私語〉中，有回想懷念去法國的母親留下的公寓的場面，言及七巧桌。從七巧這個名字看出，張愛玲對這個人物傾注了特別的感情。

5　這裏的分析參照下列資料：
奧納魯多・大衛・勒因，《自己和他者》（自己と他者），美蔫書房，1975年。
《分裂的自己》（引き裂かれた自己），美蔫書房，1973年。

6　〈蟬——夜訪張愛玲〉，《張愛玲的小說藝術》，第25頁。

7　〈在群星中也放光〉，《張愛玲的小說藝術》，第51—59頁。

8　按創作時間，〈留情〉最後完成，但在《傳奇》（增訂本）中張愛玲將〈桂花蒸　阿小悲秋〉排在最後。從內容上看，這部作品作為終結篇是妥當的。

9　《被冷落的繆斯》，第221頁。

10　〈象憂亦憂　象喜亦喜〉，《張愛玲的小說藝術》，第131頁。這篇文章中，水晶提到了眼鏡的隔膜作用。

11　關於這一點，水晶在〈試論張愛玲《傾城之戀》中的神話結構〉（《張愛玲的小說藝術》第45--47頁）中有論述。

第六章 《流言》[1]的世界
——同一性與差異性

一、上海人的中國根

1943年8月，「收回」租界後，日文雜誌《上海》「慶祝中國恢復主權」的專輯對上海人下了定義：

> （所謂上海人）是一群喪失了支那歷史、傳統、個性的、醉心於英美的人……「魔都」上海，最晦暗意義上的「國際都市」上海，陰謀、謠言、流言蜚語的「黑暗都市」上海，至今仍然健在……上海沒有支那，上海沒有支那人……上海要獲得新生，最基本的條件是首先要更新上海五百萬支那民眾的精神……如果不把英美式的思想、見解乃至感覺從心底、腦內完全驅除，他們就不可能擺脫與「猶太的」幾乎同義的「上海的」這一可憎的形容詞……必須讓上海以及上海人獲得真正意義上的新生（〈新生上海的性質〉）。

如第一章所述，這篇文章將「新生支那」的目標定為「高度的戰時體制」，同時，又將上海人比作猶太人，與「中國人」區別開來，將「中國人」抽象為一個空殼，以「更新」「上海人」為理論依據，合理合法地歧視、排擠「上海人」。

只有重返當年的語境，我們才能真正懂得張愛玲的〈到底是上海人〉（《雜誌》8月號）的深意。這篇文章中，張愛玲表達了與上海人心心相通的連帶情感：

> 我為上海人寫了一本香港傳奇，包括沉香屑，一爐香，二爐香，茉莉香片，心經，琉璃瓦，封鎖，傾城之戀七篇。寫它的時候，無時無刻不想到上海人，因為我是試著用上海人的觀點來察看香港的。只有上海人能夠懂得我的文不達意的地方。
>
> 我喜歡上海人，我希望上海人喜歡我的書（第58-59頁）。

文章中，張愛玲這樣闡述了上海人的性格：

> 上海人是傳統的中國人加上近代高壓生活的磨鍊。新舊文化種種畸形產物的交流，結果也許是不甚健康的，但是這裏有一種奇異的智慧。
>
> 誰都說上海人壞，可是壞得有分寸。上海人會奉承，會趨炎附勢，會混水裏摸魚，然而，因為他們有處世藝術，他們演得不過火。關於「壞」，別的我不

知道，只知道一切的小說都離不了壞人。好人愛聽壞人的故事，壞人可不愛聽好人的故事（第58頁）。

這話說出了上海人的心聲，是對侵略者話語迂迴的抵抗。張愛玲將上海人和香港人對比後，很有感觸：

香港的大眾文學可以用膾炙人口的公共汽車站牌「如要停車，乃可在此」為代表。上海就不然了。初到上海，我時常由心裏驚嘆出來：「到底是上海人！」我去買肥皂，聽見一個小學徒向他的同伴解釋：「喏，就是『張勳』的『勳』，『功勳』的『勳』不是『薰風』的『薰』。」……

上海人之「通」，並不限於文理清順，世故練達。到處我們可以找到真正的性靈文字。（〈到底是上海人〉，第57頁）。

一個識字不多的上海小學徒，竟然能舉出近代史上名人的名字來解釋漢字，通過這件小事，張愛玲看到了上海人和香港人的差異。香港人亦使用漢字，組詞半文半白，造句生澀難解，更談不上文化歷史底蘊。由於百年來的殖民地統治，使香港成為漢字文化的沙漠。上海卻不同，儘管存在著租界。從心底喜愛中國「文字的韻味」[3]的張愛玲，通過這一個微小的事例，敏感地意識到上海人的根是深植在中國的文化土壤中的。

這一點上，她的想法與周作人相通，也可能是受了周作人的影響。曾對中國文人喜好文字遊戲有過負面評價[4]的周作人，1943年以後開始反覆強調漢字的重要性。

> ……現今青年以漢字寫文章者，無論地理等等距離間隔如何，其感情思想卻均相通，這一件小事實有很大的意義。（〈漢文學的前途・附記〉，《十堂筆談》所引，《立春以前》，實用書局，第132-133頁）
>
> ……我們最大的希望與要求是中國的統一，這應從文化上建立基礎，文字言語的統一又為其必要條件……漢字……唯因其有維繫文化的統一之功用，政治上有極大意義，凡現在關心中國前途的人都應注意予以重視（〈十堂筆談〉，1944年，第133頁）。

「國破山河在」之際，周作人在「漢字這一具體的最小單位上建立民族基礎」[5]的願望，並不僅僅是個「夢」[6]。

東亞同文書院的畢業生，曾在廣東、濟南、海拉爾等任過領事的日本職業外交官，精通中國文化的米內山庸夫說過這樣的話：

> 支那文化有著人性的、本能的魅力，具有將其它民族溶入自己的文化熔爐中，將他者同化的偉大力量。因此，有時就連使用武力征服了支那民族的其他民族，其武力也會被散佈在武力縫隙中、無所不在的文化毒氣擊潰瓦解，征服了支那的民族反而被收伏並裝進支那文化的藥罐（1938年1月）[7]。

1940年10月，在《外交時報》上，米內山庸夫這樣告誡日本侵略者：

> 文化事業應按支那人的願望，按與支那人共樂的原則來進行。以外國人為主，或外國人作指導，都是一廂情願地、強加於支那人的做法。總之，作為文化事業，不必宣傳政策，但在實行時，卻能起到政策的效果。唯一的問題是要注意，不要像滿洲人那樣，盜木乃伊的人自己反而成了木乃伊。

以漢字和文學為依據，高聲主張上海人是傳統的中國人的張愛玲，要向上海人訴說什麼呢？「上海的」與「猶太的」同義的侵略者的話語使人聯想到自我同一性這一概念的創造者愛理克遜的話。愛理克遜這樣談到關於自我認同一詞的由來：

> 弗洛伊德使用這個詞雖然只有一次，但他決不是偶然使用的，而是伴隨著心理、社會的含蓄。也就是說，弗洛伊德是在意欲明確自己與猶太人的維繫之時使用「內在同一性」（inner identity）這一詞的。而且這種猶太人的內在同一性，不在於人種、宗教方面，其基礎是建築在自然生成的共通的心理結構，以及從一切限制智慧運作的偏見中解放出來的共通的自由上的。也就是說，這裏的同一性一詞，意味著他所屬的民族（猶太民族）因其特殊的歷史培育出的固有的價

> 值觀和一個人（弗洛伊德）之間的紐帶。並且，對於這一個人來說，還意味著這是他固有的獨立發展的基石（小此木啟宏編譯，《自我同一性　認同與生命週期》，誠信書房，1973年，第131頁）。

愛理克遜引用了弗洛伊德寫給自己猶太同胞的信：「把我與猶太民族聯結起來的……一個是許許多多朦朧感情的力量。因為無法用語言表達，因而更覺強烈。另一個是關於內在同一性的明確意識，也就是關於伴隨著只適合猶太人共同精神結構的、使心緒寧靜的、有關私事的意識。」並對這一段話作了解釋：

> 弗洛伊德所說的「內在同一性的意識」包含了在長期被迫害的歷史中，被驅逐、被輕視的民族始終懷有的苦澀的自尊心。他們克服了限制機會的充滿敵意的障礙，憑藉特殊的（在這裏是智慧的）天賦，獲得了成功（岩瀨庸理譯，《認同——青年與危機》，金澤文庫，1973年，第13頁）。

對「傳統的中國人加上近代高壓生活的磨鍊」的上海人來說，毫無疑問，張愛玲的文字能喚起他們「朦朧的感情的力量」和「苦澀的自尊心」，鞏固他們對「中國人」族群（Ethnidty）的肯定的認同。

《傳奇》和《流言》中充滿著質疑「文明」的懷疑精神，所有疑問的基點都建立在「我們是中國人」的立場上。

例如，〈洋人看京劇及其他〉的開篇，張愛玲就聲明自己觀察中國的動機是出於「愛」。無條件的「愛」是「危險」的。「遲早理想要撞著了現實……把心漸漸冷了」。需要「仔細」地「看」中國，「有了驚訝與眩異，才有明瞭，才有靠得住的愛」。

在外來暴力的統治下，自身存在岌岌可危，念念於中國，為自己是中國人深感自豪的張愛玲，將不安、絕望和悲哀寄託於優雅而又神秘的漢字中，撥動了上海人的心弦。她的文字猶如凝聚劑，促進、增強了族群的情感凝聚力。

二、「虛空」的「荒野」

對香港戰爭的體驗，張愛玲作了如下敘述：

> 圍城的十八天裏，誰都有那種清晨四點鐘的難挨的感覺——寒噤的黎明，什麼都是模糊，瑟縮，靠不住。回不了家，等回去了，也許家已經不存在了。房子可以毀掉，錢轉眼可以成廢紙，人可以死，自己更是朝不保暮。像唐詩上的「凄凄去親愛，泛泛入煙霧，」可是那到底不像這裏的無牽無掛的虛空與絕望。
>
> ……到底仗打完了……第一，時間又是我們的了——白天，黑夜，一年四季——我們暫時可以活下去了，怎不叫人歡喜得發瘋呢？（〈燼餘錄〉，《流言》，第49-50頁）。

在時間消逝又恢復的分界線上，掙扎於生與死的分界線上，這樣的體驗為張愛玲的文字染上了奇異的色彩。

空襲警報響了，經濟能力卻夠不上逃難，在上海恢復了寧靜的深夜，張愛玲感受到的是：

> 一隻鐘滴答滴答，越走越響……文明的日子是一分一秒劃分清楚的，如同十字布上挑花。……蠻荒的日夜，沒有鐘，只是悠悠地日以繼夜，夜以繼日……（〈我看蘇青〉，《餘韻》，第87頁）。

《傳奇》（增訂本）的跋中，亦有相似的文字：

> （道士）握著一個竹筒，「托——托——」敲著，也是一種鐘擺，可是計算的是另一種時間，彷彿荒山古廟裏的一寸寸斜陽（〈中國的日夜〉，1945年初冬，《傳奇》，第489頁）。

如同標題〈中國的日夜〉所示，《傳奇》和《流言》記述的是中國特殊的日夜——文明的網絡、線性的時間消逝於「寸寸斜陽」下的「荒山古廟」後的夜以繼日。

這樣的「虛空」也是世界性的。張愛玲在塞尚的畫裏，看到了這樣的風景：

> 風景畫裏我最喜歡那張「破屋」，是中午的太陽下的一座白房子，有一隻獨眼樣的黑洞洞的窗；從屋頂上

> 往下裂開一條大縫……通到屋子的小路，已經看不大見了，四下裡生著高高下下的草，在日光中極淡極淡，一片模糊。那哽噎的月色，使人想起「長安古道音塵絕，音塵絕——西風殘照，漢家陵闕。」可是這裏並沒有巍峨的過去，有的只是中產階級的荒涼，更空虛的空虛（〈談畫〉，《流言》，第202頁）。

對張愛玲來說，失去時間的「虛空」感，是從小就習慣了的。她以自己的家為模型，描寫清朝遺老遺少的生活空間：

> ……像神仙的洞府：這裏悠悠忽忽過了一天，世上已經過了一千年。可是這裏過了一千年，也同一天差不多，因為每天都是一樣的單調與無聊。（〈傾城之戀〉，《傳奇》，第65頁）

迎接張愛玲的生命的，就是這樣的時空。降生到世間，迎接她的是若即若離，虛無縹渺的母親，接著是變換莫測的假面父親及「姨太太」。與生俱來的對世界的不確實感，伴隨著成長，非但沒有減弱，反而日趨強烈。迎來青春認同危機期的同時，又遭遇「中日戰爭及接踵而來的第二次世界大戰、太平洋戰爭」，「中華文明、歐洲文明，以及『混血兒』租界都市上海、殖民都市香港的文明，在世界性規模上同時崩潰」[8]，人類遭受政治、經濟、文化、精神四重毀滅性打擊的「荒野」時代。

> 生在現在，要繼續活下去而且活得稱心，真是難，就像「雙手掰開生死路」，那樣的艱難巨大的事，所以我們這一代的人對於物質生活，生命的本身，能夠多一點明瞭與愛悅，也是應當的。（〈我看蘇青〉，同前，第85頁）

在生死線上掙扎的人，執著的是生命本身，是來自生命直覺的色、味、身體，及其根植的大地、四季這些看得見、摸得著，切切實實的物質。

張愛玲的文學，是她站在現代文明崩潰的中心——香港和上海，用她能透出血管的肌膚的觸覺，用她能分辨細微色差的視覺，用她嗅得出「霧的輕微的霉氣，雨打濕的灰塵」[9]氣味的嗅覺，用她能清楚分辨「淡色的高音」[10]的聽覺，用她敏銳的神經組織和奔流著青春熱血的身體感知並書寫的「影子似的沉沒下去」[11]的時代的記錄。

> 人類的文明努力要想跳出單純的獸性生活的圈子，幾千年來的努力竟是枉費精神麼？事實是如此。（〈燼餘錄〉，同前，第55頁）

或許因為都是站在「虛空」的廢墟上，張愛玲的文字，不僅得到中國人，也得到了日本人的共鳴。

〈燼餘錄〉的譯文在《大陸新報》上連載時，日本的知識人若江得行在〈愛愛玲記〉中，對張愛玲表示了下述連帶感：

> ……從座談會[12]的記事中發現女士愛讀毛姆和愛爾德斯·赫胥黎的作品那一刻起，我便把女士看作了自己真正的同胞。

毛姆（Somerset Maugham）和赫胥黎（Aldous Huxley）都是經歷了第一次世界大戰的英國作家，他們的作品對人類的文明充滿了懷疑。

張愛玲的〈燼餘錄〉的題目，或許亦是受到日本人市河三陽記述關東大地震的〈燼餘〉啟發而來的。市河三陽是周作人留學時代的日語老師。1935年春，周作人偶然讀到收錄在永井荷風隨筆集中的〈市河先生的燼錄〉一文，有感而發，撰寫了這篇回憶「抱有特殊好感的」市河三陽的散文〈市河先生〉（1935年4月，收入《苦竹雜記》，上海良友圖書印刷公司初版，1936年。嶽麓出版社再版，1987年），文章中，用二分之一的篇幅介紹了〈燼餘〉。荷風說市河先生的〈燼餘〉是當時記述關東大地震慘狀的資料中尤其珍貴的文獻。市河解題說：「秋暑如焚，揮汗著文，詞句拙陋雜駁恰如燼中所取，故曰燼錄」（《荷風全集》第十六卷收錄，岩波書店，1964年，第407頁）。

與張愛玲同時代的知識人，所直面的處境比關東大地震更為絕望——前者為人力不可抗拒的大自然的施虐，後者則是出於人類自身的獸性暴力。

三、直面差異

服裝史、電影評論、戀愛故事，張愛玲文學的主題始終「通俗」，然而卻與通俗文學有著顯著的不同，這不同來自其視角的差異。直面差異，這正是張愛玲的方法。

如〈洋人看京劇及其他〉中，張愛玲用西方人的眼睛看中國，從雙重異化的視角出發，抽繹出中國的「經典」和「傳統」：

> 中國人向來喜歡引經據典。美麗的，精警的斷句，兩千年前的老笑話，混在日常談吐裏自由使用著。這些看不見的纖維，組成了我們活生生的過去。傳統的本身增強了力量，因為它不停地被引用到新的人，新的事物與局面上（第110-111頁）。

這裏所說的「經典」是「酒逢知己乾杯少，話不投機半句多」一類的「俗語」。

> 只有在中國，歷史仍於日常生活中維持活躍的演出。（歷史在這裏是籠統地代表著公眾的回憶。）假使我們從這個觀點去檢討我們的口頭禪，京劇和今日社會的關係也就帶著口頭禪的性質。（第111頁）

「歷史」＝「公眾的回憶」與「經典」＝俗語詞典＝

「口頭禪」是一脈相通的。按此觀點，張愛玲將「最流行的幾十齣京戲」概括為具有「丈人嫌貧愛富，子弟不上進，家族之愛與性愛的衝突」（第111頁）的主題，這些主題都是以「家」為中心的。不過——

> 歷代傳下來的老戲給我們許多感情的公式。把我們實際生活裏複雜的情緒排入公式裏，許多細節不能不被剔去……感情簡單化之後，比較更為堅強，確定，添上了幾千年的經驗的份量。個人與環境感到和諧，是最愉快的一件事，而所謂環境，一大部分倒是群眾的習慣（第114-115頁）。

「群眾的習慣」、即「常識」，其可靠性卻很值得懷疑。例如在贊頌英雄薛平貴的《紅鬃烈馬》中；

> 薛平貴致力於他的事業十八年，泰然地將他的夫人擱在寒窯裏像冰箱裏的一尾魚。有這麼一天，他突然不放心起來，星夜趕回家去。她的一生的最美好的時光已經被貧窮與一個社會叛徒的寂寞給作踐完了，然而他認為團圓的快樂足夠抵償了以前的一切。他不給她設身處地想一想……可是薛平貴雖對女人不甚體諒，依舊被寫成一個好人。（第111-112頁）

描寫世人眼中的「好人」的這齣戲，在張愛玲的眼中，不過是「無微不至地描寫了男性的自私」。在看描寫「古今中外罕見的一個完人」：諸葛亮的《空城計》時，張愛玲並不為英雄的勇氣和智慧所感動，反而「只想掉眼淚」。

> （諸葛亮）拋下臥龍崗的自在生涯出來幹大事，為了「先帝爺」一點知己之恩的回憶，便捨命忘身地替阿鬥爭天下，他也背地裏覺得不值得麼？（第114頁）

為了阿斗這個「愚君主」而「爭天下」，「幹大事」，在張愛玲看來，是和「臥龍崗的自在生涯」無法相比的愚蠢行為。張愛玲以為諸葛亮的價值不在於「做」（doing），而在於「存在」（being），她對男人的「大事業」頗不以為然：

> ……男性如果對於衣著感到興趣些，也許他們會安份一點，不至於千方百計爭取社會的注意與讚美，為了造就一己的聲望，不惜禍國殃民。（〈更衣記〉，第76頁）

既然招致的結果是「禍國殃民」，當然不得不懷疑男性夢寐以求「做大事」的動機。在張愛玲眼中，「戰爭戲」的意義全在不相干的地方：

> 最迅疾的變化是在戰場上，因此在戰爭中我們最容易看得出一個人的個性與處事的態度。楚霸王與馬謖的失敗都是淺顯的教訓，臺下的看客，不拘是做官，做生意，做媳婦，都是這麼一回事罷了。（第114頁）

在張愛玲看來，戰爭的意義與其說是顯示「英雄」、「正義」，不如說是考驗普通人面對激烈變化時的態度。以此為標準，英雄和普通人便沒有什麼本質的不同。

在張愛玲那裏，沒有「神聖」領域，請看下面的話：

> 以美好的身體取悅於人，是世界上最古老的職業，也是極普遍的婦女職業，為了謀生而結婚的女人全可以歸在這一項下。這也無庸諱言——有美的身體，以身體悅人；有美的思想，以思想悅人，其實也沒有多大分別。（〈談女人〉，《天地》第六期，1944年3月，第95頁）

在尋求買方的市場原理下，娼妓和文人相同。這種新的價值觀是張愛玲從自身的經驗得來的，它將傳統的倫理觀念規定的文人、妻子、娼妓的尊卑等級制度化為烏有。在此，張愛玲不僅消除了英雄與普通人的差異，而且打破了（低濺的）娼妓與（高貴的）文人的神話。

四、不確定的細節

在〈燼餘錄〉中，張愛玲對自己的世界觀做了如下論述：

> 現實這樣東西是沒有系統的，像七八個話匣子同時開唱，各唱各的，打成一片混沌。

她告訴人們，現實是沒有中心，沒有方向的，而具有「藝術上的完整性」的「歷史」亦不過是「虛構」。

> 清堅決絕的宇宙觀，不論是政治上的還是哲學上的，總未免使人嫌煩。人生的所謂「生趣」全在那些不相干的事。（第43頁）

張愛玲對歷史的獨特看法，是她從小的心理「情結」[13]所致。對自己的家族，張愛玲並不關心記述父輩偉大業績的「正史」，而對祖父、祖母的戀愛「逸事」卻有極大的興趣，關注的是沒有文字記載的母親、祖母們的歷史。晚年，編輯《對照集——看老照相簿》時，她只字未提李鴻章、張佩綸的「正史」，卻花了大量的篇幅談論祖父的失敗和與祖母的戀愛等家事。

離開「自始至終記述的是小我與大我的鬥爭」[14]的「合理化」「歷史」觀，從「枝末細節」的服裝史來看歷史，倒是出人意料的有趣。〈更衣記〉便是一次嘗試，讓我們來看看吧：

在滿清三百年靜止的時代，女性服裝代代不變。女性在「一層層衣衫的重壓下失蹤了。」在「政治與家庭制度的缺點突然被揭穿」的「極端的時代」，「年青的知識階級仇視著傳統的一切，甚至於中國的一切。」像緬甸一尺來高的金屬頂圈一般的「元寶領」，「頭重腳輕，無均衡的性質正象了那個時代。」民國初年，「大家都認真相信盧騷的理想化的人權主義」，「服裝上也顯出空前的天真，輕快，愉悅」。不僅理想借自西方，時裝大部分的靈感也是得自西方。

> 軍閥來來去去，馬蹄後飛沙走石，跟著他們自己的官員，政府，法律，跌跌絆絆趕上去的時裝，也同樣地千變萬化。（第72頁）

1920年的婦女，「初受西方文化的薰陶，醉心於男女平權之說」，「她們排斥女性化的一切」，而模仿男人穿起了長「旗袍」。在民眾對政治「灰了心」的30年代，「緊縮」的時裝「有諷刺、有絕望後的狂笑」。

〈更衣記〉從時裝這一細節切入，勾勒出迅速走向「現代」的中國人的精神史輪廓，巧妙地挖出了時代的本質。這篇散文向我們展示了張愛玲具有穿透性的洞見歷史的眼光以及擊中要害的表現力。

結尾更是出人意表：

> 秋涼的薄暮，小菜場上收了攤子……一個小孩騎了自行車衝過來，賣弄本領，大叫一聲，放鬆了扶手，搖擺著，輕倩地掠過。在這一剎那，滿街的人都充滿了不可理喻的景仰之心。人生最可愛的當兒便在那一撒手罷？（第76頁）

「特殊」的「細節」從「常識」中脫穎而出，變為華麗的文彩，文字從拘謹的「道理」昇華至「美的」世界，這痛快而可愛的一瞬，給予讀者意想不到的「知性」享受。

五、普通人的傳奇

1944年7月，張愛玲在《新東方》雜誌上發表散文〈自己的文章〉，闡述了自己的文藝思想：

> 弄文學的人向來是注重人生飛揚的一面，而忽視人生安穩的一面。其實，後者正是前者的底子。又如，他們多是注重人生的鬥爭，而忽略和諧的一面。其實，人是為了要求和諧的一面才鬥爭的。
>
> 強調人生飛揚的一面，多少有點超人的氣質。超人是生在一個時代裏的。而人生安穩的一面則有著永恆的意味……它存在於一切時代。它是人的神性，也可以說是婦人性。（第17頁）

張愛玲首先將注重「鬥爭」這「人生飛揚的一面」的文學定位為「超人」氣質的文學，具有一個（特定）「時代」的文學，而她更傾向與之相對的，注重人生「安穩」的、「永恆」的、「人的神性」、亦可稱為「婦人性」的文學。

> 極端病態與極端覺悟的人究竟不多……所以我的小說裏，除了〈金鎖記〉裏的曹七巧，全是些不徹底的人物。他們不是英雄，他們可是這時代的廣大的負荷者。因為他們雖然不徹底，但究竟是認真的。他們

沒有悲壯，只有蒼涼。悲壯是一種完成，而蒼涼則是一種啟示。

……我以為這樣寫是更真實的。我知道我的作品裏缺少力，但既然是個寫小說的，就只能盡量表現小說裏人物的力，不能代替他們創造出力來。而且我相信，他們雖然不過是軟弱的凡人，不及英雄的有力，但正是這些凡人比英雄更能代表這時代的總量。（第18-19頁）

張愛玲宣稱，自己描寫的人物與英雄無緣，她（他）們都是不徹底的凡人。同時，她強調指出，這看似背反的兩者之間，具有著內在的統一，後者是前者的基礎。由於不以「徹底的」「鬥爭」為主題，表現技巧也與之相應，「不喜歡採取善與惡，靈與肉的斬釘截鐵的衝突那種古典的寫法」，而是使用「參差的對照的寫法」，即表現差異的寫法。在《傳奇》的開篇，張愛玲寫道：「書名叫傳奇，目的是在傳奇裏面尋找普通人，在普通人裏尋找傳奇。」這是她的文學宗旨。她的傳奇是凡人蒼涼的戲劇，不是英雄壯烈的悲劇。

放棄「英雄的特別的悲劇」，描寫普通人的生活瑣事並不是張愛玲的專利，果戈理、契訶夫以後，已形成一股文學潮流。魯迅說過：

這些極平常的，或者簡直近於沒有事情的悲劇，正如無聲的言語一樣，非由詩人畫出它的形象來，是很不

> 容易覺察的。然而人們滅亡於英雄的特別的悲劇者少，消磨於極平常的，或者簡直近於沒有事情的悲劇者卻多。[15]

張愛玲筆下的主角多為女性，而傳統女性大都生活在「家」這一狹窄的「私人空間」。「五四」以後，儘管女性走向了社會，但社會提供給她們的，更多的是阿小那樣的空間。女性的生涯大多在此消耗於近乎無事的悲劇中。

張愛玲自小熟讀《紅樓夢》，將其視為自己文學的「理想」、「標準」[16]、「一切的源泉」[17]，從中讀出：

> 原著八十回中沒有一件大事，除了晴雯之死……前八十回只提供了細密真切的生活質地。（〈國語本《海上花》譯後記〉，《海上花》，皇冠出版社，1983年，第606頁）

描寫「日常事」的「奇書」《紅樓夢》正是統一了「平凡」與「傳奇」的範本。

夏志清在《中國現代小說史》（中文版）中指出，七巧以外的人物都是在「浪漫的夢想」與「悲劇」的現實之間，「尋找出路」的「可笑」而「悲哀」的「小人物」，指出：

> 張愛玲說她不願意遵照古典的悲劇原則來寫小說，因為人在獸慾和習俗雙重壓力之下，不可能再像古典悲劇人物那樣的有持續的崇高情感或熱情的盡量發揮。

（第405頁）

在「近代高壓生活」下求生的張愛玲，沒有古典式的幻想，因此不接受古典悲劇的手法。〈自己的文章〉中，張愛玲描寫了置身於多重「高壓」下的普通人的感受：

> 人們只是感覺日常的一切都有點兒不對，不對到恐怖的程度。人是生活於一個時代裏的，可是這時代卻在影子似地沉沒下去，人覺得自己是被拋棄了。為要證實自己的存在，抓住一點真實的，最基本的東西，不能不求助於古老的記憶……回憶與現實之間時時發現尷尬的不和諧，因而產生了鄭重而輕微的騷動，認真而未有名目的鬥爭。（第19頁）

這段話準確地傳達了被時代拋棄的人感覺到的恐怖，失去了過去與現在的統一、連續的感覺、即喪失了認同的恐怖。《傳奇》再版序中，張愛玲嘆息自己的小說裏的人物：「那種不明不白，猥瑣，難堪，失面子的屈服」，「到底還是淒哀的」。預言：

> 時代是倉促的，已經在破壞中，還有更大的破壞要來。有一天我們的文明，不論是昇華還是浮華，都要成為過去。如果我最常用的字是「荒涼」，那是因為思想背景裏有這惘惘的威脅。（第203頁）

對時代、文明、前途的絕望感，使張愛玲更加執著於物質細節：

> 中國文學裏瀰漫著大的悲哀。只有在物質的細節上，它得到歡悅……細節往往是和美暢快，引人入勝的，而主題永遠悲觀。一切對於人生的籠統觀察都指向虛無。（〈中國人的宗教〉，《天地》，1944年8月。後收入《餘韻》，第21頁）

張愛玲對《紅樓夢》等古典小說的以上解讀，也適用於《傳奇》。寫實的「細節」架構起無望的未來，構成了《傳奇》的世界。

以被破壞的時代、崩潰的文明為舞臺，失去平衡的人物圍繞著金錢、性、權力——既是文明的動力，也是人們慾望的焦點——繞圈子，動盪的背景忽而定格，忽而被推到前臺，人物在光與影的明暗交錯之中，面對鏡子，或放大、或特寫、或重疊、或分離，「有的三三兩兩勾搭住了，解不開，……有的兩個挨著一點，卻已經事過境遷」[18]，「用參差的對照的手法寫出現代人的虛偽之中有真實，浮華之中有素樸」[19]，塑造出與傳統小說中的「臉譜化」的好人——壞人截然不同的立體人物，通過他們的命運，點破了文明「制度」的本質。

《傳奇》將生活在「傳奇」般動盪時代裏普通人生命的「記憶」鑄成雕像，將普通人算不上衝突的磨擦，形不成故事的小事化作了迭宕起伏、引人人勝的「傳奇」。

被支配、被排擠、被掠奪，這是女性的處境，亦是淪陷區上海人的處境[20]。《傳奇》在淪陷區上海受到空前歡迎，是因為她生動地凸顯了普通的人在中國文明史危機中的生存狀態，引起人們思考：什麼是文明？什麼是生命存在的真正意義？從而強烈地打動了對政治、時代絕望，充滿疏離感的上海人的心。

注釋

1　本章涉及的散文，除〈論寫作〉、〈中國人的宗教語〉、〈我看蘇青〉三篇外，全部收入《流言》。散文〈中國的日夜〉收在《傳奇》（增訂本）的最後。

《流言》的初版，和蘇青的《結婚十年》一樣，是以作者張愛玲的名字出版的。她還親自在印刷廠進行監督（許季木〈評張愛玲的《流言》〉，《雜誌》第十四卷四期，1945年1月），因此可以推測《流言》由於蘇青的幫助，沒有依靠出版社，便完成了全部編輯出版工作。

2　沖田一，〈上海租界雜記〉（上海租界雜記），《上海》，1943年8月號。張愛玲的姑姑1942年和一千多名中國職員一起被怡和裁員（張子靜，〈我的姐姐張愛玲〉，臺灣時報出版，1996年，第135頁）。

3　〈論寫作〉，《雜誌》，1944年4月，收入《張看》。

4　1930年代初，周作人寫道：「中國是文字之國，中國人是文字的國民，這是日本人經常挖苦中國人的話」（〈文字的魔力〉，收入《看雲集》，上海開明書店初版，1932年。嶽麓書社再版，1987年）。

5　木山英雄，《北京苦住庵記　日中戰爭時期的周作人》，第185頁。

6　錢理群，《周作人傳》，北京十月文藝出版社，1990年，第463頁。

7　〈上海東亞同文書院〉，第185頁。根據原註，此文引自米內山的〈長期自衛論〉（《支那》第29卷第1號）。

8　藤井省三，〈解說〉《浪漫都市物語　上海，香港』40S》，第224頁。

9　〈談音樂〉，《流言》，第209頁。

10　〈沉香屑　第二爐香〉（《傳奇》所收，第196頁）。

11　〈自己的文章〉，《流言》，第19頁。

12　雜誌社召開的「女作家聚談會」（1994年3月）。

13 張愛玲的家絕口不談張佩綸的事。小時候，張愛玲讀《孽海花》，向父親、姑姑詢問祖父的事，屢遭拒絕。從那時開始，形成「心理錯綜」（Complex），張愛玲回憶說，「一看到關於祖父的野史就馬上記得，一歸人正史就毫無印象」（〈憶胡適之〉，《張看》，第173頁）。

14 〈燼餘錄〉，第43頁。

15 魯迅，〈幾乎無事的悲劇〉，《且介亭雜文二集》，《魯迅全集》第六集，人民文學出版社，1981年。關於這一點，呂啟祥在〈《金鎖記》與《紅樓夢》〉（《中國現代文學研究》，1987年1月）中有論述。

16 〈論寫作〉。

17 〈自序〉，《紅樓夢魘》，皇冠出版社，1977年，第10頁。

18 〈傳奇再版序〉，《流言》，第205頁。

19 〈自己的文章〉。

20 1944年12月，話劇《傾城之戀》在上海大獲成功，（參照第一章之五）張愛玲認為：

《傾城之戀》似乎很普遍的被喜歡，主要的原因大概是報仇罷？舊式家庭裏地位低的，年輕人，寄人籬下的親族，都覺得流蘇的「得意緣」，間接給他們出了一口氣。（〈寫《傾城之戀》的老實話〉（《海報》），1944年12月9日。後收入《對照集——看老照相簿》，題名〈關於《傾城之戀》的老實話〉，第102頁）

第七章　「超人」與「地母」——張愛玲文學的系譜

> 中國新文學運動從來就和政治浪潮配合在一起，因果難分。五四時代的文學革命——反帝反封建；三十年代的革命文學——階級鬥爭；抗戰時期——同仇敵愾，抗日救亡，理所當然是主流。除此之外，就都看作是離譜，旁門左道，既為正統所不容，也引不起讀者的注意。……偌大的文壇，哪個階段都安放不下一個張愛玲……（柯靈，〈遙寄張愛玲〉，《讀書》第四期，1985年）。

長期以來，張愛玲文學被看作是個異數，是與中國新文學脫節的存在。果然如此嗎？本章就張愛玲文學的系譜進行考察，試為她在中國文學史中定位。

一、「狂人」與「瘋女人」

張愛玲的代表作〈金鎖記〉[1]中的「瘋女人」形象很容易使人聯想到魯迅的「狂人」形象。兩個文本具有相當多的共同點。我們先看看下面的文章：

> 今天晚上，很好的月光。
>
> 我不見他，已是三十多年；今天見了，精神分外爽快。才知道以前的三十多年，全是發昏……[2]

這是有名的〈狂人日記〉（1918）的白話〈日記〉部分的開頭。

> 三十年前的上海，一個有月亮的晚上……我們也許沒趕上看見三十年前的月亮，……然而隔著三十年的辛苦路往回看，再好的月色也不免帶點淒涼。
>
> 月亮照到姜公館新娶的三奶奶的陪嫁丫環鳳簫的枕邊（第5頁）。

這是〈金鎖記〉（1943）的開頭。發表在二十五年後之後的〈金鎖記〉，用上溯三十年的追憶方法，同樣以「月亮」開頭，返回到「狂人」的時代。

〈狂人日記〉在「救救孩子……」的呼聲中結束，用省略號開放文本，指向未來；〈金鎖記〉的結尾是「三十年前的故事還沒完——完不了」，與前者的方向剛好相反，重新返回起始狀態，文本呈循環狀。

此外，「狂人」與「瘋女人」「病」的症狀——「嘔吐」亦相似：當瘋子發現周圍都是吃人的人，在吃飯時看見蒸魚便聯想到「吃人」，遂「嘔吐」。七巧在向季澤訴說觸摸到丈夫的「死肉」的觸感時，哭得「簡直像在翻腸攪胃地嘔吐」。

尤其值得注意的是，在文本的深層中兩者的共通點——「真」的作用。〈狂人日記〉中，魯迅用「真」作關鍵字，將「真的人」放在「吃人的人」的對立面。起初，「我」勸哥哥「改心」為「不吃人的真的人」時，「哥哥也忽然顯出凶相，高聲喝道『瘋子』……」。接著，「我」意識到「我未必無意之中，不吃了我妹子的幾片肉」，於是恍然大悟，明白了自己也「有了四千年吃人履歷」，這時，感到「難見真的人」（十二節）。而發現哥哥與「真的人」的不同感到的震驚的我被視為「病」態，被哥哥貼上了「瘋子」的標籤。

「真」這一符號，在〈金鎖記〉中亦起著同樣的作用。上篇與下篇的高潮場面，均圍繞著「真」展開。上篇中，七巧執著於「真心」，拼命追求「真愛」而不得，情緒失控，被季澤貼上了「病人」的標籤。下篇中，七巧以「假話」為武器。剝奪了長安的「真愛」。

通過上述分析，或許可以說，〈金鎖記〉是借〈狂人日記〉的主題和框架書寫的女性文本[3]。從「瘋子」到「瘋女人」，從「真的人」到「真的愛」，一字之差，體現出張愛玲文本與魯迅文本的根本差異。

首先，兩者的「病」便有著本質上的差異。有研究者[4]指出，〈狂人日記〉中反覆出現的月亮有雙重象徵意義——按西方的說法象徵瘋狂，按中文的語源學，表示清澈明亮。無疑，兩個文本中，月亮都具有雙重意義，這雙重意義象徵著

「看月亮」的人的雙重性——瘋狂／覺醒。對具備「常識」的「常人」來說，意味著「瘋狂」，對「庸眾」來說，意味著「覺醒」。〈金鎖記〉中，月亮也多次出現，卻和主人公七巧毫無關係：七巧決不看月亮，她的「瘋狂」是單純的瘋狂，而且至死不悟。被月亮照亮，或看月亮的人，都是被七巧支配、困擾、逼迫的，從屬於她的年青一代女性。

「真的人」是什麼樣的人？在魯迅的文本中沒有具體的形象，只在進化論的邏輯中，抽象出這一概念符號。〈狂人日記〉完全建立在抽象的哲學思維上，文本的形式亦由此決定。日記一開始，主人公已經發狂。日記中，人物既無名字，也無面容，僅僅用一個男性的聲音，以直線式的敘述手法，連結起狗的眼睛、海乙那、狼等一系列「詩的」元素，從「歷史」書的「字縫」裏讀出「吃人」二字，遂以此符號既形象且象徵性地控訴了「家族制度」及「禮教」的弊害。文本描寫的生理反應「嘔吐」，亦由想像引發。

而〈金鎖記〉中，「嘔吐」是由「觸摸」的生理觸感引發的，這一細節極具代表性。〈金鎖記〉以七巧的身體為核心，在「家」之狹窄的空間裏，以男女、妯娌、兄弟、婆媳、親子間錯綜的關係為經緯，以日常瑣事為線編織成細密的「人情」質地，凸顯出七巧體內原欲的反覆爆發和壓抑，直至精神分裂的過程和決定性的瞬間，以及與既是女兒又是敵人的長安之間的養育與殲除的糾葛圖案。敘述者的聲音與形形色色人物的聲音打成一片，形成立體交響效果；敘事視角則如電影鏡頭一般，時而從空中俯視，時而特寫某一局部，時而從人物的眼中映出，人物容貌清晰，表情行動栩栩如生。

註釋：

1 傅雷說，〈金鎖記〉頗有《獵人日記》中某些故事的風味（〈論張愛玲的小說〉同前）。于青的《天才奇女張愛玲》（花山文藝出版社，1992年）以及余彬的《張愛玲傳》（海南出版社，1993年）都將《獵人日記》理解為可能是〈狂人日記〉的筆誤。但如果是〈狂人日記〉，那麼「……中某些故事」的說法就無法解釋。我認為傅雷上文指屠格涅夫的《獵人日記》（現譯為《獵人筆記》。
本節的構思緣起於以上「誤讀」。
2 《吶喊》，《魯迅全集》（第一卷），人民文學出版社，1981年。
3 這一時期張愛玲的寫作中沒有關於魯迅的言詞。1996年3月2日，筆者訪問張愛玲的弟弟張子靜先生時，問及「在家中是否見過魯迅的書？」張先生回答說「看見過〈阿Q正傳〉」。
1971年，水晶訪問張愛玲，談及魯迅，張說「他（魯迅）很能暴露中國人性格中的陰暗面和劣根性。這一傳統等到魯迅一死，突告中斷，很是可惜。因為後來的中國作家，在提高民族自信心的旗幟下，走的都是『文過飾非』的路子，只說好的，不說壞的，實在可惜」。（水晶，〈蟬——夜訪張愛玲〉，前揭書第27、28頁）。
4 李歐梵，《鐵屋中的吶喊》，三聯書店香港有限公司，1991年，第55頁。

二、父親與女兒

以上分析了兩個文本在「說什麼」以及「怎樣說」方面的相同點與不同點。下面對作者是在「為誰說話，對誰說話」方面作一考察。

魯迅在《吶喊・自序》中談到他為什麼寫〈狂人日記〉時，首先談起自己的個人史，特別提到少年時代的經歷和心靈史的「詛咒」[1]——屈辱的一段。這是隨著家道衰落，世人態度的變化而感受到的。生病的父親、哭泣的母親，身為長子，背負雙親的希望，卻不能救助、安慰他們。對無能為力的自己，魯迅深感屈辱。這最初的屈辱感，是他剛懂事時，與家為一體，從外部感受到的。換句話說，在中國重男輕女的家長制度中，長子魯迅是受益者，須承擔未來的家長角色，因此倍感痛苦。加上青年時期的留學經歷[2]，形成了魯迅世界觀的核心部分。個人的體驗即理解民族歷史的背景知識。魯迅認為中國民族缺少「愛」與「誠」，其原因在於歷史上兩次受到異民族的侵略[3]。關於「吃人」這一比喻，也是「偶閱《通鑑》，乃悟中國人尚是食人民族，因成此篇」[4]的。可以說，「吃人」這一感悟亦基於少年時代的「屈辱感」，隨著對中華民族歷史的認識，擴大、深化、終於凝成。

生為長子，終將成為父親。這是魯迅在中國傳統家庭中被期待的角色。以在家中的地位為基點，將此主體主導意識擴大到民族、國家的層面，便形成了魯迅的文學。正如魯迅在教育部供職的社會地位、有名的「鐵屋子的比喻」、以及發表場所——以青年知識分子為對象的雜誌——《新青年》所示：〈狂人日記〉是回應年輕人的期待，以「啟蒙」為目的，將從史書中讀出的、對中國傳統社會的整體認識書寫而成的文本。

> 自己背著因襲的重擔，肩住了黑暗的閘門，放他們到寬闊光明的地方去；此後幸福的度日，合理的做人（〈我們現在怎樣做父親〉，1919年），《墳》，《魯迅全集》第一卷）。

位於體制的中樞，奮起與傳統作鬥爭的魯迅的身軀凝縮為父親的形象躍然紙上。〈狂人日記〉有著精英主體的獻身精神。狂人的思考是文本的出發點，也是回歸點，是從被害者變為加害者的轉折點，亦是評價村民和哥哥的原點。整篇文章暗黑無光。僅從最後的一句話裏，透出了一線希望。這「希望」正是作者書寫此文的願望和目的。

〈金鎖記〉中描寫的家及親子關係中，很容易找出張愛玲的自傳因素。張愛玲出生於讀書世家，祖父輩曾為清王朝的支柱，由於民國的建立而被去勢，逐漸衰竭。這樣的家世便是姜家的素材。租界中，依靠遺產，在鴉片和女人中度日的姜家男人們的情形，再現了父輩一代的生活。

十七歲時，人生的「詛咒」栩栩如生：

> 我父親揚言要用手槍打死我。我暫時監禁在空房裏。我生在裏面的這座房屋忽然變成生疏的了，像月光底下的，黑影中現出青白的的粉牆，片面的，癲狂的。
>
> ……有一句關於狂人的半明半昧：「在你的心中睡著月亮光」，我讀到它就想到我們家樓板上的藍色的月光，那靜靜的殺機。（〈私語〉）

因親近母親而犯下「罪」，「罪」名就叫母親的女兒。這是無法救贖的原罪。骨肉之間相互殘殺的瘋狂世界，在〈金鎖記〉中，通過長白之妻芝壽的眼睛重現：

> 這是個瘋狂的世界。丈夫不像個丈夫，婆婆也不像個婆婆。不是他們瘋了，就是她瘋了。今天晚上的月亮比哪一天都好，高高的一輪滿月，萬里無雲，像是漆黑的天上一個白太陽。遍地的藍影子，帳頂上也是藍影子，她的一雙腳也在那死寂的藍影子裏。（第41頁）
>
> 月光裏，她的腳沒有一點血色——青、綠、紫，冷去的屍身的顏色。她想死，她想死。她怕這月亮光……（第42頁）。

月亮變成了「白太陽」，月光將活人映照為「屍身」，這月光和「我們家樓板上的」充滿「殺機」的「藍色的月光」同源，這顛倒的世界，無疑，是張愛玲「家」的再現。將加害者父親改寫為婆婆，通過這一細節的「虛構」，作者將「個人的體驗」提高至普遍，講述了家長的權力是如何通過制度化的「家」之裝置，將異質的他者——女人改造成同質者的。

張愛玲從父親的牢房逃到了母親的身邊，隨後跟來的弟弟，卻因為母親金錢不夠，被重新送回牢房成為囚犯。「朦朧地生在這所房子裏，也朦朧地死在這裏」，[5]這是弟弟的現實，也是張愛玲的另一種命運。張愛玲將這命運書寫成文，凝聚在長白、長安、芝壽身上。

下篇的女主角長安，無論在年齡上，還是在經歷上，都近似張愛玲。長安的內心世界裏，可以看到很多作者自傳性的描寫。例如，每當長安自我犧牲時，便能聽到音樂——

「Long, Long Ago」——「告訴我那故事，往日我最心愛的那故事，許久以前，許久以前……」

據張愛玲的散文〈談音樂〉說，她最初與音樂接觸是在母親剛回國的時候。「缺席」的母親與音樂一起出現，使孤獨的少女品嚐到短暫的幸福。不久，母親再次消失，永不復返，音樂亦變得「悲哀」起來：

音樂永遠是離開了它自己到別處去的，到哪裏，似乎誰都不能確定……跟著又是尋尋覓覓、冷冷清清。

母親帶來的音樂，與母親的形像重疊，成為母親的隱喻。對張愛玲來說，音樂只能是悲哀的。

〈金鎖記〉是張愛玲從缺少「愛」的「個人的體驗」出發，為了追尋個人史上被「詛咒」的原因，上朔母親、祖母[6]的歷史，尋求「愛」是在何時、何地、怎樣遺失的。個人的特殊境遇與傳統家庭女性的普遍境遇相遇，於是，個別的、特殊的、這一個的世界向著女性整體的、普遍的地平線擴展開去。

註釋：

1　愛理克・H・愛理克遜，《甘地的真理——戰鬥的非暴力起源I》，第172頁。李歐梵，《現代中國文學的浪漫一代》，第122頁。

李歐梵，《鐵屋中的吶喊》，第6頁。
以上三本書引用魯迅〈父親的病〉，來說明其心理的「詛咒」。筆者則將重點放在魯迅的「屈辱」感上進行考察。

2　竹內好、伊藤虎丸、丸尾常喜等學者的觀點。丸尾常喜，〈翻譯與解讀——在日本學者中的魯迅〉（翻譯と解讀——日本學者における魯迅）。（《中國現代文學研究》第八號，韓國中國現代學會，1994年）。

3　許壽棠，《我所認識的魯迅》，人民文學出版社，1954年。

4　180820〈致許壽棠〉，《魯迅全集）第十一卷，第353頁。

5　〈私語〉，《流言》，第163頁。

7　七巧的形象，有張愛玲母親、姑母、祖母等的投影。據張子靜先生說，七巧的形象很明顯地有著三姑母的影子。三姑母是安徽省的農家姑娘，嫁給李鴻章的第三個孫子，患軟骨症的李國熊為妻（〈我的姐姐〉，前出第40-50頁）。根據《對照集——看老照相簿》（第19頁）記述，張愛玲的外祖母是農民的女兒，嫁到了有錢人家。「陰陽顛倒」是張愛玲祖母的教育方式。祖父張佩綸死後，祖母教子極嚴。在日常生活中，為避免兒子跟親戚的孩子學壞，沾染惡習，而故意讓他穿過時的服裝，使他養成自漸形穢，不願出去見人的性格。而對女兒，則讓她著男裝，取男人的名字，作為男孩培養。對祖母這種「陰陽顛倒」的做法，張愛玲解釋為「一種朦朧的女權主義，希望女兒剛強，將來婚事能自己拿主意」。（同前，第50-51頁）

三、子之矛、子之盾

從《資治通鑑》的字裏行間讀出「吃人」的象徵符號，以此為主題創作的「狂人」形象，與向中國的封建勢力和傳統文化進行「不屈不撓」[1]鬥爭的革命家魯迅的形象疊印。正如吉川幸次郎所說，魯迅的〈狂人日記〉不僅在內容上，在形式上也顯示出與傳統中心文學的決裂：「從詩走向小說」，從「文語向口語」移位。然而，「在更廣泛的關心社會」「為政治作貢獻的強烈意圖」這一點上，卻與以「詩為文學中心的時代」一脈相承。

> 魯迅最早的小說，同時也是中國最早的現代小說——〈狂人日記〉，正像魯迅自己所說的那樣，有意使題名與果戈理的作品一致。而果戈理的作品至少在表面上是以戀愛為主題的，魯迅的作品卻與此不同，他抗議舊式的家庭生活，是出於對更廣大的社會的關心。這是一個象徵（〈中國的文學革命〉（中國の文學革命），《吉川幸次郎全集》第十六卷，筑摩書房，1968年，第285頁）。

的確如此，出於對「更廣大社會的關心」的〈狂人日記〉，「抗議舊式家庭生活」的方法也是「象徵性」的。

> 據我觀察，中國文化精神歷來的傳統都是主張事物應該有統一的方向，並以此為核心的，同時，對偏離統一方向的事極度敏感。
>
> 存在於天地間的萬物，分裂成千差萬別的形態，儘管在現象上呈分裂狀，但卻被牽引向同一個方向。強調這種感覺的，是宋儒，即宋代的儒者。這統一的方向，宋儒稱之為「道」，或「理」。因此，宋儒的學問又被稱為「道學」或「理學」……人類的任務就是闡明這萬物普遍存在的、因而是本源的、先天具有的「道」，即「理」……然後使自己行為符合普遍存在於萬物的「道」（吉川幸次郎，〈中國文化的鄉愁〉（中國文化への鄉愁），同前，第二卷，第364頁）。

中國的文化傳統主張「文以載道」。「道」是什麼？讓我們來驗證一下吧。從孔子時代起就宣揚的「道」為：

> 子曰，朝聞道，夕可死矣。
>
> 子曰，士志於道，而恥於惡衣惡食者，未足以議也。（《論語・里仁篇》）。
>
> 子貢曰，文武之道，未墜於地，在人，賢者識其大者，不賢者識其小者，莫不有文武之道焉，夫子焉不學，而亦何常師有。（〈子張篇〉）。

所謂「道」，是周文王、武王留下的治國的道理。正所謂「形而上者謂之道，形而下者謂之器」（《易經・繫辭》）。「道」類似「普遍的真理」，卻又無法具體清晰地說明。譯成現代語，相當於「真理」。

關於真理，福柯做過如下論述：

> 真理不存在於權力之外或沒有權力的地方（真理不是走向自由精神的報酬，不是長期孤獨的產物，也不是完成了自我解放的人們的特權。儘管有把真理視為如是的神話，但這種神話的歷史以及效果，是需要再討論的）。真理存在於現實世界。正因為世上有許許多多的制約，才產生了真理。真理將權力作用、而且是調整完畢的權力作用緊握手中。任何社會，都擁有固有的真理體制，即擁有關於真理的固有的「普遍政策」。具體地說，其內容為：該社會擁有作為真來接受的特定的話

> 語類型，區別語言表現中真偽的機制和矢量，對於真與偽各自不同的操作方式，承認所獲得的真理是有效的技術和程序，握有決定什麼是真，什麼是偽之權限的人的地位，等等等等。（《真理與權力》（真理と權力），《米歇爾・福柯》，（ミシェル・フーコー），日本新評論出版社，1984年，第94-96頁）。
>
> 真理與生產並支撐它的權力系統，以及被真理所誘發，反之，又誘導真理的權力作用循環地結合在一起。這就是真理的體制（同上，第97頁）。

從孔子的時代到二十世紀，中國擁有正統話語的主體是君子・士。由「對人類政治、文化道義負有完全責任」的「人類的選手」[2]——「士」生產並傳達話語。而話語是建立在維護以王為中心一統天下的「王制」基礎上的。出仕有兩種方式，亂世助王打天下，奪得政權後做開國將相，治世則需通過科舉考試。為了維持「王制」中心，由僅次於王的丞相到低級地方官乃至其預備軍的讀書人，組織成一個從體制中樞向「天下」輻射的生產、傳達「道」的網絡系統，為「道」這一空洞的能指，填入譬如三綱五常之類的具體所指。在各個不同的時代與語境裏，「士」從各自的利益出發，對「道」的內容加以具體解釋。所謂「文以載道」，文是用以承載「道」的工具，文負有具體填寫「道」、解釋「道」的職能。而「詩言志」也多是讀書人用詩吟唱希望編入權力網絡，統治天下的志向。「修身、齊家、治國、平天下」這一「個人」發展的理想之輪，如實地反映了讀書人謀求發達的終極目標——附屬最高權力，與最高權力溶為一體，以圖平定、統治天下。

儒教社會的經典話語《論語》，以「道」為中心，按人與「道」的關係劃分出統治者與被統治者。

> 子曰，君子懷德，小人懷土，君子懷刑，小人懷惠（〈里仁篇〉）。
>
> 子曰，君子謀道，不謀食，耕也餒在其中矣，學也祿在其中矣。君子憂道，不憂貧（〈衛靈公篇〉）。

「道」的對極，是「食」「土」等形而下的東西。以農耕為首的從事物質生產的人被稱為「小人」（勞力者）（〈子路篇〉），定位於君子的另一端。在處處貶低「小人」的《論語》中，女性更是不值一提，偶爾出現「美人」的字眼，亦不過用來比喻君子喜好的對象。唯一以女性為主語出現的，只有一處：唯女子與小人難養也（〈陽貨篇〉）。勉強將女性歸於「小人」的範疇。

在傳統社會中，女性終生被禁錮在家庭內，與話語無關，與「士」的權力系統無緣。對「士」來說，家庭有著什麼樣的意義呢？請看下文：

> 家庭是人類的縮影，人類世界是放大的家庭。治理國家政治的手腕，必須在其雛型——家庭中顯示。「治家必有法」（吉川幸次郎，〈中國的知識分子〉(中國の知識人)，同前，二卷）。

家庭是有志於國家政治的「士」的試驗場。性政治的支配權是掌握國家政治的基盤。以「家法」的禁止為中心的家族制度，以及支撐此制度的話語——禮教，支撐、維持著「士」統治家庭的權力。

如此，形成了以王為頂點，謀求治家、治國之「道」的士為上層，「小人」與「女性」為下層的社會結構。體現在文學史上，便是以言政治的詩為中心，將談「人情」的小說，如《紅縷夢》、《金瓶梅》等置於邊緣，謂之「小技」（即旁門左道）的傳統。

魯迅的時代，是中國受到西方衝擊的時代。西方列強用大炮打開了封建中國的大門後，資本主義的生產方式以強大的力量，侵入中國的生產關係和再生產關係，在中國炸裂。政治、文化也別無選擇地隨之巨變。民主、科學、自由、平等等資產階級的新話語，登載於日益發達的報紙、雜誌等新媒體上，變作牽引車頭，成為重建國家、家族的巨大能量。發表於民國初期的〈狂人日記〉寄託了魯迅在國家大權力變動時的夢。與「封建主義」作正面鬥爭的魯迅的武器，如他自已所說，是「以子之矛、攻子之盾」（〈古書與白話〉）。

魯迅的第一篇白話小說〈狂人日記〉投射著傳統社會「士」的身影。首先，讓我們看看主人公「我」在家所處的位置吧。家裏的「掌權者」無疑是「管家務」的家長大哥。以大哥為頂點，全家地位的構圖如下：

（家長）大哥——我——母親——妹妹

周圍的村民

魯迅說過，該文本是他思考民族史的產物，因此，將這裏的「家」看作「國家」的隱喻大約不會太離譜。此時，哥哥的位置相當於國家最高權力的「天子」，「我」則正好處於「士」的位置，在文本中，「我」的職能是進出「書房」，查閱「史書」，整日沉思。

我／士既為儒教社會的受益人，又承擔著監督人的義務。我在大哥／天子處分得妹子的肉／利益的同時，也有向大哥／天子進言（生產勸阻或推薦的話語）的責任。因此，當知道大哥「吃人」時，我首先想到的是要「勸轉」他。當然，如果我的話語被大哥／天子認為「真」，欣然接受的話，天下便會轉向太平。然而，正如歷史上常見的忠臣對昏君的模式，我／士的勸說被認為是「瘋話」，「我」被視為「瘋子」，被驅逐於正常的秩序、體制之外。「我」「萬分沉重，動彈不得」，陷入沉思，方醒悟到自己也吃了大哥和在飯菜裏的妹子的肉，感到自己也身負著和大哥／天子同樣的「恥辱」。從以上模式中，可以看到士與帝王「榮辱與共」的基本連帶關係。從另一個角度看，「覺醒」的我與包括大哥在內的村民的關係又構成了在易卜生的《社會公敵》中天才與庸眾的模式[3]。從這個模式上可以看到知識分子的自負——儘管在力的較量上被最高權力者壓到，但在知性方面卻是勝利者。

士／天才的雙重影像是與魯迅身處的政治狀況密切相

關的——

> 他的任務，是在有些警覺之後，喊出一種新生；又因為從舊壘中來，情形看得較為分明，反戈一擊，易制強敵的死命（〈寫在《墳》後面〉）。

魯迅用這段話形象地刻畫出自己與傳統的兩義關係。是西歐的「現代」，致使傳統社會的兒子魯迅「倒戈」，反將矛頭對準傳統社會的。換句話說：〈狂人日記〉是傳統中國的知識精英，為西歐的「現代」所喚醒，在「道」之古矛上塗上「進化論」的新色，攻擊「家族制度」，啟蒙大眾，謀求封建中國進化為「現代國家」的文本。文本表面上採用了「小說」形式，本質上仍可以視為言改造國家之「志」的詩／政治文本。對「真的人」的憧憬，切實地表達了魯迅渴求人類進化、希望社會「現代化」的願望。而沒有實體的「真的人」則表明他只是一個幻影。魯迅用「進化論」的邏輯去反省中國的家族制度，構成「真的人」與「野蠻人」的二元對立關係，抽繹出「吃人」這一關鍵象徵符號。但是，野蠻人為什麼要「吃人」，怎樣「吃人」卻語焉不詳，無論原因還是過程都沒有，雖然「家族制度」有輪廓可見，但其內部結構、機制和運作矢量卻混沌不清。

「救救孩子……」，這突兀的接尾，象徵性地劃斷了世代相連的自然空間及生物學上的時間流，將過去／未來切斷，讓敘述主體從社會整體中超越昇華。這種方法，也是「五四新文學」至人民文學的基本方法：將時間一分為二，將傳統與現在、過去與未來、老中國與少年中國描寫為可以切斷、能夠分離的兩個世界。「文化和道德也被時間化」，完全割斷了「新文化新道德」與「舊文化舊道德」之間的聯繫，「『人』的概念被時間化」[4]。正是用這種方法[5]，最終將魯迅文學的革命性推到了絕壁[6]。

註釋：

1　毛澤東，〈魯迅論——在陝北公學魯迅逝世週年大會上的講話〉大漢筆錄，1937年10月19日。竹內實監修，《毛澤東集》第5卷，北望社，1970年，第280頁。

2　吉川幸次郎，〈中國的知識分子〉（中國の知識人），《吉川幸次郎全集》二卷，同前，第402頁。

3　丸屋常喜，〈「難見真的人」再考——《狂人日記》第十二節末尾的解讀〉，秦弓譯，《「人」與「鬼」的糾葛》，人民文學出版社，1995年，第241頁。

4　孟悅，〈中國文學「現代性」和張愛玲〉，《今天》三號，1992年。黃子平，〈「革命歷史小說」時間和敘述〉，《今天》二號，1990年。

5　實際上，〈狂人日記〉並非那樣簡單。對未來的「希望」，表現了魯迅思想的一個方面，但文本還有另一個結局，那便是許多研究者指出的文言文的序言部分。敘述者說，「狂人」的「狂」「病」治癒，做了官，意味著他重新回到了「吃人」群體。

向未來開放的直線式的時間的和重返過去循環式的時間，我認為該雙重時間結構直接表現出魯迅的「人道主義」和「個人無治主義」的「起伏消長」。將魯迅的文學價值絕對化的過程，便是削去魯迅文本的多義性，抹去其絕望痕跡的過程。

6　文化大革命期間，在毛澤東神話被推崇至頂峰的同時，按照毛澤東的評價：「魯迅在中國的價值，據我看要算是中國的第一等聖人」（〈魯迅論〉，同前，第281頁），五四以來所有的作家和作品都被否定，只有魯迅及其作品被推崇到頂峰。參照王富仁，〈中國魯迅研究的歷史與現狀〉（韓國第三屆中國現代文學學術研討會論文，1993年11月）。

四、現代都市與女性

〈狂人日記〉的舞臺是浙江的鄉村小鎮，而〈金鎖記〉的舞臺是大都市上海。民國初期的紹興和民國十年到民國三四十年的上海，這既是魯迅的小說和張愛玲的小說的背景之差，也是兩作者文學土壤的差異。

張愛玲成長於上海租界。這裏是中國現代化的窗口，是傳統中國文明和現代西洋文明對立、競爭、融合之場。自十九世紀末開港以來，短短的幾十年裏，上海成長為中國的經濟中心、世界聞名的國際都市。1910年代到1930年代，是上海高速發展、謳歌繁榮的時代。

隨著中國最大的現代商業都市的形成，形形色色的人從全國各地及周圍的鄉村來到上海，在這裏投資、工作、生活。與以農業為基本生產模式的傳統中國有著根本的不同，都市裏有屬於自己的新階層：資產階層、中產階層、勞動階層、下層貧民等等。

在勞動階層和下層貧民中，女性佔絕大多數。來自家庭、鄉村、地方的女性的工作場主要在「性產業」和工廠。據1934年《申報》推測，當時，在娼妓業方面，上海走在全世界的最前面。在倫敦，960人中有1名妓女，即妓女佔總人口的九百六十分之一。在柏林、巴黎、芝加哥、東京、妓女分別佔總人口的五百八十分之一、四百八十一分之一、四百三十分之一、二百五十分之一，但在上海竟高達一百三十分之一[1]。另外有統計說，三十年代上海妓女的總數接近十萬人[2]。此外，據上海社會局統計，1929年，工廠的男工人數為30%，兒童為9%，而女工佔61%（173,432名），女工在紡織行業、棉織品行業所佔的百分數超過了75%。[3]

現代都市上海的另一個特點是教育的普及。據1934年中華民國統計提要報導，上海專科以上的學校數和在校學生人數均佔全國的23%，超過全國的學術中心北京。據上海年鑑統計，1935年上海的人口為3,814,315人，從初中到高等學校的在校學生及教職員為249,251人，佔全市總人口的6.5%。據1936年教育部統計，中等學校的入學人數佔全國入學人數的6%以上，（人口不到全國人口的1%）其中女學生佔33%[4]。

大都市的銀行、商社、服務行業等多種多樣的職業需要導致了知識的多元化，歐美式現代教育的普及使「讀書」行為從少數人的特權擴大為相對多數人的權利，一批批不同於從前「士」之預備軍的新型知識份子應運而生。

另一方面，隨著現代通訊、印刷技術的發達，報紙、雜誌、書籍等大量出版[5]，去除了昔日帶有「真理」色彩的鉛字的珍貴感和神聖感。在市場上，印刷品不再是受崇拜的對象，漸漸成為帶有消費性質的商品。「鉛字」商品的消費者，正是新型的「讀書人」——具有小學文化水平以上的、被稱之為大眾的都市「市民」。

大眾讀書市場的需要，促進了文學的多樣化。上海不僅活躍過「文學研究會」、「創造社」等新文學團體，誕生了「左翼作家連盟」，還養育了「禮拜六派」、「鴛鴦蝴蝶派」、「新感覺派」等形形色色的文學流派。

大眾讀書市場的需要，稿費制度的確立，使「賣文」這一謀生手段成為可能。而響應讀書市場大眾要求的「文人」自然與領導庸眾的「人類的選手」不同。一批批靠「賣文」謀生的文人湧現，按照不同讀者的口味，生產出種種文字商品，流通於市場。中國歷史上初次出現了靠稿費生活的文人群。

這就是張愛玲立下「賣文為生」志向的背景。

接受過歐美式現代教育的張愛玲，是新型知識份子中的一員。張愛玲這樣表明自己的身份：

> 這一年來我是個自食其力的小市民（〈童言無忌〉，《流言》，第3頁）。

張愛玲的個人史告訴我們，這裏的「小市民」有著特殊的意義，意味著從寄生遺產的家族中獨立出來，成為自食其力的一員。

張愛玲是上海市民中的一員，她與芸芸眾生等身。她弄文學是為了最起碼的生存。因此，她的文學不同於周作人所說的傳統中國文學的任何源流，既不為君，亦不為民，因為她從來沒有高出於民，她就是市民之一。

從小熟讀《紅樓夢》、《金瓶梅》等古典小說，在《西風》、《良友畫報》、《時代漫畫》、《movie star》（電影明星）等大眾雜誌及最具現代性的大眾媒體之王——電影[6]中長大的張愛玲，思想背景中沒有傳統文人的精英意識。她的人生楷模是作東西文化橋樑的林語堂，她登上文壇的第一篇文章是向居住在上海的外國人介紹中國人的生活與時裝。

對自己與傳統文人的不同，張愛玲有一份清醒的自覺：

> 從前的文人是靠著統治階級吃飯的，現在情形略有不同，我很高興我的衣食父母不是「帝王家」而是買雜誌的大眾。（〈童言無忌〉，《流言》，第4頁）

以文字為商品，跟大眾做買賣的張愛玲稱自己為「俗人」，並堂堂正正地宣佈與傳統文人相異的自己的宗旨：

> 中國是文字國。皇帝遇著不順心的事便改元，希望明年的國運漸趨好轉……對於字眼兒的過份的信任，是我們的特徵。
>
> 中國的一切都是太好聽，太順口了……可是世上有用的人往往是俗人。我願意保留我的俗不可耐的名字，向我自己作為一種警告，沒法除去一般知書識字的人咬文嚼字的積習，從柴米油鹽，肥皂，水與太陽之中去找尋實際的人生。（〈必也正名乎〉，《雜誌》第十二卷第四期，1944年1月，第37頁）
>
> 像戀愛結婚，生老病死，這一類頗為普遍的現象，都可以從無數各各不同的觀點來寫。（〈寫什麼〉，《雜誌》第十三卷第五期，1944年8月，第133頁）

從形而上的「道」到形而下的「柴米油鹽，肥皂，水與太陽」，從治國之「理」到普通人的生命活動——「戀愛、結婚、生、老、病、死」，張愛玲文學題材內容的轉換顯示了與「士」之傳統無緣的現代知識女性的立場。張愛玲評論社會上流行的話語時說：

> 職業文人病在「自我表現」表現得過度，以致於無病呻吟……
>
> ……可是一般輿論對於左翼文學有一點常表不滿，那就是「診脈不開方」。逼急了，開個方子，不外乎階段（原文）鬥爭的大屠殺。現在的知識分子之談主義，正如某一時期的士大夫談禪一般，不一定懂，可是人人會說，說得多而且精彩。女人很少有犯這毛病的，這可以說是「男人病」的一種。（〈論寫作〉，《張看》，第269-270頁）

對於一味地表現階級矛盾，貧富兩極之間矛盾的流行電影，張愛玲也有自己獨立的見解：

> 中國電影的題材，不是赤貧，就是巨富，很少觸及中產階級的生活。（評電影《秋歌》（*Song of Autumn*）及《烏雲蓋月》（*Cloud Over the Moon*）《二十世紀》5卷1期，1943年7月）

以談服裝史起始，論京劇、評電影，「俗人」張愛玲的文學題材始終通俗。然而，張愛玲的文學與通俗文學卻有著明顯的不同。

因政權交替，從政治中心被放逐至邊緣的父輩的歷史，被傳統文化的積澱覆蓋的祖母與母親一輩的經驗，在被他者決定的人生路途上形成自我認同的女性立場，既讀《詩經》又讀《聖經》的教養，從「國中之國」上海租界到殖民地香港的經歷，決定了張愛玲的視角，往返穿梭於父親的家和母親的家、漢語和英語之間的日常生活，培養出張愛玲（雙重意義上的）異端者的眼睛，硝煙戰火將這雙眼睛煉就成金睛火眼。

現代文明的產兒張愛玲的視線總是注視著文明的基礎，審視著自己與文明的享受者——男性之間的關係，執拗地探尋著男女間裂縫的「來龍去脈」[7]，對「男女間的小事」窮追不捨，就這樣，她抓住了「中國現代人物」的致命之處。

福柯如是說：

> 自基督教以來，西歐不間斷地這樣說：「如果你想知道自己是誰，先須了解纏繞你的性事。」性是人類出生的原點，同時還常常是人之主體「真理」收斂的焦點。（〈性與權力〉，《米歇爾・福柯》，第47頁）

中國的現代都市上海是演出現代「性現象（sexuality）」的舞臺，在這一點上，絲毫不讓西歐。清末以來，上海的媒體總是圍繞著男女問題喧嚷不止。1898年上海的《春江花月報》甚至登載了由《論語》改寫的嫖經[8]，可見上海文人有著何等「反傳統」的勇氣。在洋場上海，揭去了傳統儒家文化遮掩「性」的面紗，「性」與「金錢」成為權力的象徵，慾望的焦點。周作人曾將上海文壇熱衷「性」的惡習稱為「上海氣」[9]，（1926），魯迅也指摘過上海「才子＋佳人」「才子＋流氓」（1931）[10]的不良文風。而金錢＋美女的模式，更直接地反映了上海的特徵，是「上海氣」的具體所指。

「性現象」的舞臺上，女性是當然的主角。教育的普及以及男女平等的現代思想產生了一批批「摩登女性」，而「新女性」又是上海社會及娛樂圈——戲劇、電影最喜愛的題材。

1927年，雜誌《小說月報》登載了丁玲的〈夢柯〉與〈莎菲女士日記〉，這是女性在歷史上第一次對「性現象」發言。三十年代，出現了蕭紅和白薇，四十年代，女性寫「性現象」的一脈細流為張愛玲和蘇青承傳，形成大潮並推至頂峰。

《傳奇》中的男主人公，或為活躍在中國「現代」最前線的實業家、華僑，或為在歐洲留學歸國的白領階層，或為洋人。通過描寫這些商界男性、以及與他們息息相關的女性的命運，清晰地刻劃出了現代中國「性現象」的歷史，挖掘出埋藏於深層的權力關係。《傳奇》從開卷文本〈金鎖記〉，到壓卷之作〈桂花蒸　阿小悲秋〉，七巧到阿小的生之軌跡，連接成從「傳統」到「現代」的女性的歷史篇章。《傳奇》中的系列文本，通過「性」表現了人之主體的複雜性與多面性，解構了男性的霸權主體，建構起全新的女性主體。

譚正璧在〈論蘇青及張愛玲〉（同前）中作了如下論述：

> 革命之後三十多年來，中國社會固有的宗法和舊禮教勢力對於中國女性的壓抑，非但沒有消除，反而變本加厲，資本主義在外國是封建勢力的仇敵，然而到了我們中國，卻會化敵為友，互相狼狽，造成更多重的壓力……

譚正璧將張愛玲、蘇青的作品與馮沅君、謝冰瑩、黃白薇等人的作品比較，以為張和蘇的作品追求的僅僅是人性的一部分——情慾的自由，而其它女作家的作品則是反抗全面的壓抑，代表著「社會大眾」的呼聲。因此，張愛玲與蘇青不及其它女作家。然而，筆者的結論恰恰相反：從五四到現在，女性的聲音總是被「全面的」「社會大眾」的聲音同化，進而被抹消，不論是「五四」時代離家出走的（黃）白薇[11]的吶喊，還是丁玲三十年代的傾吐、及至在延安[12]的呼喚，只要那聲音是女性的，便一定遭到壓制。事實證明，正如丁玲、蕭紅[13]等左翼文學陣營內的女性所遭遇的，倘若反對男權支配，便會被視為階級的叛徒，受到嚴厲批判；當與男性共同直面階級敵人之際，在同一戰壕的同志面前，她們依舊只能忍氣吞聲，壓抑自我。

被「家」驅逐，無「階級」所屬的張愛玲和蘇青，兩人用自己的聲音，如實地述說了自己的經驗，從而使掩蓋在階級範疇下的另一個被歧視的群體——女性「浮出地表」，因此，她們拯救了自己（哪怕是暫時的），獲得了女性的話語主體。

註釋：

1 羅茲・默菲（Roads Murphey），《上海——現代中國的鑰匙》，（*Shang- hai : key to modern China*），哈佛大學出版社，1953。上海社會科學院歷史研究所編譯，上海人民出版社，1986。第8頁。

2 高橋孝助，古廄忠夫編，《上海史——巨大都市的形成和人的營為》（上海史　巨大都市の形成と人々の営み），東方書店，1995年，第151頁。

3 轉引自清水賢一郎，《在明治日本及中華民國的易卜生接受》（明治日本及び中華民國におけゐイブセン受容），東京大學博士論文，1994年，第67頁。根據原註，清水參照了以下資料：埃米莉・霍寧（Emily Honig，《姐妹和陌生人——上海棉紡廠的婦女》（*Sisters and strangers : Women in the Shanghai cotton mills, 1919-1949*），史丹福大學出版社，1986年，第24頁（表1）。

4 興亞院華中連絡部，《上海的教育狀況》（上海ニ於ケル教育狀況），1941年。

5 據統計，商務印書館1920年出版物為352種，而1932年至1936年五年間的出版物為7,040種，年平均出版種數為1920年的4倍（王雲五，《十年來的中國出版事業》、張靜廬輯註，《中國現代出版史料乙編》，第351頁，中華書局，1955年、李澤彰，《三十五年來中國之出版業》，同前，丁編，下，第392頁，1959年）。

另外，從《申報》的發行數的份數增加也可看出。1920年為三萬份，1935年增加了五倍，共計十五萬五千九百份（轉引自鈴木將久，〈媒體空間上海——閱讀《子夜》〉（メデイク空間上海——《子夜》を読むこと），《東洋文化》第74號，1994年3月）。

據原註說明，鈴木參照了以下資料：

胡道靜，〈申報六十六年史〉，《報壇逸話》，世界書局，1940年。〈上海的日報〉（《上海市通志館期刊》2卷1號，1934年。

《上海市年鑑・民國二十五年》等等。

吳福輝，〈作為文學（商品）生產的海派期刊〉（《中國現代文學研究叢刊》，1994年第1期）。

〈現代都市環境下的中國海派文學〉（日本中國學會第四十六屆年會前夜祭的發言，1994年10月）。

6 據1939年3月出版的《電影》第28期記載，「8・13」前，全國上映國產電影的電影院有270家，上海佔42家。此外，「孤島」期四年中攝影、上演的電影共達230多部。參見楊幼生、陳青生，《上海「孤島」文學》，上海書店出版社，1994年。

7 〈我看蘇青〉同前。原文為「把人生的來龍去脈看得很清楚。」

8　樂正，〈上海人的社交實質和消費性格〉，《南人與北人》，大世界出版有限公司，1995年，第245頁。原註：魏紹昌，《李伯元研究資料》，上海古籍出版社，1980年，第12-13頁。

9　〈上海氣〉，《周作人早期散文選》，上海文藝出版社，1984年。

10　〈上海文藝之一瞥〉，《二心集》，《魯迅全集》第4卷。

11　白薇的座右銘是「戀愛是人生的橋樑」。她以追求戀愛自由為起點，進而追求大眾的解放。屬於「五四」浪漫的一代。逃出「封建家庭」後，她不斷地遭「革命青年」戀人背叛，備嘗痛苦。她以自己的親身經歷為素材，1936年，書寫了四十萬字的自傳小說《悲劇生涯》（上海生活書店）。談及書寫此小說的動機時，她說：

現在是時代轟轟然開著倒車，五四以後抬頭起來的婦女，時代的黑手又把她們拖回家庭，拖回墳墓去；同時躲進了墳墓的千代朽物的封建男權，又被拖回來顯威肆虐，由是婦女問題，成了大家目前來鬧鬧的不痛不癢的流行問題。（〈我寫它的動機〉，《婦女生活》1935年第一卷第一期）

12　丁玲從處女作〈夢柯〉（《小說月報》1927年12月），〈莎菲女士日記〉（《小說月報》1928年2月）、〈慶雲裏中的一間小房〉（《自殺日記》所收，光華書局，1929年）到〈一九三0年春上海〉（之一）（之二）（《小說月報》1930年9、11、12月）的作品都帶有對男權濃厚的批判意識。因丈夫被國民黨槍決，思想左傾，轉向左翼文學。1942年3月9日，丁玲在延安發表〈「三八節」有感〉（《解放日報》）指出男性革命幹部打著革命與奪取政權的旗號，將女性作為「性」的對象，生孩子的工具來對待的現象，遭到嚴厲批判。之後，〈我在霞村的時候〉（《中國文化》第三卷第一期，1941年6月）及〈在醫院中〉（《谷雨》第一期，1941年11月）也遭到了同樣的命運。

13　從生活上，文學上都得到魯迅關懷，一直以大眾、民族為題寫作的蕭紅，在實際生活中，有著受男權迫害的慘痛經驗。我認為她的文本中的那種不可言說的寂寞正是將她的女性經驗封閉在「空白」之中的印跡。

五、夢魘中的母親

〈狂人日記〉留下了一個很大的謎，那便是母親的形象。

妹子是被大哥吃了，母親知道沒有，我可不得而知。母親想也知道；不過哭的時候，卻並沒有說明，大約也以為應當的了。……但是那天的哭法，現在想起來，實在還教人傷心，這真是奇極的事！

在吃了女兒的兒子面前一言不發只是哭泣的母親，真是令人奇極，不可解之極。我的，我們的母親在「四千年的吃人履歷」中，到底是如何生存的？扮演了什麼樣的角色？

〈狂人日記〉之後，魯迅不斷探尋中國人缺少「愛」與「誠」的原因，他發現，中國社會自古以來「人有十等」（《佐傳》昭公七年）：

有貴賤，有大小，有上下。自己被人凌虐，但也可以凌虐別人；自己被人吃，但也可以吃別人。一級一級的制馭著，不能動彈，也不想動彈了。

這等級森嚴的「制度」就是造成「吃人」的內在原因和機制。

所謂中國的文明者，其實不過是安排給闊人享用的人肉的筵宴。

……即從有文明以來一直排到現在，人們就在這會場中吃人，被吃，以凶人的愚妄的歡呼，將悲慘的弱者的呼號遮掩，更不消說女人和小兒（〈燈下漫筆〉，1925年）。[1]

若是男孩，長成大人，總可以登上支配的階梯（不論幾等）而女人永遠被壓在最下層，永世不得翻身。支撐著男人的階梯，捆綁在「第十一等人」[2]位置上的女人，存在於文化、話語之外。

為了贏得「人」的價值，魯迅在「病態社會不幸的人們」的框架中，展示出最底層人的生存狀態：阿Q、孔乙己、閏土，還有祥林嫂、子君等女性。在講述女性命運的時候，敘述者躊躇、徬徨的語氣，絕妙地表現了一個男性對女性的感情：一方面，他懷抱著強烈的責任感，認為必須把她們拯救出苦海；另一方面又深感無奈，愛莫能助，甚至覺得自己也是把她們推入苦海的加害者中之一員。

長期以來，批評家出於「常識」，只看見魯迅文本凸顯的意義，即揭示了「病態社會中人們的命運」一面，而每每忽略了敘述者話語的意義。

例如，在〈傷逝〉（1925年）中，魯迅以敏銳的洞察力記述了一個帶有普遍性的事實——涓生（男性）的新生必須以子君（女性）的死為代價，文本中，當涓生告訴子君「真實」——「愛」已消失後，子君離去。陷入悔恨的涓生表白說：

> 但我的心卻又覺得沉重。我為什麼偏不忍耐幾天，要這樣急急地告訴她真話的呢？現在她知道，她以後所有的只是她父親——兒女的債主——的烈日一般的嚴威和旁人的賽過冰霜的冷眼。此外便是虛空。負著虛空的重擔，在嚴威和冷眼中走著所謂人生的路，這是怎麼可怕的事啊！而況這路的盡頭，又不過是——連墓碑也沒有的墳墓。[3]

娜拉們為求得解放，從父親家出走。繼而，為了既是啟蒙老師又是同志的男人的「真實」，再次離「家」出走。最終，娜拉們負著虛空之重擔，無言地走向沒有墓碑的墳墓。

這便是魯迅身邊的女性們生存的實況。在驗證魯迅個人史時，我們首先看到他與母親的關係。母親是一位傳統婦女，相夫育子，盡心盡力。童年時期的魯迅與她的關係是融洽的。父親的久病與早亡，更加強了母子間的感情，尤其是在經歷「屈辱」之後。生為男兒卻不能代替母親承擔重任，深深的內疚感讓魯迅「覺得永遠欠著母親的債」[4]。因此，當母親按傳統方式盡家長職責要他結婚時，他默默地服從了。魯迅用受虐的方式，以犧牲自己的幸福為代價，滿足了母親的願望，同時，他清醒地逼迫自己：「陪著做一世的犧牲，完結了四千年的舊帳」。但是，這「一世」並非一個人的，還牽連著一個女性。對被迫犧牲了一世的朱安，對他「守活寡」的妻子，魯迅不能不滿懷愧疚。身旁女性的實況，使魯迅對女性的情感及態度變得十分複雜。

魯迅壓抑了這些「個人」問題，以廣大的社會問題作標的，用小說和雜文來遣責病態的社會，宣洩憤怒。

為了民族「連續性」的生之「希望」，魯迅壓抑了自己僅此一次的生。七年後，被壓抑了的「僅此一次的生」發出了苦悶的呻吟，開始尋求出路[5]。魯迅在〈頹敗線的顫動〉（1925年）中，通過「我」的兩個夢中夢，表現了這糾葛。第一個夢中，魯迅描寫了女性「在初不相識的披毛的強悍的肉塊底下，有瘦弱渺小的身軀，為飢餓，苦痛，驚異，羞辱，歡欣而顫動。」第二個夢中，他描寫了終於將孩子撫養成人，卻被長大的孩子斥責並逐出家門的年老的寡婦：

> 她在深夜中盡走，一直走到無邊的荒野；四面都是荒野，頭上只有高天，並無一個蟲鳥飛過。她赤身露體地，石像似的站在荒野的中央，於一剎那間照見過往的一切：飢餓，苦痛，驚異，羞辱，歡欣，於是發抖；害苦，委屈，帶累，於是痙攣；殺，於是平靜。……又於一剎那間將一切併合：眷念與決絕，愛撫與復仇，養育與殲除，祝福與咒詛……。她於是舉兩手盡量向天，口唇間漏出人與獸的，非人間所有，所以無詞的言語。
>
> 當她說出無詞的言語時，她那偉大如石像，然而已經荒廢的，頹敗的身軀的全面都顫動了。這顫動點點如魚鱗，每一鱗都起伏如沸水在烈火上；空中也即刻一同振顫，彷彿暴風雨中的荒海的波濤。
>
> 她於是抬起眼睛向著天空，並無詞的言語也沉默盡絕，惟有顫動，輻射若太陽光，使空中的波濤立刻迴旋，如遭颶風，洶湧奔騰於無邊的荒野。
>
> 我夢魘了，自己卻知道是因為將手擱在胸脯上了的緣故；我夢中還用盡平生之力，要將這十分沉重的手移開。

苦苦掙扎在「公」與「私」、話語與身體，羞辱與歡喜的二律背反狹縫裏的魯迅，將被壓抑了的「我」，傾注、凝縮在女人・母親的形像中[6]。這形象傳達出人類歷史中女人・母親具有的全部含義：她們是無字的白紙，滿載著男人・父親的話語；她們「無聲，無言的身體，停留在表現之閾界外」[7]；她們處於「自然與文化的境界，生物學與語言的境界」，具有「異質性」的「存在的破綻」[8]。她們潛存於意識的深層之下，壓抑在夢之夢中。她們苦苦掙扎，意欲浮出……終於，她們在沉默中爆發出無語之言。

於是，魯迅「夢魘了」。

母親的形象，凸顯了魯迅「溶解破碎的進化論，將它重新鑄就的巨大能量，預示了在魯迅身上新的母性的復活。」[9]

魯迅逝世後不到一年，魯迅一代人的夢——國家，在達到它最盛期的同時，也達到了極限。中國地理上的輪廓擴散在「大東亞」的均質空間，「道」、「理」、「民主」、「自由」、「博愛」、「科學」等話語被「共榮圈」的全體主義吞沒，中華民國的時間在「虛空」的荒野中消失。

法西斯砸破了「現代烏托邦」的國家神話，要矯正歪曲了事實的話語必須重返「事實」。國、家的廢墟上呈現出土地、種子，這些幽閉在國、家內部不透光的部分。

抛露在「無邊的荒野」的女性，開始用自己的腳獨行。她們邁出的第一步，是在「虛空的虛空」之中，確認「無」之縱深，重新認識自己。她們依靠的，不是「形而上的道理」，而是土地、種、肉體和血緣。在這樣的風土中，張愛玲追溯自己人生之「輪」軌跡，從母親缺席的「虛空」，走向「人類」的「荒野」，探求家庭關係、血緣關係、男女關係裂縫的根源。跟著「女人」往來於上海與香港、文明與虛空、真與假之間，終於找到了存在於男女之間的根源性差異。以「這根源性差異，給予除了金錢與戰爭之外，對任何事都不感興趣的文明猝不及防的一擊，在該文明中，痛苦地生產出象徵之生」[10]。

〈金鎖記〉是用女性鮮血書寫的文本，她承繼了〈狂人日記〉的血脈，融合著從「虛空」和「夢魘」中走過來的女性經驗。〈金鎖記〉可以作為〈狂人日記〉的續篇，不，作為姐妹篇來閱讀。張愛玲模仿魯迅解讀《資治通鑑》字縫的方法，深入到魯迅文本的縫隙，以〈狂人日記〉中的盲點——男與女的差異，以及女性・母親的內在差異為標的，將在權力的綿密網絡中抵抗著的女性的日常用「瘋女人」的形象呈現，講述了在「家族制度」的機制和矢量中，階級、性別、世代的橋樑——母親為什麼、何時、怎樣由被害者變成加害者的，權力交替是如何完成的。〈金鎖記〉在魯迅的象徵符號中，填入有血有肉的身體，將欠缺「真」的抽象的哲學思考，改寫成家中男人對女人的「假愛」，賦與「真的人」以實體，她告戒我們：愛的「真」「假」，並不僅僅與女性有關，還關係著保證或威脅種・人類延續之核心。

魯迅為爭得「人」的價值而戰鬥，為地母懷裏「不知姓名、經歷」的「長媽媽」祈禱：「仁厚黑暗的地母啊，願在你懷裏永安她的靈魂！」[11]張愛玲痛切地感到「我們是一個愛情荒的國家」[12]，喚醒了沉睡在黑暗的地母懷裏的母親・女性，講出了她們的「眷念與決絕，愛撫與復仇，養育與殲除，祝福與詛咒」，呈現出她們「炸裂的主體」。[13]

註釋：

1　〈墳〉，《魯迅全集》（第一卷，同前）。
2　蘇青，〈第十一等人〉（《中華週報》第15期，1942年10月，後收入《浣錦集》。
3　〈徬徨〉，《魯迅全集》第2卷，第126頁。
4　中島長文，〈貓頭鷹的聲音——朱安與魯迅〉（ふくろうの聲一朱安と魯迅，《文學》第八期，1987年）。
5、6、9　丸尾常喜，〈頹敗的《進化論》——魯迅的《死火》與《頹敗線的顫動》〉（頽れいく「進化論」——魯迅〈死火〉と〈頽れおちるの顫え〉），東洋文化研究所紀要第117冊，1993年。
7　J．克里斯蒂娃，《中國的婦女》，第17頁。
8　J．克里斯蒂娃，〈新型知識分子〉，《女人的時間》（女の時間），勁草書房，1991年，第38頁。
10　J．克地斯蒂娃，《女人的時間》，第122頁。
11　〈阿長與《山海經》〉，《朝花夕拾》，《魯迅全集》，第二卷，第248頁。
12　〈國語本《海上花》譯後記〉，《海上花》，第607頁。
13　J．克里斯蒂娃，〈新型知識分子〉，《女人的時間》，第39、249頁。

六、地母——再生之神

關於魯迅與張愛玲，胡蘭成做了如下評價：

> 魯迅之後有她，她是偉大的探求者。與魯迅所不同的地方是，魯迅經過幾十年來的幾次革命和反動，他的尋求是戰場上受傷的鬥士的淒慘的呼喚，張愛玲則是一枝新生的苗……這新生的苗帶給人間以健康與明朗的，不可摧毀的生命力。
>
> ……時代的陰暗給予文學的摧折真是可驚的。沒有摧折的是魯迅，但也是靠的尼采式的超人的憤怒才

> 支持了他自己。
>
> ……
>
> 魯迅是尖銳地面對著政治的，所以諷刺，譴責。張愛玲不這樣，到了她手上，文學從政治走回人間，因而也成為更親切的。時代在解體，她尋求的是自由，真實而安穩的人生。（〈評張愛玲〉，《雜誌》第13卷第3期，1944年6月）[1]。

的確如此，魯迅與張愛玲的差異，是「超人」與「人」的差異，「啟蒙者」與「市民」的差異，「男性」與「女性」的差異。因此，魯迅的「文學觀——演員與觀眾的題目」即「為了愛不毛的人類而不惜犧牲自已的」[2]超人與中國永遠的看客——庸眾的關係，到了張愛玲筆下，轉變為隔著玻璃的看者與被看者個人對個人的關係；描寫個人與社會的矛盾的主題，轉換為表現「家」的內在差異，男性與女性的內在差異的主題。

如果說，魯迅文學是為了民族、國家、人類，以「人道主義」的理想為基礎，以革階級權力的命為使命的主體與自身在現實中感知到的「個人的無治主義」的「消長起伏」的文學的話，那麼，張愛玲的文學就是在滲透到家，滲透到每個人毛孔裏的肉眼看不見的權力重壓下的主體追求「愛」的文學。

將自已的文學歸屬於「神性」、「婦人性」的張愛玲，對「婦人性」與「超人」之間的關係，作了如下定義：

……超人永遠是個男人。……而我們的文明是男子的文明。……超人是純粹理想的結晶，而「超等女人」則不難於實際中求得。在任何文化階段中，女人還是女人。……女人是最普遍的，基本的，代表四季循環，土地，生老病死，飲食繁殖。女人把人類飛越太空的靈智拴在踏實的根樁上。

……

超人是男性的，神卻帶有女性的成分。超人與神不同。超人是進取的，是一種生存的目標。神是廣大的同情，慈悲、了解、安息。……如果有這麼一天我獲得了信仰，大約信的就是奧涅爾《大神勃朗》一劇中的地母娘娘。

……

人死了，葬在地裏。地母安慰垂死者：「你睡著了之後，我來替你蓋被。」

為人在世，總得戴個假面具。她替垂死者除下面具來，說：「你不能戴著它上床。要睡覺，非得獨自去。」

……

人死了，地母向自己說：

「生孩子有什麼用？有什麼用，生出死亡來？」

她又說：

「春天總是回來了，帶著生命！總是回來了！總是，總是，永遠又來了！——又是春天！——又是生命！——夏天、秋天、死亡，又是和平！（痛切的憂

> 傷）可總是，總是，總又是戀愛與懷胎與生產與痛苦——又是春天帶著不能忍受的生命之杯（換了痛切的歡欣），帶著那光榮燃燒的生命的皇冠！（她站著，像大地的偶像，眼睛凝視著莽莽乾坤。）」（〈談女人〉，《流言》，1944年3月，第93-94頁）

地母像不僅給超人與女人之間架起橋樑，而且將死重建為生之轉折點。再生之神的地母像是張愛玲文學的到達點。這與發現了中國古代的女神——女媧[3]，在「古代神話」的空間溶入「自己」，更新並完成了自己文學的魯迅的到達點相吻合，難道這僅僅是個偶然嗎？

就這樣，張愛玲與現代中國文學之父魯迅並肩，成為現代臺灣女性文學之母。

在文學史上找不到安放張愛玲文學的位置，是因為在只談統治階級與被統治階級的二元對立的價值體系裏，女性是視而不見的存在。

註釋：

1　《雜誌》1944年5月-6月連載。

2　藤井省三，《魯迅——「故鄉」的風景》（魯迅——「故郷」の風景），平凡社，1986年，第164頁。

3　〈補天〉，《故事新編》，《魯迅全集》第二卷。完成時間為1922年，但從《吶喊》中抽出，編入《故事新編》的作者的意圖和作品的風格來考慮，或許這部作品放在《故事新編）的開頭更為妥當。關於這一點，參考了如下資料：
伊藤虎丸，〈《故事新編》的哲學——序說及「補天」論〉（《故事新

編》の哲學——序説および〈補天〉論），《東洋文化研究所紀要》，第68號，1976年3月。
代田智明，〈關於《故事新編》的形成及其〈序言〉的解釋——《故事新編》論筆記 I 〉（《故事新編》の形成とその〈序言〉の解釋について——〈故事新編〉論），《飆風》第27號，1992年8月。〈《故事新編》論筆記 II ——關於《補天》〉（《故事新編》論ノート II ——〈補天〉をめぐって），《飆風》第29號，1994年2月。

餘論　五十年代以後的張愛玲及張愛玲文學的接受場

一、尋求認同

中華人民共和國成立，給中國以新的主體身份，毛澤東〈延安文藝座談會上的講話〉成為文學工作者的指南。在文學必須服從政治，為政治服務的體制下，張愛玲試圖改變自己。她改筆名為梁京，在《亦報》連載發表了《十八春》（1950年3月25日-1951年2月11日）。文章仍以戰亂時代、渾沌空間裏的男女關係為核心，描寫親子關係，家庭關係的糾葛，小說的最後，新中國成立，前途呈現光明。這樣的結尾方式表明張愛玲擁護新中國，並努力想融入其中。改用筆名亦是她告別過去，追求新價值的標記。接著，她在《亦報》上連載發表了一篇帶有強烈階級意識的中篇小說《小艾》（1951年11月4日-1952年1月24日），讀者的反應非常冷淡，與一年前《十八春》發表時的熱烈情景形成了強烈的反差。

文學場變了。1951年4月，以批判電影《武訓傳》為開端，秋天，文學藝術界開始了「確立無產階級的思想領導」

的思想改造運動。12月，中國共產黨發動了三反運動。中華人民共和國進入了後來持續了數十年的黑暗的「運動」隧道。描寫「人性」被視為「資產階級的瘋狂攻擊」，文藝場變成了「階級鬥爭」的戰場。

1952年3月，《亦報》上周作人回憶魯迅的散文〈魯迅衍義〉連載被迫中止。對作家來說，失去發表作品的園地即意味著失去了家。對張愛玲來說，這一打擊是致命的，因為寫作不僅是她賴以證明存在的唯一方法，也是她唯一的生活手段。

張愛玲不得不離開家園，離開上海，離開大陸。不久，解放後她發表作品的唯一媒體——《亦報》也停了刊。

張愛玲在1944年發表的散文〈詩與胡說〉中，表達了對祖國的熱愛：「所以生活在中國就有這樣可愛：髒與亂與憂傷之中，到處會發現珍貴的東西，使人高興一上午，一天，一生一世」[1]，表示自己決不願意離開中國。

然而，張愛玲還是離開了祖國，漂流遠方。先到香港，繼而到美國，從此未再踏上中國的土地。張愛玲文學從上海消失了。

在香港，張愛玲第二次嘗試改變自己。她署名Eileen Chang，發表了描寫共產黨領導下農民生活的小說《秧歌》，並在香港的美國新聞處授權（Commissioned）[2]下發表了《赤地之戀》。兩部小說都是以英語圈的讀者為對象，用英文寫成，然後譯成中文的。

1957年以後，定居美國的張愛玲，將過去的作品〈金鎖記〉改寫為《怨女》，《十八春》改寫成了《半生緣》。

在異鄉的多年，她一直沉溺在幼年與青春時期的回憶中，咀嚼、反省著與母親、與胡蘭成的感情糾葛，寫了又改，改了又寫，徘徊、困惑，剪不斷、理還亂，該如何處理這一團「心經」呢——發表還是燒毀？！至死沒找到答案。

在創作的顛峰期，張愛玲曾經說過：

> 但是我認為文人該是園裏的一棵樹，天生在那裏的，根深蒂固，越往上長，眼界越寬，看得更遠，要往別處發展，也未嘗不可以，風吹了種子，播送到遠方，另生出一棵樹，可是那到底是艱難的事。（〈寫什麼〉，《流言》，第132頁）

儘管終其整個後半生，張愛玲從未停下手中的筆，但她的文學之樹從上海連根拔出後，再也沒能長出新的枝幹。

1977年，張愛玲發表了歷經十年考證研究中國「第一部以愛情為主題的長篇小說」[3]——《紅樓夢》的文章，她將這本約二十五萬字的書題名為《紅樓夢魘》（Nightmare in the Red Chamber），將自己「夢魘」似的激情解釋為「一種瘋狂」[4]。1983年，張愛玲將五十萬字的吳語《海上花》翻譯成普通話。張愛玲稱這部寫於十九世紀末，描寫上海「妓院」的作品「主題其實是禁果的果園，填寫了百年前人生的一個重要的空白」的「愛情」[5]小說。這兩部作品均發表在臺灣，署名「張愛玲」。

張愛玲——梁京——Eileen Chang——張愛玲，這一連串名字的嬗變，象徵著文人張愛玲在歷經半個世紀的中國的政治巨變中，持續不斷地尋求認同的努力。

1994年6月，73歲的張愛玲打破長時間的沉默，發表了《對照集——看老照相簿》。這本書在出版前三年，臺灣、香港、中國大陸的媒體便紛紛預告：張愛玲將發表「自傳」，讓廣大的讀者望眼欲穿。書出版後，「自傳」的成份卻出人意外的少，用了與自己的歷史「不成比例」的篇幅，追憶祖父、祖母。對自己的懷舊情結（complex），張愛玲說明如下：

> ……崎嶇的成長期，也漫漫長途，看不見盡頭。滿目荒涼，只有我祖父母的姻緣色彩鮮明，給了我很大的滿足……
>
> 然後時間加速，越來越快，越來越快……一連串的蒙太奇，下接淡出。（第88頁）
>
> 我沒趕上看見他們……一種沉默的無條件的支持，看似無用，無效，卻是我最需要的。他們只靜靜地躺在我的血液裏，等我死的時候再死一次。
>
> 我愛他們。（第52頁）

「祖父和祖母的愛」對從荒野走到荒野，已然走到盡頭的張愛玲來說，是支撐生命的神話。

脫離了祖國（Motherland），割斷了血緣親情紐帶的流亡者張愛玲，最後終於回歸到自己生命的源頭，找到了愛。

註釋：

1　〈詩與胡說〉，《雜誌》第十三卷第五期，1944年8月。
2　〈蟬——夜訪張愛玲〉，《張愛玲的小說藝術》，第27頁。
3　〈國語本《海上花》譯後記〉，《海上花》，第607頁。
4　〈自序〉，《紅樓夢魘》，臺灣皇冠出版社，1977年，第6頁。
5　〈國語本《海上花》譯後記〉，同前，第596頁。

二、繼承——在臺灣

1. 臺灣近代史

五十年代中期到八十年代中期，張愛玲文學的讀者是臺灣、香港、東南亞華僑及居住在海外的華人。在臺灣，張愛玲的作品不僅是文學讀物，還是文學創作的範本。

關於她與臺灣的關係，有研究者說：

> 如此這般表明，這個與臺灣泥土從未發生過任何緣份的張愛玲，不是她要躋身臺灣文壇，而是她吸引了臺灣文壇；不是她離不開臺灣文壇，而是臺灣文壇離不開她。這種現象在文學史上可能是絕無僅有的（古繼堂《臺灣小說發展史》遼寧教育出版社，春風文藝出版社，1989年，第129頁）。

張愛玲的文學在臺灣得以繼承的原因與臺灣的歷史密切相關。臺灣是中國領土的一部分，但在近代史上，卻處於與大陸分離的狀態。甲午戰爭後，臺灣被割據，成為日本的殖民地，被日本統治了半個世紀。1945年，日本戰敗，臺灣回歸中國。四年後，中華人民共和國成立，戰敗的蔣介石政府從大陸逃到臺灣，繼續其獨裁統治。

臺灣的現代文學是在與大陸分離約一個世紀的歷史中形成的。1949年12月，蔣介石進入臺灣後，實行恐怖政治，在戒嚴令下，無限制地行使權力。在文化領域，切斷了與以魯迅為首的「五四」以來的中國新文學的聯繫，具有左翼傾向的作家的作品自不待言，就連沈從文等人的著作也被列為禁書。

二百萬人跟隨蔣介石政府從大陸來到臺灣，他們之中的作家離開了故鄉大陸，「因而不僅被割斷文學源流，還因為是外省人而被臺灣的民眾疏離，在雙重意義上喪失了認同，成為無根之草，處境淒涼」。另一方面，在殖民地時期，臺灣的本土作家被迫接受日語教育，用日語書寫，「在醫治殖民地統治的創傷尚無充分的時間和機會的情況下，被鎮壓和失語逼向雙重的沉默，許多作家擱筆」。[1]

五十年代成為臺灣文學史上的空白時期，迴盪在空寂的文壇上空的，只有來自大陸的謝冰瑩、蘇雪林、陳紀瀅等幾個軍中作家的反共聲音。

為奠定臺灣現代文學基礎而立下汗馬功勞的，是臺灣大學外文系教授夏濟安。六十年代臺灣文學的主力，臺灣大學外文系的學生白先勇、陳若曦、王文興、歐陽子等都是他的學生。

1956年，夏濟安創刊《文學雜誌》。他向居住在美國的弟弟夏志清索稿。次年，夏志清將正在寫作的英文版《中國現代小說史》完成的部分——「張愛玲」章寄給了夏濟安，由夏濟安譯成中文，分為〈張愛的短篇小說〉和〈評《秧歌》〉兩篇刊載在《文學雜誌》上。以此為契機，白先勇等開始閱讀張愛玲的作品。成為作家後，「他們自認在創作方面也受了她的影響」[2]。

夏志清執筆《中國現代小說史》時，香港的好友宋淇寄來了香港海盜版《傳奇》和《流言》。之前，集中閱讀了大量五四以降的小說，正為「拙劣」作品之多而深感煩惱的夏志清說：

> 我初讀《傳奇》、《流言》時，全身為之震驚，想不到中國文壇會出這樣一個奇才，以「質」而言，實在可同西洋現代極少數第一流作家相比而無愧色。隔兩年讀了《秧歌》《赤地之戀》……更使我深信張愛玲是當代最重要的作家，也是五四以來最優秀的作家。別的作家產量多，寫了不少有份量的作品，也自有其貢獻，但他們在文字上，在意象的運用上，在人生觀察透徹和深刻方面，實在都不能同張愛玲相比（〈《張愛玲的小說藝術》序〉，《張愛玲的小說藝術》，水晶前揭書，第4頁）

夏志清在《中國現代小說史》中，僅用了二十六頁論魯迅，論張愛玲時，卻花了四十二頁。他明確地宣佈了自己的反共立場，並在「張愛玲」章的開頭，用了十七頁高度讚賞《秧歌》，餘下的篇幅評論了《傳奇》。

衝出「鐵幕」的經歷以及《秧歌》和《赤地之戀》，給張愛玲塗上了「反共作家」的色彩，使她的作品在戒嚴令下的臺灣獲得了通行證。但是，在閱讀張愛玲作品的過程中，政治色彩濃厚的《秧歌》、《赤地之戀》等「反共」小說在臺灣讀者中引起的反響很小，使人們產生共鳴並狂熱喜愛的，僅限於《傳奇》與《流言》。

註釋：

1　松永正義，〈臺灣文學的歷史與個性〉，《彩鳳之夢》（臺灣現代小說選Ⅰ），研文出版社，1984年，第201頁）。

2　夏志清，〈《張愛玲的小說藝術》序〉，《張愛玲的小說藝術》，水晶前揭書，第4頁。

2.「Uncertain（不確定）」的困惑

戰後很長一段時間，由於政治原因，在臺灣，能讀到的「五四」以降的大陸作家，只有張愛玲。

1968年，臺灣《皇冠》社陸續出版了張愛玲的作品系列。1969年，水晶的研究論文集《拋磚記》由臺北三民書局出版。

水晶畢業於臺灣大學外文系，六十年代末赴美國，1971年6月，成功地見到了深居簡出的張愛玲，當水晶對張愛玲「談到她的作品流傳的問題」時，張愛玲回答：「感到非常的Uncertain（不確定），因為似乎從五四一開始，就讓幾個作家決定了一切，後來的人根本就不被重視。她開始寫作的時候，便感到這層困惱，現在困惱是越來越深了。」水晶感嘆道「使我聽了，不勝黯然。」[1]

對於「不確定」的困惑，強化了水晶和張愛玲的連帶感：對水晶來說，這是張愛玲的困惑，更是自己的困惑，這不僅關係到張愛玲一個人的文學作品應該如何定位的問題，還關係到左翼文學之外所有的文學作品的定位問題。

在水晶訪問張愛玲的同時，臺灣的命運正站在一個關鍵的節點上。1971年7月，基辛格首次訪華並公佈了尼克松即將訪華的消息，10月，聯合國通過決議，恢復中華人民共和國合法席位，臺灣退出聯合國。1972年2月，尼克松訪問中國，中美聯合公報發表；9月，田中角榮訪問中國，中日邦交恢復正常。國際形勢發生了戲劇性的突變，臺灣被孤立，居住在臺灣的人們對未來感到了極大的恐怖與不安。隨著社會環境的改變，臺灣文學也出現了新的變化。六十年代以現代的自我喪失感為題材，一味模仿西方的現代主義文學受到批判，民族主義文學成為主流。

> 無論本省人還是外省人，年輕一代的作家都將自己視為「臺灣的中國人」，有志於立足「臺灣的中國文學」。生活在七十年代的中國人，自我定位時，……「臺灣將走向何方」這一疑問，與「中國將走向何方」的疑問交叉，臺灣的民族主義中，「臺灣」與「中國」不是背反的，而是呈現出重疊結構的形式（松永正義，〈臺灣文學的歷史與個性〉，《彩鳳的夢》，臺灣現代小說選I，研文出版，

1984年，第212頁）。

正是在這樣的風潮中，水晶發表了與張愛玲的談話。對臺灣人來說，張愛玲對「不確定」的困惑，早已超出了張愛玲作品的個別範圍，甚至超越了狹義的文學範疇，是作為在臺灣的中國人的認同問題被接受的。Uncertain Identity不確定的認同，這正是臺灣的核心問題，是臺灣作家困惑的焦點。

對此，臺灣作家詹宏志表示了他的擔憂：

> 有時我很憂心，杞憂著我們三十年來的文學努力會不會成為一種浪費？如果三百年後有人在他中國文學史的末章，要以一百字來描寫這三十年的我們，他將會怎樣形容，提及哪幾個名字？

臺灣作家東年，將近三十年的臺灣文學定義為「邊疆文學」，詹宏志聽後深感震動，說：

> 那意味著遠離中國的中心，遠離了中國人的問題與情感，充滿異國情調……如果我們還能因著血緣連續成為中國的一部分；如果三百年後我們得的一百字是遠離中國的，像馬戲團一般的歷史評價……我們都象伊帕斯王一樣無力抗拒成為「旁支」的命運（《兩種文學的心》，1978年）。

這段話，就像是針對著張愛玲文學而來，是對張愛玲文學命運的總結。不，後者的情況更為嚴酷。在大陸，張愛玲的名字已經和舊上海一起「像古代的大西洋城（Atlantic）沉到海底」，「玉石俱焚了」。[2]

「遠離中國的中心，遠離了中國人的問題與情感」，這共同的境況，增強了臺灣作家與張愛玲的連帶感。「同是天涯淪落人」的意識，使他們認同了張愛玲。在臺灣作家看來，迄今為止，中國本土對張愛玲文學的態度就是今後對臺灣文學的態度；張愛玲文學的命運，預示著將來臺灣文學的命運，只要認同自己是中國人，就必然會對遠離中國的心臟——本土大陸感到焦慮，感到不安和困惑。

註釋：

1　〈蟬——夜訪張愛玲〉，《張愛玲的小說藝術》，第30-31頁。
2　同上，第31頁。

3.「張愛玲夢魘」

1973年，水晶發表了《張愛玲的小說藝術》。這是繼夏志清的批評之後，第一部研究張愛玲的專著。此書運用西方文藝批評理論，分析了張愛玲的《傳奇》。水晶的著作中，沒有夏志清那樣的反共政治傾向，他從純粹的文學藝術的視角出發，將《傳奇》中的文本與西方現代小說比較，論述重點放在創作手法上。書中特別加上了〈蟬——夜訪張愛玲〉這一珍貴的訪談資料。此書掀起了對張愛玲文學再評價的熱潮。

在臺灣，對張愛玲的接受，並不是一邊倒的讚美，也有人與夏志清、水晶持不同看法，例如林柏燕、張健、唐文標等。其中，唐文標對張愛玲的研究最耐人尋味。

1972、1973年，臺灣文壇掀起了現代詩論戰。關傑明、唐文標等嚴厲批評逃避現實、一味模仿西歐詩風的現代詩人余光中、瘂弦等，主張詩歌應有民族性和社會性。唐文標的「道德批評」標準是，「寫作是為了下一代的健康心靈，為了中國民族的復生，為了人權和共德，為了人類要活下去而寫的，中國文學應對世界貢獻更大的力量」[1]。1972年，數學博士唐文標從美國來臺灣任教，旋即加入到現代詩論戰中。當時，他常常從年輕人那裏聽到對張愛玲的讚美，當他深問下去，卻發現他們除了作品的技巧和文體外，對作者的經歷及其時代背景一無所知。參加張愛玲文學的專題演講會，也只能聽到一些空泛的議論。於是下決心研究張愛玲文學。

1974年5月，唐文標在《中外文學》上發表了〈又熱又熟又清又濕——張愛玲的長篇：《連環套》〉，同月，又在《文季》發表了〈一級一級走進沒有光的所在——張愛玲早期小說長論〉，唐文標以「作品中有無微言大義」，「以史證文」這一傳統的「文以載道」的標準衡量張愛玲的作品，當然，張愛的文學及不了格。唐文標認為，張愛玲的文學「是上海百年租界文明的最後表現」，是「美麗而蒼涼」的「罌粟花」；「張愛玲的世界」「宣傳的失敗主義，頹廢哲學，和死世界的描寫」，使人「絕望和對人類失去信心」。[2]「罌粟花」是五月開出的白色、紅色、紫紅色、紫色的四瓣花。果實球形。果實未成熟時的汁液可制取鴉片。[3]所謂「罌粟花」就是外表奇麗的有毒之花。唐文標的評價遭致「張迷」們憤怒的反擊，銀正雄、朱西寧、林以亮等相繼發表文章，予以反駁。

其中，朱西寧指責說，唐文標的標準與「左翼聯盟要求它的盟員應當寫普羅文學；近二十幾年來毛澤東命令作家們應當寫工農兵」是相同的，「前者不惟阻擋了中國現代小說的發展，還大大斫喪了民族元氣和生機；後者則連新的小說作品也不再有了，還更把四十年代、三十年代、一路上去所有的舊作全都趕盡殺絕——只除掉魯迅的小說，然而也是經過『修訂』的。」[4]

唐文標的功績是將《傳奇》和《流言》還原到淪陷區上海這一時空中，調查了刊載作品的首發雜誌等原始資料，作出早期作品系年，彌補了夏志清與水晶研究的不足。為了查找資料，唐文標奔走在美國的斯坦福大學、哈佛大學、英國的倫敦大學、劍橋大學、澳大利亞的大學等，從1943年的雜誌開始，逐本查找，費時十年。[5]

唐文標一面宣告張愛玲的小說是有毒的「罌粟花」，一面又好似鴉片中毒者，被她不可抗拒的魅力吸引，「上窮碧落下黃泉」，奔走在世界各國的圖書館。然而，他始終未能抵達張愛玲文學的故鄉，植根張愛玲文學的土壤——上海。

這就是問題的全部癥結所在，是它，致使唐文標的感情背叛了理性的冷靜判斷，狂熱地執著於張愛玲，身不由己地陷入了「張愛玲夢魘」。這裏最根本的心理原因是：

在這個變動的時代裏，抱持「張愛玲夢魘」的人都有一種普遍、共同的感覺：因為通過張愛玲的小說，一切都顯得比較真實些，因此「張愛玲夢魘」寧願陷得再深一點。已故的唐文標先生正是一個例子，他非但深陷「張愛玲夢魘」，並且走火入魔（蕭綿綿，〈小艾在我心〉，香港《明報月刊》，1987年4月號）。

對唐文標來說，張愛玲文學是通向祖國的臍帶。接近張愛玲文學是將想往祖國的夢化為現實的方法，探求張愛玲文學，就是探求自己。

貼近張愛玲文學的時代，研究張愛玲文學的十年，徹底改變了唐文標。終於，他讀懂了張愛玲：

生活在那個年代是要有勇氣的，張愛玲的書文與其說是嘆息，不如說她在巧笑，……。

………

她的平淡而固執既是抗議，也是那個時代突起的，生命力的開花結果。……張愛玲的潔癖從不排他，而是包容，包容一切小市民的糾纏、瑣碎……。她所有最好的文字表面在挖出苦楚，卻在其中把小市民平淡自然的屈服，重新提到人的層面來，……

……

張愛玲寫的是小市民，中國的小市民，他們要求的是合理的結果，在沉下去的中國日夜裏，只有不合理的屈服才或有合理的結果的，張愛玲眼見了這種無奈。

……

> 百年來的中國日夜，不斷的沉下去，沉下去像成為一個習慣，已太長久了……
>
> 把張愛玲的「舊破爛」收集起來……在百年洶湧大河的歷史衝撞中，我們一起收集著中國人的形象，通過他們，我們知道，中國人要站立起來成為「人」的樣子。（〈私語張愛玲——記收集《張愛玲卷》〉[6]，《張愛玲研究》，第196-202頁）。

在動盪不安的臺灣大地，唐文標通過自身的認同危機，理解了生存在「沉下去」的時代的上海普通人——「中國的小市民」。

熱愛祖國，卻近身不得，被動地置身於中國的歷史與話語之外，通過這不能承受的存在之輕，唐文標讀懂了張愛玲的文學之真。

註釋：

1 〈批評天曉得——新版自記〉，《張愛玲研究》，臺灣聯經出版公司，1976年，第6頁。

2 〈一級一級走進沒有光的所在〉，《張愛玲研究》，第5、64頁。

3 《廣辭苑》岩波書店，1976年。

4 〈先覺者、後覺者、不覺者——談《張愛玲雜碎》〉，《書評書目》四十二期，1976年10月。

5 〈張愛玲可口可樂〉，《張愛玲研究》，第209頁。

6 這些資料收集在《張愛玲大全集》中，1983年以影印的形式出版。此書匯集了張愛玲在上海時登載於各雜誌的照片、繪畫、小說的片斷，張愛玲的活動以及對張愛玲的評論等文字資料以及各雜誌的封面，還有柯靈夫人手抄的張愛玲中學時代的作文。

4. 張愛玲傳統

六十年代，最初模仿張愛玲文學的作家是施叔青和白先勇，尤其是施叔青，「寫在慾望與瘋狂邊緣煎熬的女性經驗，繽紛卻陰森的洋場即景，活脫是〈金鎖記〉及〈傾城之戀〉的延伸。」[1]

進入七十年代後，在唐文標等激烈爭論張愛玲文學意義的同時，一些年輕作家將她作為範本，默默地精讀，細細地品味，一點一點地吸收養分。

臺灣大學中文系教授齊邦媛在其長篇論文〈閨怨之外——以實力論臺灣女作家〉（《聯合文學》1985年3月號）中寫道：「在臺灣有許多人研究乃至模仿張愛玲的文學技巧，對有心人而言，張愛玲的文字風格隨題材而變化萬千」。八十年代中期，臺灣文壇出現了「仿張體」，在題材、文體、語言等各個方面模仿張愛玲。

1986年，女作家李昂發表了小說《殺夫》（《聯合報》，1983年）。這部以上海淪陷期發生的真實事件為素材的小說，將張愛玲所表現的傳統社會中的男女基本關係——「性」「食」交換的主題發展到極致。她的表現技巧，與張愛玲多處相似。[2]

此外，女作家朱天文、朱天心、鍾曉陽（香港）、蘇偉貞、袁瓊瓊、三毛，男作家郭強生、林俊穎、林裕翼[3]等，都在不同的程度上受到了張愛玲的影響。

1987年，臺灣第一本文學史《臺灣文學史綱》（葉石濤著、文藝界雜誌社）的五十年代作家欄中，張愛玲赫然在目。

同年，臺灣大型文藝雜誌《聯合文學》刊登了特集〈張愛玲卷〉，最後設有「張愛玲文體」欄，開展「誰最像張愛玲」的活動。同年，臺灣出版的《中華現代文學大系》（1970年-1989年）中，余光中論述女作家時，首先談到張愛玲。

張愛玲已然成為臺灣、尤其是臺灣女性文學的母親。「相對於前些年大陸學界神話魯迅之舉，張愛玲的旋風在臺港似更多了一份自發式的親切感。」[4]

下面的一段話，證實了張愛玲在臺灣女作家中的影響：

> 我發現臺灣有一個很壞的傳統，很多作家都不知不覺受張愛玲影響，張愛玲那一套可以說是非常女性的。她的作品真的是走到極端的女性文學，刁鑽古怪，什麼東西都是男性作家所沒有的，可是好得不得了（簡瑛瑛，〈女性、主義、創作：李昂訪問錄〉，《中外文學》，1989年3月1日）。

臺灣的作家推舉獲諾貝爾文學獎中國作家候選人時，除了巴金、沈從文之外，還提名張愛玲。[5]居住在美國的中國學者鄭樹森在與瑞典皇家學院院士、諾貝爾文學獎評委馬悅然討論中國作家得獎的可能性時，馬悅然亦不否認張愛玲文學的價值，認為她「的確不錯」。

在臺灣，張愛玲文學獲得了新的生命。

註釋：

1 王德威，〈張愛玲成了祖師奶奶〉，《小說中國——晚清到當代的中文小說》，麥田出版，1993年，第399頁。
2 根據筆者的研究報告〈李昂的鄉土〉（1989年，未出版）。
3 王德威前揭書第339頁。林裕翼的《我愛張愛玲》（聯合文學出版社，1992年），是以小說的形式，在解讀〈傾城之戀〉的基礎上再生產的文本。
4 王德威前揭書，第340頁。
5 臺灣《中國時報》1986年11月-12月向臺灣內外現代作家六十人電話採訪的結果。

三、再生——在大陸

1. 故鄉的呼喚

1985年，張愛玲離開故鄉三三年後，從故鄉傳來了對她的呼喚。曾任淪陷區上海文藝雜誌《萬象》主編的柯靈，寫了一封信——〈遙寄張愛玲〉，二月，發表於《香港文學》，四月，在大陸的《讀書》公開。

這篇散文完成於1984年歲末，表達出柯靈多年來埋藏在心中的對張愛玲文學的熱愛。《萬象》是當年繼《紫羅蘭》後第二個發表張愛玲小說的雜誌。文章中，柯靈回憶了與張愛玲交往的經過，並披露說當年鄭振鐸等左翼作家亦很愛讀張愛玲的作品。解放初期，上海文藝界的最高領導夏衍極欣賞張愛玲的才華，新成立上海電影劇本創作所時，曾想邀請張愛玲編劇，因有人反對未果。

柯靈對張愛玲的文學持充分肯定的態度，樂觀地認為：

「往深處看，遠處看，歷史是公平的。張愛玲在文學上的功過得失，是客觀存在，認識不認識，承認不承認，是時間問題。等待不是現代人的性格，但我們如果有信心，就應該有耐性。」

四十年代，張愛玲剛登上文壇，柯靈即是她忠實的讀者。新中國成立後，仍然沒有改變態度[1]。在《上海「孤島」文學回憶錄》（1981年9月9日，中國社會科學出版社，1982年）的序文中，他寫道：

> 閉關鎖國，思想壅塞的結果，是既看不見世界，也看不清自己……
>
> 這段話，形象地表達出世界的大門打開後，給中國人帶來的危機感。

三十年的「階級鬥爭」，尤其是文化大革命，將中國逼到了經濟崩潰的邊緣。國門一開，對照外面的世界，國民幻想破滅——此前，他們一直以為社會主義中國即是世界的心臟，是人類的理想社會。人們深感衝擊，充滿焦灼感，陷入了認同危機。

危機導致反思歷史的潮流高漲，瞬時，以薩特的存在主義哲學為首，卡繆、卡夫卡、艾略特等的作品風行中國。夏志清的《中國現代小說史》被介紹，謳歌人性的小說《人呵，人！》（戴厚英著）公開發表，年輕詩人們吟唱起了「朦朧詩」……。

1983年末，政治上的「清理精神污染運動」之後，「為了吃的小說」——阿城的《棋王》[2]、鄭義的《老井》、賈平凹的《商州系列小說》、韓少功的《爸爸爸》等「尋根文學」[3]開始流行。

正是這樣的語境，給了柯靈在公開場合呼喚張愛玲的機會——儘管解放後，他對無視張愛玲文學的現象一直抱有疑問。

註釋：

1 李子雲，〈無欲則剛——記柯靈〉，《讀書》，1986年第11期。

2 藤井省三，〈為吃飯的小説——從傷痕文學到阿城〉，《中國文學一百年》新潮社，1991年，第108頁。

3 韓少功，〈文學的根〉，初登在《作家》1985年第四期，《中國當代作家面面觀》，時代文藝出版社，1991年，第87頁。

2. 再生

以柯靈文章發表為契機，中國作家協會上海分會的雜誌《收穫》登載了〈傾城之戀〉，接著，上海重印出版了《傳奇》和《流言》。

張愛玲文學像不死鳥一般重新飛回了故鄉，旋即如「流言」一般從上海傳遍中國。張愛玲年輕時的希望，經歷了將近半個世紀的歲月，終於實現。（按張愛玲自己的解釋，「流言」是雙關語，出自英文的Written on water，「水上寫的字」，意思是不持久，而又希望它像謠言傳得一樣快），[1]「中國大陸的人像發現新大陸一樣，發現了這個『年近七十的新作家』」[2]。

1987年1月，上海華東師範大學的陳子善為周作人的散文調查《亦報》，發現了張愛玲在上海發表的最後一篇小說〈小艾〉，在香港《明報》雜誌上刊出。以此為契機，臺灣、香港再次掀起了「張愛玲震撼」旋風。接著，陳子善陸續發掘出張愛玲中學時代的作品：處女作〈不幸的她〉、〈霸王別姬〉、〈牛〉以及讀者對《十八春》的評論等。唐文標歷經十年未能完成的發掘張愛玲文章之夢，終於由其故鄉上海的學者變為現實。

學術圈中，張愛玲文學的研究論文開始出現。直至1988年，階級論及以階級鬥爭為中心的文藝觀仍佔上風，很多研究者在正面評價張愛玲文學「暴露洋場罪惡」及寫作技巧的同時，對無法詮釋的部分則予以批判。

1989年，北京大學年輕的研究者謝凌嵐發表了新的見解，指出張愛玲《流言》的「荒涼感」、「漂泊感」與艾略特的《荒原》（The Waste Land）意象相通，表現了二十世紀的人類的自我意識及對文明價值的否定（〈荒涼中的人生誘惑——析張愛玲的散文集《流言》〉，《中國現代文學研究》叢刊，第一期）。同年，孟悅、戴錦華從女性主義的立場與視角出發，重新審視中國現代女性文學的歷史，在其劃時代的著作《浮出歷史的地表》中，高度評價了蘇青、張愛玲的文學，將她們的文學定位於現代女性文學成熟的頂峰。

此後，大陸對張愛玲文學的認識更加深入。1990年5月，廣州花城出版社重新編輯出版了張愛玲的散文，更名《私語》，在前言〈致讀者〉中，編輯寫道：

於是，你充滿危機感，你不可避免地要處於一種「強迫狀態」。

接著的〈序〉中，評論家阿川這樣評價張愛玲：

她所長的（藝術家氣質？藝術感受力、觀察力、表現力？）也許是很多現代作家所不足的；她所短的（理想與信念？）正是不少新文學作家所長的。尤其如此，她才獨特。獨特到人們忘記了她，獨特到人們知道她後又不得不喜愛她，佩服她。

寫於「1990年11月9日，於北京大學」的余凌的〈張愛玲的感性世界——析《流言》〉[3]一文中寫道：

我們說張愛玲運用的是一種非意識形態的話語，正是指她很少涉獵時代的重大政治主題，而用全部體驗去感知中產階級以及市民階層的世俗化的生存境遇。這固然可以說是張愛玲生活圈子以及思想視域的侷限，但是，另一方面，似乎也可以說，正是這種侷限為我們提供了逸出主流意識形態之外的邊緣性語境。

……

透過張愛玲「嘁嘁切切」的「私語」，更強烈地打動我們的，還是生存在那個「可愛又可哀」的年代裏一個孤獨女子的感性心理世界，是作者所承載的對於個體生命而言太過沉重的負荷，是在動盪的年代裏仍牢牢把握「微末」的人生悅樂的生活態度。

面臨意識形態破滅的中國大陸知識分子，陷入「橫在歷史外面的無聲的虛空」[4]，通過自身的切身體驗，理解了張愛玲的「私語」。

1992年至1993年，大陸一氣出版了四本張愛玲評傳，而在此前，臺灣叫嚷了多年，卻一直難產。[5]四位作者都是八十年代畢業於大學或研究生院的年輕研究者。

之後，《傳奇》和《流言》不斷再版，〈金鎖記〉、〈紅玫瑰與白玫瑰〉等名著相繼搬上螢屏、銀幕，在普通「市民」中間，出現了張愛玲熱。

當中國人從政治場被衝向市場經濟場，對既往的信仰、權威失去了信任，陷入「虛無」境地之際，他們遭遇並接受了張愛玲。張愛玲文學作為從動盪的中國大地掙扎出來的中國人的生存記憶——民族的記憶、女性的記憶，作為追求「愛」的頌歌，為面臨認同危機的中國人的自我更新和自我發現，給予了重要影響。

1995年中秋之夜，張愛玲在洛杉機公寓孤獨去世的消息傳來，在大陸、臺灣、香港及海外華僑中又一次引起了震撼。

回顧張愛玲的一生，可以發現她獨特的一貫性：始終遠離權力，不為任何一個制度化的權力機構所接納。從一個必須在別人規定的生之法則下自我成長的女孩，到淪陷區的二等市民，最終成為既與祖國又與移民國疏離的無根之草。

然而最終，如同那支「又熱又熟又清又濕」的秋之歌，她以不讓世人知道卒日的獨特死法及「將骨灰灑在任何荒涼的地方」的遺言，完成了向「常識」世界的最後一次挑戰，重建了自身的位置。

註釋：

1 〈自序〉，《紅樓夢魘》，同前，第7頁。
2 阿川，〈序〉，《私語》，花城出版社，1990年。
3 《讀書》1991年第七期。
4 愛理克遜，《認同——青年與危機》，第19頁。
5 于青，《天才奇女——張愛玲》，花山文藝出版社，1992年。
王一心，《驚世才女張愛玲》，四川文藝出版社，1992年。
阿川，《亂世才女張愛玲》，陝西人民出版社，1993年。
余彬，《張愛玲傳》，海南出版社，1993年。
1995年，胡辛用張愛玲文體改寫了「張愛玲的一生與她的《傳奇》」，題名《最後的貴族張愛玲》面世（21世紀出版社）。
張愛玲，逝世後，又有兩本用第一手資料寫成的傳記出版：
張子靜，《我的姐姐張愛玲》，時報文化出版企業，1996年。
司馬新，《張愛玲與賴雅》，大地出版社，1996年。

附錄一　作品・活動年表（1930-1952）

年代（年齡）居住地	作品	年　譜 相關評論	事項（社會・外國）
1930(9) 上海		上海黃氏小學入學，由張煐改名為張愛玲。	
1931-1936 (10-15) 上海	〈理想中的理想村〉（12歲-13歲作，未發表）〈摩登紅樓夢〉（14歲作，長篇章回小說，未發表）漫畫1幅（《大美晚報》） 〈不幸的她〉（小說）聖瑪利亞女校年刊《鳳藻》（*The Phoenix*）第12期，1932〈遲暮〉（散文）《鳳藻》13期，1933〈秋雨〉（散文）《鳳藻》16期，1936〈牛〉（小說）「讀書報告」三篇、聖瑪利亞女校校內文藝雜誌《國光》創刊號，1936年10月	1931・秋　聖瑪利亞女校入學、住校。母親赴法國。 初一 初二 高二 高三	31年9月9・18事變 32年1月上海事變 3月 成立偽「滿洲國」 33年1月 中共中央向江西革命根據地轉移 日本軍佔領山海關 34年10月紅軍開始長征 35年1月 共產黨遵義會議 8月 共產黨抗日救國宣言（八・一宣言） 10月 紅軍到達陝北 36年12月西安事變
1937(16) 上海	書評〈書評《無軌列車》〉・〈《若馨》評〉（書評）書籍介紹〈在黑暗中〉《國光》	母親臨時歸國 夏天高中畢業 從初秋至春節前，被父親軟禁	7月抗日戰爭開始 8月日軍佔領上海

年代 （年齡） 居住地	作品	年　　譜 相關評論	事項 （社會・外國）
1937(16) 上海	第6期，3・25 〈霸王別姬〉（小說） 《國光》第9期，〈論卡通畫之前途〉 “Sketches Of Some Shepherds”〈牧羊者素描〉“My Great Expectations”〈心願〉《鳳藻》第17期，1937『鳳藻』卒業文集揭載		9月第二次國共合作 12月日軍佔領南京
1938(17) 上海	關於軟禁的英文散文 “What a life, What a girl's life”向《大美晚報》 （*Evening Post*）投稿，日期不詳	春節前逃出父親家，與母親同住。為考倫敦大學補習	10月日軍佔領武漢 12月日軍轟炸重慶等
1939(18) 上海——香港		考取倫敦大學（上海招生），因戰爭轉入香港大學文學專業	6月 國民黨軍隊攻擊共產黨軍隊 9月 第二次世界大戰爆發
1940(19) 香港	〈天才夢〉獲《西風》創刊三週年紀念徵文名譽獎第三名 （《西風》4月號發表）。登載於8月號	在香港的三年，專心攻英文，未使用中文	3月 汪精衛偽「南京政府」成立 北京偽「華北政務委員會」成立
1941(20) 香港	〈天才夢〉（《天才夢》所收），西風出版社 6月「西書精華」第六期《西書摘譯》〈謔而虐〉，西風出版社	香港淪陷，停戰後在大學堂臨時醫院作臨時看護	1月皖南事變 12月8日 太平洋戰爭爆發，上海全面淪陷 （37年11月12日-41年12月7日）上海孤島期結束
1942(21) 香港——上海		春天，乘船回上海，入聖約翰大學，不久退學	5月召開延安文藝座談會 　日軍三光政策 6延安整風學習運動 11月　日本政府設置大東亞省東京召開第一屆「大東亞文學者大會」
1943(22) 上海	1月 “Chinese Life and Fashions”〈中國人的生活和服裝〉 英文月刊The XXth Century《二十世紀》		1月 汪偽政府向美英發佈宣戰公告日、美、英 宣佈歸還租界、廢除治外法權

年代 （年齡） 居住地	作品	年　譜 相關評論	事項 （社會・外國）
1943(22) 上海	第4卷第1期 5月 〈沉香屑：第一爐香〉（1）《紫羅蘭》第2期 "Wife. Vamp. Child"〈妻子・妖精・孩子〉《二十世紀》第4卷第5期 6月 〈沉香屑：第一爐香〉（2）《紫羅蘭》第3期 "Still Alive"〈還活著〉"The Opium War"〈鴉片戰爭〉《二十世紀》第4卷第6期 7月 〈沉香屑：第一爐香〉（3）《紫羅蘭》第4期 〈茉莉香片〉《雜誌》第11卷4期〈無題〉（評電影Song Of Autumn《秋歌》Cloud Over the Moon《烏雲蓋月》）《二十世紀》第5卷第1期 8月 〈沉香屑：第二爐香〉（1）《紫羅蘭》第5期 〈心經〉（1）《萬象》第3年第2期〈到底是上海人〉《雜誌》第11卷第5期" Mothers and Daughters-in-law"〈婆媳之間〉《二十世紀》第5卷第2、3期合刊 9月 〈沉香屑：第二爐香〉（2）《紫羅蘭》第6期 〈心經〉（2）《萬象》第3年第3期 〈傾城之戀〉（1）《雜誌》第11卷第6期	周瘦鵑〈寫在《紫羅蘭》前頭〉（《紫羅蘭》） 同左	2月 延安開秧歌大會（延安魯藝青年藝術劇院等共演） 7月30日 汪偽政府「收回」法租界 8月1日 汪偽政府「收回」共同租界 東京召開第二屆「大東亞文學者大會」

年代 （年齡） 居住地	作品	年　　譜 相關評論	事項 （社會・外國）
1943(22) 上海	10月 〈傾城之戀〉（2） 《雜誌》第12卷第1期 〈無題〉（評電影《萬紫千紅》《燕迎春》） 《二十世紀》 第5卷第4期 11月 〈琉璃瓦〉《萬象》 第5期〈金鎖記〉（1） 《雜誌》第12卷第2期 〈洋人看京戲及其它〉 《古今》第33期 〈封鎖〉《天地》第2期 "China Educating theFamily" 〈中國的家庭教育〉《二十世紀》第5卷第5期 12月 〈金鎖記〉（2） 《雜誌》第12卷第3期 "Demons and Fairies" 〈惡魔與妖精〉《二十世紀》第5卷第6期〈更衣記〉 《古今》第34期 〈公寓生活記趣〉 《天地》第3期	〈崔承禧二次來滬〉 《雜誌》同左	9月 義大利投降 11月 蔣介石出席開羅會議
1944(23) 上海	1月 〈必也正名乎〉 《雜誌》第12卷第4期 〈道路以目〉 《天地》第4期 〈連環套〉（1） 《萬象》第3年第7期 2月 〈連環套〉（2） 《萬象》第8期《年青的時候》 《雜誌》第12卷第5期 〈燼餘錄〉《天地》 第5期	認識胡蘭成	

年代 （年齡） 居住地	作品	年　譜 相關評論	事項 （社會・外國）
1944(23) 上海	〈燼餘錄〉 《天地》第5期 3月 〈連環套〉（3） 《萬象》第9期 〈花凋〉《雜誌》 第12卷第6期 〈談女人〉《天地》 第6期 4月〈存稿〉 《新東方》第9卷第3期 〈連環套〉（4） 《萬象》第10期 〈論寫作〉〈愛〉 〈有女同車〉〈走！走到樓上去！〉 《雜誌》第13卷第1期 5月 〈連環套〉（5） 《萬象》第11期〈紅玫瑰與白玫瑰〉（1） 《雜誌》第13卷第2期 〈自己的文章〉 《新東方》第9卷第4、5期合刊〈童言無忌〉 〈造人〉《天地》第7、8期合刊 〈夜營的喇叭〉 《新中國報》副刊「學藝」1061期，5日 〈鴻鸞禧〉《新東方》 第9卷第6期 6月 〈連環套〉（6） 《萬象》第12期 〈紅玫瑰與白玫瑰〉（2）《雜誌》第13卷第3期〈打人〉 《天地》第9期	出席女作家聚會 《雜誌》同左 胡蘭成〈評張愛玲〉（1） 《雜誌》同左 迅雨〈論張愛玲的小說〉 《萬象》同左 胡蘭成〈評張愛玲〉（2）《雜誌》同左 6月20—28日〈燼餘錄〉《大陸新報》連載	

年代 （年齡） 居住地	作品	年　譜 相關評論	事項 （社會・外國）
1944(23) 上海	7月 〈說胡蘿蔔〉《雜誌》第4期〈私語〉《天地》第10期 8月 〈寫什麼〉〈詩與胡說〉《雜誌》第5期 〈中國人的宗教〉（上）《天地》第11期 《傳奇》（小說集）雜誌社 9月 《傳奇》再版 〈忘不了的畫〉《雜誌》第6期〈中國人的宗教〉（中）《天地》第12期〈散戲〉〈炎櫻語錄〉 《小天地》第2期 畫〈無國籍的女人〉 《飆》創刊號 10月 〈中國人的宗教〉（下） 《天地》第13期 11月 〈殷寶艷送花樓會〉（列女傳一）《雜誌》第14卷第2期 〈談跳舞〉《天地》第14期 〈談音樂〉《苦竹》第1期 〈被窩〉《新中國報》副刊「學藝」1190期，19日 12月 〈等〉《雜誌》同上第3期 〈桂花蒸：阿小悲秋〉	胡蘭成 〈亂世文談〉 《天地》第11期 〈《傳奇》集書評茶會〉《雜誌》同左 柳雨生〈說張愛玲〉《風雨談》第4期 張子靜〈我的姐姐張愛玲〉 《飆》第1期 再刊〈自己的文章〉《苦竹》同左	11月汪精衛死去 南京召開第三屆大東亞文學者大會（張愛玲謝絕了邀請）日軍佔領桂林、柳州

年代 （年齡） 居住地	作品	年　譜 相關評論	事項 （社會・外國）
1944(23) 上海	《苦竹》第2期 〈孔子與孟子〉《小天地》第4期 〈羅蘭觀感〉 《力報》副刊8、9日連載〈寫《傾城之戀》的老實話〉《海報》9日 《流言》（散文集）張愛玲刊行，中國科學公司印刷，五洲書報社代售	譚正璧〈蘇青與張愛玲〉《風雨談》6期 話劇《傾城之戀》新光大劇院公演至翌年1月，77場。蘇青〈讀《傾城之戀》〉《海報》10日〈評舞臺上之《傾城之戀》〉 無忌〈細膩簡潔——觀《傾城之戀》〉《平報・新天地》21日 蝶衣〈《傾城之戀》贊〉《力報》23—24 柳雨生〈觀《傾城之戀》〉《中華日報》副刊，28日 左采〈舞臺上的《傾城之戀》〉《新東方》第10卷第5、6期合刊	
1945(24) 上海	1月 《流言》再版、三版，街燈書報社 〈氣短情長及其他〉《小天地》第5期 2月 〈留情〉《雜誌》第14卷第5期〈《卷首玉照》及其他〉《天地》第17期 3月 〈創世記〉（一）《雜誌》第14卷第6期 〈雙聲〉《天地》第18期 4月 〈創世記〉（二） 〈吉利〉《雜誌》第15卷第1期 〈我看蘇青〉	應貢〈傾城之戀〉 許季木〈評張愛玲的《流言》〉《雜誌》第14卷4期 金長風〈傾城之戀〉《文友》第4卷5期 汪宏聲〈談張愛玲〉《語林》第1期 〈蘇青與張愛玲對談記——關於婦女、家庭、婚姻問題〉《雜誌》 同左	4月 共產黨第七屆代表大會召開

年代（年齡）居住地	作品	年譜 相關評論	事項（社會・外國）
1945(24) 上海	《天地》第19期 〈秘密〉（小品）《小報》4・1〈丈人的心〉（小品）《小報》4・3 〈天地人〉《光化日報》第2號4・15 5月 〈創世記〉（三）〈姑姑語錄〉《雜誌》第15卷第2期〈女裝、女色〉炎櫻作、張愛玲譯《天地》第20期 6月 〈創世記〉（四）《雜誌》第15卷第3期 7月 〈浪子與善女〉炎櫻作，張愛玲譯《雜誌》第15卷第4期 冬〈中國的日夜〉	諤廠〈《流言》管窺〉《春秋》第3期 〈關於婦女、家庭、婚姻問題〉特集，《雜誌》同左 胡覽乘〈張愛玲與左派〉《天地》第21期 7月出席《雜誌》社主持的納涼座談會，與李香蘭合影 8月〈納涼會記〉《雜誌》第15卷第5期	5月德國投降 8月15日日本無條件投降，「滿洲國」、南京「國民政府」、「華北政務委員會」解散 10月國共雙十協定
1946(25) 上海	11月 〈有幾句話同讀者說〉《傳奇增訂本》上海山河圖書公司	2月到溫州探望逃亡中的胡蘭成。住二十天。被攻擊為「文化漢奸」 母親歸國	1月國共停戰協議 政治協商會議在重慶召開 7月國共戰爭爆發
1947(26) 上海	44月 〈華麗緣〉《大家》創刊號 5月 〈多少恨〉（1）《大家》第2期《郁金香》（16日——31日）連載於《小日报》		1月美國停止國共調停 2月臺灣二・二八起義

年代 （年齡） 居住地	作品	年　譜 相關評論	事項 （社會・外國）
1947(26) 上海	6月 〈多少恨〉（2） 《大家》第3期 《不了情》（劇本）即 《多少恨》（桑弧監督，文華影片公司出品上演） 〈《太太萬歲》題記〉 《大公報》副刊「戲劇與電影」12月3日 《太太萬歲》（劇本）	6月 寫信正式與胡蘭成訣別	10月 共產黨公佈土地法大綱
1948(27) 上海	《太太萬歲》（電影） 張愛玲編劇，桑弧監督，文華影片公司出品	母親赴英國（之後轉赴法國）	1月解放軍佔領天津 10月解放軍佔領長春
1949(28) 上海	修改《哀樂中年》（劇本）桑弧編劇，導演	胡蘭成逃至香港，後來偷渡到日本	1月解放軍佔領北京 5月解放軍佔領上海 10月中華人民共和國成立 11月解放軍佔領重慶 12月國民黨逃往臺灣
1950(29) 上海	3月25——1951年 2月11日《十八春》（署名梁京）《亦報》連載 6月23日〈年畫風格的《太平春》〉（梁京）《亦報》 7月25日〈《亦報》的好文章〉《亦報》	《十八春》評論6篇（《亦報》） 7月出席上海第一屆文學藝術代表大會	1月 英國承認中華人民共和國 5月 《清宮秘史》禁止公演 6月 公佈施行《土地改革法》 10月志願軍開赴朝鮮參戰
1951(30) 上海	11月4日-1952年 1月24日《小艾》（署名梁京）《亦報》連載		4月 批判電影《武訓傳》 《毛澤東選集》第1卷出版 12月三反運動開始
1952(31) 上海——香港		春　以繼續學業為由赴香港。 美國駐香港新聞處（USIS）翻譯	2月 五反運動開始 5月 《延安文藝座談會講話》發表十週年文藝座談會

附錄二　主要參考書（篇）目

中文

《流言》，上海書店影印出版，1987年。
《傳奇》，人民文學出版社，1986年。
《傳奇（增訂本）》，上海山河圖書公司，1946年。
《張愛玲全集》，台灣皇冠出版社，1991—1994年。
《張愛玲文集》（1—4卷），金宏達、于青編，安徽文藝出版社，1992年。

日文

今村仁司，《現代思想的系譜學》（現代思想の系譜學），筑摩書房，1986年。
丸山昇，《魯迅》，平凡社，1965年。
丸尾常喜，《魯迅——為了鮮花甘為腐草》（魯迅——花のため腐草となる），集英社，1985年。
石原千秋等著，《閱讀理論》（読むための理論），世織書房，1991年。
玉野井芳郎監修，《社會性別文字•身體》（ジェンター文字•身體），新評論，1986年。丸山昇《魯迅》，平凡社，1965。
松永正義《〈解說〉八O年代的台灣文學》（〈解説〉八O年代の台灣文學）、《終戰的賠償》（終戰の賠償）（台灣現代小說選 II，研文出版，1984年）。《從文學看八十年代的台灣》（文學から見た八十年代の台灣）、《思考亞州IV》（いまアジアを考えるIV），三省堂，1986年。
栗原彬，《歷史與認同》（歷史とアイデンティティ），新曜社，1982年。
藤井省三，《中國文學百年》（中國文學この百年），新潮社，1990年。

張愛玲研究資料（臺灣・香港）

【臺灣】

王拓，《張愛玲與宋江》，藍燈文化事業股份有限公司，1977年。
王翟，《看（張愛玲雜碎）》，《書評書目》42期，1976年10月。
林柏燕，《從張愛玲的小說看作家地位的論定》，《文學探索》，書評書目出版社，1973年。
林以亮，《私語張愛玲》，《中外文學》，1973年8月‘。
林佩芬，《看張——〈相見歡〉的探討》，《書評書目》70期，1979年2月。
殷允芃，《訪張愛玲女士》，《中國人的光輝及其他》，志文出版社，1971年。
唐文標編，《張愛玲卷》，遠景出版事業公司，1982年。
高全之，《張愛玲的女性本位》，《幼獅文藝》，38卷2期，1973年8月。
馬叔禮，《試評（秧歌）》，《中外文學》5卷10期，1977年7月。
許家石，《〈秧歌〉裏的中國農民》，《中外文學》3卷4期，1974年9月。
傳禺，《我看〈連環套〉》，《幼獅文藝》，40卷2期，1974年8月。
項青，《讀張愛玲的〈張看〉》，《書評書目》42期，1976年10月。
銀正雄，《評唐文標的論張愛玲早期小說一兼談實事求是，不作調人》，《書評書目》22、23期，1975年2月。
鄭樹森編選，《張愛玲的世界》，允晨文化實業股份有限公司，1990年。
龍應台，《一支淡淡的哀歌——評張愛玲的〈秧歌〉》，《新書月刊》16期，1985年1月。
《唐文標的〈方法論〉》，《聯合報》副刊，1978年4月8日。（《副聯三十年文學大系⑤•文學評論》收）。
《文學與電影中間的補白》，《聯合文學》3卷6號，1987年4月。
《張愛玲專集》，《聯合文學》3卷5號，聯合文學社，1987年3月。
《華麗與荒涼——張愛玲紀念文集》，皇冠出版社，1996年。

【香港】

林以亮，《張愛玲語錄》，《明報月刊》，1976年12月。
陳柄良，《〈封鎖〉分析》，《明報月刊》，1977年9月。

陳子善，《張愛玲創作中篇小說〈小艾〉的背景》，《明報月刊》1987年1月。
《〈亦報〉載評論張愛玲文章輯錄小引》，《明報月刊》1987年4月。
《紀念張愛玲特輯》，《明報月刊》1995年10月。

張愛玲研究資料（中國大陸）

丁劍勇、王惠民，《張愛玲的身世與生平》，《環球文學》第1期，1990年。
王景山，《關於張愛玲生平及創作狀況的補正》，《新文學史料》40卷3號，1988年。
王劍叢，《張愛玲上海時期小說創作述評》，《中山大學學報》第3期，1988年。
田軍，《一曲「醜」的悲歌——張愛玲〈金鎖記〉的審醜藝術》，《青島師專學報》第3期，1991年。
朱曼華，《張愛玲和她的姑姑》，《新民晚報》1991年9月4日。
宋家宏，《張愛玲的「失落者」心態及創作》，《文學評論》第1期，1988年。
李子雲，《同一社會圈子裏的兩代人一與女作家李黎的通信》，《讀書》第6期，1986年。
李黎，《李黎給李子雲的第一封復信》，《讀書》第7期，1986年。
李夜平，《論張愛玲的小說創作》，《山東師大學報》第6期，1990年。
李慶西，《人生此岸——讀〈張愛玲散文全編〉》，《讀書》第7期，1992年。
吳小如，《張愛玲和於梨華》，《文學自由談》第43期，1994年3月。
吳福輝，《張愛玲的寬度》，《讀書》，1993年6月。
胡凌芝，《張愛玲的小說世界——評小說集〈傳奇〉》，《抗戰文藝研究》第1期，1987年。
金宏達，《論張愛玲〈十八春〉》，《中國現代文學研究》叢刊第3期，1991年。
范智紅，《在「古老記憶」與現代體驗之間——淪陷時期的張愛玲及其小說》，《文學評論》1993年6月。
姚玳玫，《闖蕩於古典與現代之間——張愛玲小說悖反現象研究》，《文藝研究》第5期，1992年。
孫瑞珍，《張愛玲生平及創作活動簡記》，《新文學史料》39卷2號，1988年。
張谷風，《認知與傳達的不自覺超前——張愛玲小說獨具的個性》，《浙江大學學報》第3期，1991年。
張國禎，《啟悟小說的人性深層隱秘與人生觀照——評〈茉莉香片〉和〈沉香屑——第二爐香〉》，《海峽》第1期，1987年。
張景華，《滬港洋場的「病醜狂孽」——張愛玲〈傳奇〉中的劣根性》，《河南大學學報》第5期，1990年。

舒非，《張愛玲與陳若曦》，《深圳特區報》，1985年6月3日。
陳子善，《私語張愛玲》，浙江文藝出版社，1995年。《張愛玲二賀〈皇冠〉及其他》，《文匯讀書週報》，1993年9月4日。
劉川鄂，《多姿的結構　繁雜的語象——張愛玲前期小說藝術片論》，《中國現代文學研究》叢刊第4期，1989年。
趙園，《開向滬、港「洋場社會」的窗口——讀張愛玲小說集〈傳奇〉》。《中國現代文學研究》叢刊第3期，1983年。
趙順宏，《張愛玲小說的錯位意識》，《華文文學》第2期，1990年。
樂黛雲，《中國女性意識的覺醒》，《文學自由談》第3期，1991年。
潘學清，《張愛玲家園意識文化內涵解析》，《上海文藝》第2期，1991年。
顏純鈞，《評張愛玲的短篇小說》，《文學評論叢刊》第15輯，1982年11月。
羅玉成，《論張愛玲〈十八春〉的現實主義成就》，《衡陽師專學報》第4期，1987年。

張愛玲研究資料（日本）

池上貞子，《張愛玲與〈傳奇〉——中國和西洋的接點》（張愛玲上《傳奇》——中國と西洋の接點），《共榮學院短期大學研究紀要》第4號，1988年。《張愛玲與胡蘭成——圍繞「漢奸」問題》（張愛玲と胡蘭成——漢奸をめぐって》，《文學空間》V01・II，19，1989年7月。《台灣所見到的張愛玲研究諸事》（台灣で見る張愛玲研究のこと），《東方》第109號，1990年4月。《張愛玲的時代和文學——以1950年代的短篇小說為基點》（張愛玲における時代と文學——1950年代の短編小說から），《共榮學院短期大學研究紀要》第6號，1990年。《〈流言〉考——張愛玲•1943～1945》（《流言》考——張愛玲•1943～1945），《共榮學院短期大學研究粑要》第7號，1991年。《關於張愛玲的〈留情〉》（張愛玲〈留情〉について），《共榮學院短期大學研究紀要》第11號，1995年。
梁有紀，《張愛玲〈傳奇〉——「鏡」中的自己》（張愛玲《傳奇》——「鏡」の中の自己），《未名》第12號，1994年3月。
濱田麻矢，《張愛玲——上海一九四０年代的都市小說家》（張愛玲——上海一九四０年代の都市小說家），《東亞》305號，1992年11月。《女性作家筆下的淪陷區上海的日常和矛盾——圍繞張愛玲和蘇青》（女性作家による淪陷區上海の日常と矛盾——張愛玲と蘇青をめぐって），《野草》第52號，1993年8月。

因日本學界對張愛玲的研究剛開始，成果不多，就我所見全部列出，供研究者參考。

本文部分章節原載日文雜誌一覽表：

1. 《認同危機的文學》（アイデンティティ危機における文學），《東方》第138號，1992年9月。
2 《〈傳奇〉的世界——認同危機的文學》（《傳奇》の世界——アイデンティティ危機の文學），《日本中國學會報》第45集，1993年10月。
3 《張愛玲文學的誕生——認同危機場》（張愛玲文學の誕生——アイデンティティ危機の場），《東洋文化》第74號，1994年3月。
4 《「狂人」和「狂女」——魯迅〈狂人日記〉和張愛玲〈金鎖記〉》（1994年10月8日於日本中國學會口頭發表）
5 《張愛玲〈金鎖記〉論——另一個角度》（張愛玲〈金鎖記〉論———つの視覚——）《東方學》，第89輯，1995年1月。
6 《張愛玲〈傳奇〉的世界——女性的認同》（張愛玲〈傳奇〉の世界——女性のアイデンティティ），《中國研究月報》1996年3月號。
7 《「超人」和「地母」——張愛玲文學的系譜》（「超人」上「地母」——強愛玲文學の系譜），《東洋文化》第77號1997年3月。

附錄三　尋張愛玲

一直想拜訪張愛玲，當然知道她是不見人的，但如是知己呢？或許又是另外一回事了。這樣想著，幾年來，努力著做她的知己，和她的文字共日月，忙著用我的筆臨摹她生命的圖案。心裏催促著自己：「快，快，遲了來不及了，來不及了！」

然而，生命自顧自走過去了。

半年後，我來到了她永不可能重返卻一定魂繫夢繞的上海。經陳子善先生引見，見到了她的弟弟張子靜——通過文字和照片早已熟悉的那個小男孩。依舊是《對照集》中的那張圓臉，「大眼睛與長睫毛」，只是臉上平添了七十多年歲月的痕跡。

張子靜先生聲音清亮，帶點安徽和南京口音的普通話。說起姐姐和家事滔滔不絕，他在履行他的承諾，將姐姐「生命中幽暗的一角」從深埋的歲月中挖掘出來。（張子靜〈我的姐姐〉，季季、關鴻編，《永遠的張愛玲》，上海學林出版社，1996年1月。）

直到張愛玲16歲時被父親監禁為止，煐（張愛玲）和煃

（張子靜），在家一直同居一室。同樣生活在失去生母的空間，同樣在鴉片的煙霧中長大，煐是飛出籠中的鳥，煃是留在籠中的雀，現在仍住在父親留下的14平米的偏屋。

從狹小的偏屋出來，我去尋煐和煃出生的「民初式樣」的老洋房。在泰興路底和西蘇州路交界的地方，現在是醫藥職工大學。經過近一個世紀的風風雨雨，昔日豪華的洋房已經蒼老。紅磚牆的兩層樓房，弧拱門窗，牆的砌工橫豎挺直，縫道整齊，白石灰勾縫，上有一閣樓。進了大門，被傳達室的大姐叫住，告知是來尋張愛玲故居，回說找錯地方了，這裏是李鴻章的故居。其實我們都說錯了，這裏應是李鴻章女兒和外孫的故居，李鴻章的故居雖也是同樣的拱門窗，卻遠比這裏豪華得多，也壯觀得多。

這裏又是張愛玲17歲出逃前的故居，被父親監禁近半年從這裏逃走後，「骨肉至親」有了新的定義。從中秋到春節，監禁中差點死掉的經歷造就了張愛玲的《傳奇》，在那裏既見不到冰心式的母子同體的極樂，也見不到蕭紅式的因情感無所依附的寂寞，更沒有丁玲式的大我與小我的格鬥。她反覆吟唱的是圍繞「家」這一私人空間的親子之間，男女之間的愛愛憎憎，解構了「家庭」一詞的意識形態意義。

〈私語〉中的花園沒有了，玉蘭花樹也不見蹤影。監禁室在樓入口左邊，成了倉庫。朱紅的門鎖著，窗戶用白紙糊上了，看不見裏面。其餘的房間成了教室，裏邊還有幾個下課後沒回家的學生。從室內正面寬敞的樓梯轉彎上二樓，尋到對應的房間，這裏已成了女生宿舍。四張床和書桌相對，桌上放著許多書本，有姑娘坐在床上看書，空氣安靜而又充實。也許是學習太忙？也許對那樣的體驗沒興趣？她們之中誰也沒聽說過張愛玲，當然不知道在60年前，一個和她們一樣花季年華的姑娘每天躺在樓下的空房裏看著「黑影中出現的粉白的牆，片面的，癲狂的。」看著「樓板上的藍色的月光，那靜靜的殺機。」

第二天，和張子靜先生一同去尋他小時候住過的另兩處故居（張家常常搬家）。先到延安中路原名康樂村10號的一所小洋房前，這是張愛玲初中時的家，大約1930年前後住在這裏。那時，父母已離婚。一長排三層紅磚樓，前面有小院，用牆隔成一個個獨立的人家。後門不到五十米的斜對門，是舅舅的家。張愛玲家親戚之間的親疏，與血緣無關，與性別緊連——離婚後，母親與姑姑同居，父親特地搬到了舅舅家對面。張先生解釋說：因為舅舅和父親愛好興趣相投，舅舅、舅媽都抽鴉片。

60餘年後重返故居，張先生重返煃的時代，往事歷歷在眼前：「我和姐姐住三樓，父親住二樓，一樓有客廳，父親做證券生意，雇了一個人，專跑交易所。有一個帳房先生。安徽宣城鄉下的田產，因和舅舅的在一起，托舅舅的管理人代收田租。收入一般。」

我想，所謂「一般」當然是和1934年後上海房地產上漲時相比較，並非一般的「一般」。煃說：這時靠父親吃閒飯的人很多，男的住樓下，女的住樓上。父親當時離婚不久，情緒低落。家裏訂有很多報紙，如《新聞報》、《申報》、《大美晚報》、《晶報》、《社會日報》等。姐姐從聖瑪麗亞女校回家，通常只有三個活動：看書報雜誌，《電影明星》（Movie Star）等英文畫報是她常看的，其次是看電影，或到舅舅家跟表姐們玩。我不禁釋然，難怪〈金鎖記〉一幕幕都像攝影鏡頭下的畫面。

假期姐姐閱讀訂購的《西風》、《良友畫報》、《時代漫畫》等雜誌，還買小說，如《啼笑因緣》等等。在這裏，姐姐學編過報紙副刊，沒有題材，就把家裏傭人的事，各種活動用小標題分類編成。格式與報紙一樣。讀者是閒著的父親，表姐們不感興趣。到聖誕節，畫水彩聖誕卡，姐姐的畫是無師自通。

我問煃，你們談媽媽麼？煃回答說絕口不談。我想，那時煐已學會孤獨地咀嚼痛苦了。

張先生還告訴我，媽媽離婚後出國，最初是在巴黎開時裝店，每隔一兩年回上海一次。媽媽認為在國內沒有前途。前不久，才聽表哥說，1937年，媽媽是和美國男友一同回國的，他做皮件生意，1943在新加坡死於戰火。

站在後門的弄堂，張先生記起，左面12號的鄰居是日本人，家庭成員數人，二三十，或三四十來歲，喜歡棒球，每天早晨在弄堂裏練投球。一天，工部局來抄家，運出大量的鴉片，罐頭，才知是販毒的，專做嗎啡，鴉片生意。以後，這家人消失了。8號是姓方的醫生，對面18號是一家煤店老闆的辦公室，這家的孩子常和煃一塊踢足球。

另一處花園洋房昨天我沒找到。是1928年媽媽回國時住過的。在張愛玲的記憶中它第一次為少年時光帶來歡樂，「有狗，有花，有童話書」，姑姑彈鋼琴，媽媽唱歌。在陝西南路和長樂路交叉處旁邊，張先生記憶中叫寶隆花園，是一排有著由數棟兩層樓加三角形尖頂的歐洲式洋房連接的最後一棟，門牌號22。我們在夾在兩排洋房中的弄堂走到了頭，卻只有20號。

即使親臨現場，畢竟隔著63年的辛苦路，再真切的記憶也不免陳舊而迷糊。張先生無法辨識7歲時的住居，權且就算是盡頭的一棟。和泰興路舊居一樣，沒有了花園，不過這裏沒有蓋房，土地變成了水泥地，埋著四方的柱子，柱子上拴著繩曬東西。曬的當然不是「綾羅綢緞的牆」，是尋常百姓家「慘戚」的白綿被。

仰頭看著二樓，煃的記憶浮出腦海，父母總在衛生間爭吵。張先生解釋說因父親抽鴉片，起得晚的緣故。我卻認為是母親顧及一雙小兒女的原因，幸虧母親細心，否則，煐又到哪裏去找尋家那唯一的亮點？

站在樓下，煃還告訴我一件事，絕對屬於姐姐「生命中幽暗的一角」的。1942年春，姐姐從香港返回上海，準備上聖約翰大學，但苦於沒有學資。在煃的陪同下，重回了最後一次家，請求父親實行離婚協議，支付學費。那次，後母沒露面，雙方都不提過去。父親答應並支付了最初的學費。

對凡事都要求是非曲直黑白分明的青春來說，這一定是一種「不明不白，猥瑣，難堪，失面子的屈服」，雖然張愛玲不久就因入不敷出輟學，以賣文為生，「然而到底還是淒哀的」。

我更理解了張愛玲筆下那些灰色的小人物，掙扎在世間權力與金錢的羅網之中，承受著時代的負荷。也更理解了她參差對照的美學觀——既然在現實生活中從未遇到過斬釘截鐵的事物，為什麼在文學中要像拜火教的波斯人，把世界和人強行分成兩半，光明與黑暗，善與惡，神與魔呢？

元宵那天在圖書館坐了一天，原為了查1938年張愛玲發表在《大美晚報》（Evening Post），編輯題為："What a life, What a girl's life!"一文，是張先生提供的線索。在圖書館打了電話確認，巴巴地趕到徐家匯藏書樓，不料說沒有英文版，給了中文版的縮微片。既來之則安之，索性通過當時的新聞記事，對上海增加一點現場感。

從民國26年（1937）9月看起，全是觸目驚心的大標題：

「日軍犯獅子林」（9月7日），「英使被日機炸傷案」（9月15日），那年9月19日是中秋，20日第一版寫著：「中秋之夕月白風清，日圖從中線突破」「日機定明日擬再襲首都」，9月22日「急電：日機三次襲首都」，「今晨租界內爆炸物傷人」（9月25日），11月2日「國民政府今晨發表遷移重慶宣言，以從事更持久之戰鬥……27年（1938）2月報導「租界華人死亡率之高，開自來未有之記錄」，下記「去年12月，公共租界內死於各種病症者7296人，死亡率達千分之74……屬於無資棺殮之暴露屍體，竟居4681名……」

何等慘烈的經歷，何等慘烈的國民！雖已千遍萬遍地聽過和讀過這段歷史，置身於這些活生生的文字中，猶如重新拉開結疤的傷口。這樣的時代，這樣的境況，公共租界內一所洋房裏軟禁一個小姑娘算得了什麼？張愛玲是深知這一點的，所以，1944年，身處日軍統治下的她在〈私語〉中，冷靜地記述了自身經歷的惡夢後，用這樣的文字結尾：「古代的夜裏有更鼓，現在有賣餛飩的梆子，千年來無數人的夢的拍板：『托，托，托，托，』——可愛又可哀的年月呵！」當你了解那背後的一切，方才懂得，這看似低調的聲音，卻是歷萬劫而不死的生命之歌。上海人，中國人就是這樣活過來的。

藏書樓閉館後，我去了有名的常德公寓，《傳奇》的誕生地。開電梯的姑娘告訴我，有臺灣來客想買這舊電梯，不知是真愛這二十世紀初的德國名牌貨還是因為愛張愛玲。61室的房主按約讓我進了昔日張愛玲和姑姑的居室，進門是一寬7・5米的走廊，左邊是兩間臥室，右邊是廚房，往前是客廳，張愛玲《傳奇》中數次提起的陽臺就在客廳前面，從陽臺上可看到南京西路東西往來的車輛。我更關心的卻是廚房的後陽臺。站在後陽臺上，心裏豁然一亮，我找到了！我看見「蒼蒼的無數的紅的灰的屋脊，都是些後院子，後窗，後衡堂，連天也背過臉去了……」這是阿小每天看的景象，這裏是阿小的舞臺，那邊就是後樓梯。阿小是被上帝忘卻的無數小人物中的一員，幫傭的蘇州娘姨。

一處一處行來，尋之又尋，個個花園洋房裏面，都是一個「怪異的世界」，只有在這裏，在自食其力的娘姨的後陽臺，張愛玲找到了認同的對象，煐蛻變為名作家張愛玲，在亂世中暫時有了一塊安身立命之地。

然而，張愛玲的路沒有完，「何處是歸程，長亭更短亭」。

晚上，在國際飯店後面的長江公寓——張愛玲離開祖國的最後一個家前，我看見了元宵的月亮，想起張愛玲在51年前看著元宵的月亮，想到的一段話：「『這是亂世。』……

我想起許多命運，連我在內的，有一種鬱鬱蒼蒼的身世之感。『身世之感』普通總是自傷，自憐的意思罷，但我想是可以有更廣大的解釋的。將來的平安，來到的時候已經不是我們的了，我們只能各人就近求得自己的平安。」

這樣的透徹！不到25年的切膚體驗，已煉就了張愛玲一雙金睛火眼，她看穿了小我的今生今世，看穿了自己那代人的今生今世。以後的50年，不過是在印證這話罷了。

作為故知，作為見證，我拍下了公元1996年元宵的月亮，拍下了月光下張愛玲上海最後一個家的照片。

1996年4月3日於東京

附編

女裝・時裝・更衣記・愛
——張愛玲與恩師許地山

黃康顯在〈靈感泉源？情感冰原？——張愛玲的香港大學因緣〉[1]中考察介紹了張愛玲大學時代的授課教師及課目，指出張愛玲曾師從許地山，為張愛玲文學的研究提供了非常重要的資料。本稿以黃康顯的資料為據，考察張愛玲的創作與許地山的承傳關係。

1939年，張愛玲考入香港大學文學院，開始兩年的必修課為英語、中文及文學翻譯與比較，選修課目為歷史或倫理，張愛玲選修歷史。正是這時，張愛玲遇到了自己的恩師，中文教授許地山。張愛玲入香港大學那年，許地山每周授課時間為20多小時，張愛玲大二結束時，即太平洋戰爭爆發前四個月的1941年8月4日，許地山因心臟病突發去世。

一、恩師許地山

許地山，遠祖藉廣東，明嘉靖年間移居臺灣，到許地山已持續了八代。父親許南英為晚清進士，後回藉服役。許出生於臺灣，甲午戰爭後，臺灣被割讓給日本，父親將家眷送回祖國，自已留在臺灣繼續抗日鬥爭，不久失敗，返回中國。許地山回大陸時方三歲，一直在國內接受教育，五四時期成為知名作家，發表過多篇小說、散文及詩歌。如〈命命鳥〉（1921）、〈春桃〉（1934）等均很有特色，廣為人知。許地山還是一個學者，專攻宗教學，曾留學英美，兩次到印度對佛教作實地考察和研究，精通英語、緬甸語、梵文，能閱讀德文、法文及阿拉伯文書藉。他在燕京大學時的授課科目有：原始社會、人類學、佛教哲學、佛教文學、梵文、中國佛教史、中國宗教史、道教史、中國禮俗史等[2]。

1935年，許地山應香港大學之邀赴中文學院任教。許地山是香港大學歷史上的第二名中國人教授。到任後，他對學院的課程進行了大刀闊斧的改革，以國內大學的課程為標準，將中文學院細分為文學、史學、哲學三系。傳統的歷史教育多注重政治史，許地山除政治史外，還加上文化史、宗教史等，對歷史上各朝代的興起、衰落及典章制度尤為重視。授課內容從唐宋元明清到時事，「中日關係最近之情形」「九一八事變」均被納入。哲學課的講義除經書以外，還加上九流、道（漢代道教）解釋等，並旁及印度哲學。教授文學課也與過去只重詩文的方法不同，加上詞、曲、小說、文學史及文學批評。其講義大概亦涉及到五四以來的新文學[3]。

許地山的同事、香港大學中文系講師馬鑑說：

> 許先生教人，是很注重方法的。但就歷史來說，他教學生讀史要求真實。中國歷史不真實的地方很多，彼此矛盾的地方亦很多。因此研究歷史就有了題目，經許先生指導，如何去求真實，從何處去求真實，一一如法做去，得到一個比較滿意的結論，自然非常高興。所以學生從許先生求學，並不是專讀死書，還抱著一種濃厚的研究態度。……許先生看到香港的環境特殊，中文學院的任務，是在溝通東西的文化。[4]

提倡應帶著問題做學問的許地山認為，「沒有用處的學問就不算真學問」，他一直保持著五四時代鬥士的姿態，對中國傳統的「士」文化做不懈的、嚴厲的批判。發表於1941年的論文〈國粹與國學〉（《大公報》7月）[5]中，他說：

> ……自古以來我們就沒有真學術。退一步講，只有真學術底起頭，而無真學問底成就。所謂「通經致用」只是「做官技術」底另一個說法，除了學做官以外，沒有學問。……
>
> 中國學術底支離破碎，一方面是由於「社交學問」底過度講究，一方面是為學人才底無出路。

他指出，「中國學術一向是被社交學問，社交文藝，最多也不過是做人之學所盤據」，「衣，食，住，行，衛五種民族必要的知識，中國學者一向就沒感到應當括入學術底範圍」。認為，「只要做出來底事物合乎國民底需要，能解決民生日用問題底就是那民族底文化了。要知道中國現在境遇的真相和尋求解決中國目前的種種問題，歸根還是要從中國歷史與其社會組織，經濟制度底研究入手」。1941年6月28日，許地山在對嶺英中學的高中畢業生的講話中說過同樣的話，想來對香港大學自己的學生，更會以同樣的思想諄諄教誨。

「追求真實」不僅是許地山治學的方法，也是他做人的方法。除授課以外，許地山還積極參加抗日救國活動。從1938年到1941年，任中華文藝分野抗日協會香港分會的常務理事。此外，還任新文字學會的理事，從事文字普及工作。

如黃康顯所說，張愛玲的〈沉香屑　第二爐香〉及〈茉莉香片〉的舞臺華南大學、尤其是中文系與香港大學非常相似，可以說是它的投影，而華南大學的言子夜教授大概是許地山教授的分身。

以「尋找父親」為主題的〈茉莉香片〉中，有留學經歷、瘦削身材、身著中國長袍的言教授是主人公聶傳慶嚮往的偶像，心目中理想的父親。而聶傳慶則是張愛玲以弟弟為原型創作的，從這裡可以看到許地山在張愛玲心中的位置。

許地山對中國文化在進行實證研究的基礎上提出理性批判的治學態度，喚起了青年張愛玲的共鳴，為切身體驗過傳統文化負面作用的張愛玲提供了理性的認識與批評的視角與方法，如張愛玲最好的散文〈更衣記〉與〈中國人的宗教語〉，單從題目的獨特新穎的視角中，便可窺見許地山的影響，而〈傾城之戀〉中白流蘇「所僅有的一點學識，全是應付人的學識」的說法完全是繼承了許地山的「社交學問」

「做人之學」之說。

二、許地山的〈近三百年來底中國女裝〉[6] 與張愛玲的英文〈中國人的生活與時裝〉（CHINESE LIFE AND FASHIONS）

「衣」，是許地山列在「五種民族必要的知識」——衣、食、住、交通、防衛的第一位。許地山在求學時代就熱衷於服裝設計，曾身著自己設計的「長僅及膝，對襟不翻領的綿布大衫」，頗為脫俗。他酷喜民俗學，對中國從未有過關於服裝的學問表示不滿，在燕京大學任教時，一面從事教學與寫作，一面注意收集有關服飾的古畫影印本、人物木刻畫像和各種照片。游寺廟時也關注泥塑木雕的服飾，必要時還親手臨摹。[7]為了查明「鈕扣」的起源，他曾多方調查：查古畫、古雕塑與其他有關資料[8]，計劃寫一本中國服裝通史。

〈近三百年來底中國女裝〉（以下簡稱女裝）是許地山對「衣」研究的第一篇成果，也是中國服裝史的開山之作，連載於1935年天津《大公報》星期六副刊《藝術週刊》。同年9月，許赴香港大學任教，4年後的1939年11月10日，他在香港的「中英文化協會」上又以〈三百年來底中國女裝〉為題作了講演[9]。

正是在這次講演的兩個月之前，張愛玲進入了香港大學。很可能她並沒有到場聆聽此講演，但不能排除許地山會在課堂上談及此話題並給學生展示刊載於報紙上的自己的文章的可能性。

〈近三百年來底中國女裝〉為論文形式，兩萬多字，輔以從畫片、壽影、小照、行樂圖、清人畫的時裝、書本插圖、風俗畫、年畫、嫁粧畫、燈籠畫、油畫、畫報、廣告畫等採集的82張圖像，圖文並茂地描繪出的一部女裝變遷史。

引文部分，許地山論述了「穿衣服的動機」及「服裝的形式」後指出：

> 社會生活與經濟政治都與衣服底改變有密切的關係。男子的服裝大體說來不如女子底變得那麼快。中國底女裝在近二十年來變得更快，這是指示近年來女子底生活的變動。她們從幽閉的繡房跳出來演電影，作手藝，做買賣，當教員，乃至做官吏，當舞女，在服裝上自然不能不改變。關於衣服變遷的研究，是社會學家，歷史家，美術家，家政學家，應當努力底。
>
> ……
>
> 近三百年來底服裝，因為滿族的統治與外國底交通，而大變動。最初變更底當然是公服，以後漸次推及常服。但強制的變更只限於男子；女子服裝底改變卻是因為時髦。

接著，許考察了順治元年「命文臣衣冠暫從明朝」的詔令、順治二年的「剃髮之制」及順治四年的定制後得出結論：「婦女底服裝簡直是沒變過」，然後指出近三百年來服裝與古時最顯著的不同是「用鈕扣代替帶子」。「乾隆以後，西洋品物漸次輸入，而服裝底形式還沒改變」，只不過所用材料有時「以外貨為尚而已」。然而：

> 近三十年來，仕女與外人接觸日多，拜倒於他人文化之前，傢俱服裝，樣樣崇尚「洋式」，「新式」或「西式」，因此變遷得最劇烈。

接下來是正文，分〈公服〉、〈禮服〉、〈常服〉、〈所謂旗裝〉四方面論述，一小半的篇幅用來考察「公服」，文體頗似博物館陳列櫃前張貼的說明書，嚴肅細緻，巨細無漏，從國家大典、祭祀時皇室的皇太后、皇后的朝冠說起，朝褂、朝袍、色彩、質地、連朝冠上的珍珠的數字、排列位置都一一列出。接著說明貴妃、皇子福晉至七品命婦的朝裙朝袍。〈禮服〉——即常時用的吉服與喪葬用服一節，仍按品級順序說明，及至沒有品級的婦人乃至妾的大褂、裙子顏色。

餘下的大半篇幅談〈常服〉及〈所謂旗裝〉，許強調這部分為論述重點，在不「受律例所限制」，「變遷比前二種自由」的常服中設〈衣裙〉一節，將康熙時代到光緒末年的圖片按時序列出，比較變遷的痕跡後得出結論：「寬衣大袖已漸改成纖小」，然後分析原因，指出其變化是除因價廉品種多的洋布及外國裝飾的輸入的兩個外來的物質原因以外，更因為社會的變化：「女人職業的展開，前五十年，女人的生活只如孔雀，在網屋裡開開屏，但自通商口岸底工廠一開，在工廠底女工們底生活有點像鴕鳥，所以也用不著過於美麗的衣裙。縫紉底方法日趨簡單，闊鑲密滾便跟著衰減。」

〈所謂旗裝〉中對旗女及漢女在服裝、髮髻上的差異行了細緻地考察說明後，指出，旗女與漢女最大的不同是旗女不纏足。此項以後，設〈頭面〉、〈手足〉兩項，前一項按年齡、身分、地區說明女性的髮髻、面、眉的化粧方法、化粧品的材料、口紅的塗法、耳環的形狀，及至牙的裝飾，並輔以手繪的圖畫。後一項描述了手指甲的長度、指甲塗料的材料、顏色等，然後用相當篇幅闡述了纏足的歷史及弊端。在髮髻的變遷中，他再次指出「自婦女解放以後，女學生女教員等，再沒有工夫去梳很細緻的頭，於是髻底樣式就大變。」「中國婦女底剪髮起於民國元年底女革命軍，民國二年以後，又不流行了，許多剪過底都留回去，到民國12年後又復流行，一直到現在。」

結語中，許再次強調了該研究的意義：「衣服與手足底裝飾是最當考究底，裝飾藝術底高下可以顯示民族文化底程度。」

這篇文章，是許地山奉行自己「從中國歷史與其社會組織，經濟制度底研究入手」的實踐，文章中，從未受西方影響的康熙時代到光緒末年，順時間軸以皇帝的詔書、朝廷的法規、命令為綱，將清朝至民國初期的服裝史用實證的方法綿密細緻地加以考察描述，圖文並茂地「比較了各時代底女裝變化底軌跡」，通過對《大清會典》中的服裝規定細則的考察，令人信服地挖出了女裝長期不變的根本原因：「依律例，女人用底衣服材料不但是受規定，甚至裝飾品……都不能隨意。所以在帝制下底裝束很不容易改變」，這是他作為一名專業研究者多年來孜孜不倦地求索、考察、整理、分析後得出的結論。可惜的是，許地山英年早逝，未能實現出版「一本小圖冊」的計劃，這篇文章知道的人也不太多。

所幸的是，許地山這一獨特新穎的傑出業績在他優秀的弟子張愛玲處得到發揚光大。1943年1月，22歲的張愛玲在上海發表的第一篇英文〈中國人的生活與時裝〉（Chinese Life and Fashions）[10]便是繼承許地山「女裝」史的成果。

首先從形式上來看，〈中國人的生活與時裝〉（以下簡稱「時裝」）似乎並未限定「女裝」，但從她手繪的12幅圖（其中含一幅髮飾，一幅女帽線條圖）全為女性，同樣也採用了以圖輔文的形式。架構上也仿照老師的，設有〈250年的服裝〉（250 Years of Formalization）、〈毛皮規則〉（Rules for Fors）、〈注重細節〉（Sionificant Details）、〈困境中的少女〉（Damsels in Distress）、〈高貴而又沉悶的髮型〉（Coiffures Dignified but Dull）、〈豐富與混亂〉（Profusion and Confusion）、〈帽子與精神平衡〉（Hats and Mental Eguilibrium）、〈民國初期的理想主義〉（Early Republican Idealism）、〈西方的影響〉（Western Influence）、〈20年代後的幻滅〉（The Disillusioned Late ‘20’s）、〈30年代的諷刺〉（The Oynical ‘30’s）、〈簡化及傳統的復興〉（Simplification and Traditional Revival）12個小標題。借用老師的思想方法、主題、形式、框架乃至部分細

節，張愛玲開始了自己的論述。

作為鋪墊，「時裝」一文起始亦將歷史回溯到三百年前的清初，用了一幅註明「1650-1890」的畫，說明「一代一代穿著同一種服裝」，接下來，用一坐著的女子表現「1890-1910」的女裝。這兩幅畫均是從許文中的照片脫胎而來，更源自許地山的文字：〈衣裙〉一節中，許起首便強調：「女人底衣服自明末以至道光咸豐間，樣式可以謂沒有多大的改變。」然後指出：與古時最大的不同，「是由結帶變為用鈕扣」，因此「最受影響底是領子和衿頭。不用鈕扣時代是圓領或斜領，一用鈕扣，便可以改成高領了。」

1921年的圖，也可說是完全仿許文的「民國10年至15年間底代表裝」而作，髮髻的圖片原型也可在許文中看到，用簡潔的線條手繪輪廓簡圖的手法也是老師曾用過的。

值得注意的是著高領的一組圖像。儘管許文中光緒末年到民國初年的服裝列有十幾幅圖，著高領的便有兩幅[11]，然而對照張愛玲母親少女時的照片[12]後，我們仍然會另有所悟，明白她為何對此「領」情有獨鍾！原來這「領」「腳」相映，形成強烈反差的形象並非虛構，而兩年之中，此領竟會在張的力作之中三次登場的原因也就不言自明了。

英文的閱讀對象既為外國人，當然需參照西人熟習的事例加以說明，如以長達三世紀的維多莉亞女王時代為例，喚起讀者對滿清的漫長迂緩，一成不變的想像。對中國人為「常識」，而於外國讀者卻十分陌生的一些歷史文化背景加以詳細解釋，例如，在描述「王昭君套」時加上一段漢族女子與少數民族通婚傳統的說明。對中國人熟知的「鞋底的圖案」從材料到做法進行了詳細的說明後，加上一句：「如果不仔細觀看印在塵埃上的鞋底印跡，如此複雜的圖案是不會引起任何一位藝術家注意的」。許地山在「頭面」一節中，舉出清朝到民國、從北到南的18種髮髻，並詳細說明了做法，包括所用的油、臘、膠等材料，張文中也用了兩節專談「髮型」，〈高貴而又沉悶的整髮〉中，從老師的近百年來，「時裝底中心，仍是蘇杭」一語中得到啟發，描述了清朝「揚州式」和「蘇州式」兩種最具代表性的髮型，並將此兩地在昔日髮型上的領先地位比作現在的香港與上海。繼而在〈豐富與混亂〉一節中引用了林琴南的《畏盧瑣記》，舉出秦、漢、唐到清末民初的十餘種髮髻，並對時代背景進行了簡單的說明，例如，提及秦始皇時加上一句即第一個統一中國並修建了萬里長城的皇帝。

「所謂旗裝」一節中，許地山說：「現在的旗袍是從二十年前的旗裝演變的」，接著寫到旗女如何效仿漢服，而「衣袖寬大」「纏足」等有違「便於做事」的「我朝服飾定制」，以至嘉慶、道光皇帝數次降旨，發出禁令。許文中引用的道光長長的論文，足佔該節的3分之1篇幅，表現出學者言之有據的嚴謹的一面。

「時裝」中〈20年代後的幻滅〉一節，以「1921年，女子穿上了長袍」開頭，將許文中用一千多字描述的旗袍的起源及旗女仿效漢服的歷史、包括皇帝的禁令簡短地歸納後，將話題移至旗袍為何流行的原因，認為，自古以來，漢族習慣於「兩截穿衣」，而男裝自清以來為長袍，二十年代的女性因對現實中歧視女性的風氣產生反感，追求男女平等，因而喜愛與男式長衫相似的旗袍。從這裡，能看到張文的特點——將許文中強調的外在社會環境的變化移至對女性精神內面的省察。許文中，只在朝廷對奴僕、優伶、皂隸衣冠的用品中引《大清通禮》的規定，僅十幾個字涉及到對他們許可或禁止使用的「毛皮」項，而張文專列出「毛皮的規則」一節，指出現代人：「能否適時穿戴毛皮意味著其富裕的程度」，是顯示身分的一種標誌。有錢人不是按天氣，而是按季節在幾週中享受「小毛」「中毛」至「大毛」，列出了14種毛皮。從對毛皮的興趣與知識方面，能看到張愛玲的家世背景的影子。後來在她的小說中，毛皮也常常作為小道具出場，用以表明主人公的身份及經濟狀況[15]。

三、〈更衣記〉

1943年12月，張愛玲的〈更衣記〉[16]面世。一個「更」字便將此文的特點道盡。

〈中國人的生活與時裝〉以外國人為對象，重點放在對國人生活與時裝的介紹上，結構上受許地山「女裝」一文影響的痕跡很濃，用很長篇幅談及古代髮髻，專門挑選了外國人較熟習的朝代作重點介紹，跨時更寬，範圍更大，枝蔓繁雜。後文面向國人，時間上限為清末，內容則僅限為「衣」，突出了一個「更」字，行文緊緊圍繞著衣的「變」遷史。

穿衣既為日常，對國人，「常識」部分便不需說明，文章體裁亦隨之改變，分項細目一併撤銷，全文一氣貫通，無關衣的髮髻、帽子的第5、6、7節（〈高貴而又沉悶的整髮〉、〈豐富與混亂〉、〈帽子與精神平衡〉）的內容全部刪去，最後加上了一千多字關於男裝的討論。

例如，關於鞋底裝飾，〈更衣記〉只在談及點綴品時提上一句「為什麼連鞋底上也遍佈著煩縟的圖案呢？鞋的本身就很少在人前露臉的機會，別說鞋底了」。接下來將「時裝」中關於「有閒階級」的議論進一步發揮：

> 在不相干的事物上浪費了精力，正是中國有閒階級的一貫的態度。惟有世上最清閒的國家裡最閒的人，方才能夠領略到這些細節的妙處。製造一百種相仿而不犯重的圖案，固然需要藝術與時間；欣賞它，也同樣地煩難。

同樣的感慨許地山也表達過——1941年5月，許地山在〈青年節對青年講話〉[17]中說「我們國民底感覺太遲鈍，做事固然追不上時間，思想更不用說」，批評教育界的一些教書人鼓吹保存國粹，提倡「作詩，寫字，繪畫，不但自己這樣做，並且鼓勵學生跟著他們將有用的時間，費在無用或難以成功底事情上。」他主張首先應改變中國文字，反駁「提倡書法，認為中國字特別具有藝術價值」的看法說：「古人閒得很，可以多用工夫消磨在寫字上。現代人若將時間這樣浪費，那就不應當了」。而許地山對「女裝史」的「繁文細節」的考察，使我們對這種「浪費」的感受更加具體深刻。

對從頭頂到鞋底均被煩縟的裝飾包裹的舊日女子服飾，

在英文中，用「歌特式的大教堂」作比喻，在〈更衣記〉中，則換成了「大觀園」。承襲許地山之說，張愛玲的表述更加簡約：「我們時裝的歷史，一言以蔽之，就是這些點綴品的逐漸減去」。

〈更衣記〉繼承了許地山的思路，保留了「時裝」一文中將女裝置於中國現代史的語境之中的部分，更強調突出了張愛玲的現代女性的視角，猶如後來《傳奇》封面的那幅畫——一個現代青年女子的影子探視著昔日的女性。

> 在滿清三百年的統治下，女人竟沒有什麼時裝可言！
>
> 標準美女在這一層層衣衫的重壓下失蹤了。她的本身是不存在的。
>
> 那又是一個各趨極端的時代。政治與家庭制度的缺點突然被揭穿。年輕的知識階級仇視著傳統的一切，甚至於中國的一切。……在那歇斯底里的氣氛裡，「元寶領」這東西產生了……頭重腳輕，無均衡的性質正象了那個時代。
>
> 民國初建立，……大家都認真相信盧騷的理想化的人權主義。……時裝上也顯出空前的天真，輕快，愉悦。
>
> 軍閥來來去去，馬蹄後飛沙走石，跟著他們自己的官員，政府，法律，跌跌絆絆趕上去的時裝，也同樣地千變萬化。

與其說在談時裝，不如說是在談社會變革與女性內面的關係。

許地山在「女裝」中說，「現在的旗袍是從二十年前底旗袍演變底，清初旗女裝束與男子差不多」，〈更衣記〉中則演繹為：「1920年的女人很容易地就多了心。她們初受西方文化熏陶，醉心於男女平權之說，……她們排斥女性化的一切，恨不得將女人的根性斬盡殺絕。」接下去，在民眾對政治灰了心的30年代，「緊縮」的時裝「有諷刺，有絕望後的狂笑」。「近年來，最重要的變化是衣袖的廢除。……所有的點綴品，無論有用沒用，一概剔去。……現在要緊的是人」。

以上的文字，可以說是張愛玲對自己／女性成長史的回顧與總結——「1920年」誕生的張愛玲，「現在」終於成了「人」！

從模仿「馬鞍領」圖到手繪第三幅「元寶領」，張愛玲已經走過了一條十分漫長的心路，從初出茅廬的女學生成長為當紅的頂尖作家，這嚇人的「元寶領」襯托著的三角眼女人功不可沒。

「馬鞍領」寫真與「元寶領」畫像，清晰地彰顯出兩位作者的差異：對許地山來說，「馬鞍領」是研究客體，是構成學問的千萬細節中的一絲，而對張愛玲來說，卻是活生生的，它緊貼著媽媽的身體，與媽媽的「三寸金蓮」上下呼應，融為一體。這「頭重腳輕」的形象是母親、是女性，是我之前身。

因此，〈更衣記〉便與許地山文風迥異，前者是陳列在博物館的說明書：冷靜、客觀、科學。後者是一個年輕敏感的知識婦女透過時裝看到的女子心史：是體認、充溢著情感，彰顯了自己的世界觀。女性意識飛揚到極致，以下文字便接踵而來：

> 衣服似乎是不足掛齒的小事。劉備說過這樣的話：「兄弟如手足，妻子如衣服。」
>
> 可是女人如果能做到「丈夫如衣服」的地步，就很不容易。

學生漸行漸遠，與學院派腔調已毫不相干。最後那段騎自行車「一撒手」「輕倩地掠過」小菜場的小孩兒，更突出了獨樹一幟的張氏文采。

「女裝」論文的最後，許地山希望，自己的文章面世後，「如果能引起幾篇好文，那就算作者拋磚引玉」。

當許地山的在天之靈看到張愛玲的〈更衣記〉時，該作何感想呢？

四、「愛」的故事

許地山早年為佛教信者，後受基督教洗禮。佛教提倡無我、虛空，強調人須去除愛慾、有慾、繁華慾，才能進入常樂境界。基督教主張贖罪、犧牲、博愛、忍耐精神。長期沉溺於宗教及喪妻體驗形成了許地山獨特的人生觀。佛教與基督教、尤其是佛教的修心養性及忠實於「愛情」的基督教精神滲透了許地山的人格，影響著他的人生觀與文學。

執著於「愛情」是許地山個性的一個側面。他小說中的人物說過「我自信我是有情人，雖不能知道愛情底神秘，卻願多多地描寫愛情生活。我立願盡此生，能寫一篇愛情生活，便寫一篇；能寫十篇，便寫十篇；能寫百、千、億、萬篇，便寫百、千、億、萬篇。（1923）」如陳平原所說「這雖是小說語言，倒也被許地山付諸實踐。『五四』新作家偏愛愛情題材的不乏其人，但像他那樣一本正經地『宣誓』，並且真的一貫始終的卻甚為罕見。一本《空山靈雨》，沈從文稱為『妻子文學』。一本《綴網勞蛛》，基本上都是表現男女之情，一本《危巢墮簡》，由男女之情擴展為人類之愛。」[18]

濃儂的宗教氛圍，為許地山的作品平添異彩。例如，《空山靈雨》中的有一小品——〈香〉，不到300字，全文如下：

> 妻子說：「良人，你不是愛聞香麼？我托人到鹿港去買上好的沉香線，現在已經寄到了。」她說著，便抽出妝臺底抽屜，取了一條沉香線，燃著，再插在小宣爐中。
>
> 我說「在香煙繚繞之中，得有清談。給我說一個生番故事罷。不然，就給我談佛。」妻子說：「生番故事，太野了。佛更不必說，我也不會說。」
>
> 「你就隨便說些你所知道底罷，橫豎我們都不太懂得，你且說，什麼是佛法罷。」「佛法麼？——

色，一一聲，一一香，一一味，一一觸，一一造作，一一思維，都是佛法，惟有愛聞香底愛不是佛法。」

「你又矛盾了，這是什麼因明？」

「不明白麼？因為你一愛，便成為你底嗜好；那香在你聞覺中，便不是本然的香了。」[19]

張愛玲的第一篇小說〈沉香屑——第一爐香〉（1943年4月）的開頭則是：

請你尋出家傳的霉綠斑斕的銅香爐，點上一爐沉香屑，聽我說一支戰前香港的故事。您這一爐沉香屑點完了，我的故事也該完了。

我們是否可以將這個故事看作是張愛玲接著老師的〈香〉講述的故事呢？

老師認為「人生不樂」[20]，學生的故事也充滿了「哀和怨」[21]，「第一爐香」中的上海姑娘葛薇龍到香港姑母家，愛上了花花公子喬琪，最後在無可選擇的選擇之中「自願」作了高級娼婦。

〈沉香屑——第二爐香〉（1943年5月）的起始，敘述者請求：「請你點上你的香，少少的撮一點沉香屑」，接著講起「一個悲哀的故事」。這次講的是華南大學的化學教授羅傑安白登與所愛的姑娘細愫結了婚，卻被對性一無所知的妻子認為是「畜生」，鬧得滿城風雨，無地自容，最後自殺身亡。

第三個故事不再點香，改為沏茶：

> 我給你沏的這一壺茉莉香片，也許是太苦了一點。我將要說給你聽的一段香港傳奇，恐怕也是一樣的苦——香港是一個華美的但是悲哀的城。

不變的依然是「悲哀」：青年傳慶渴望父愛，尋尋覓覓，卻找不到貢獻愛的父親，被心目中理想的父親——言教授誤解，發出「恨鐵不成鋼」的譴責：「中國的青年都像了你，中國早該亡了！」將他趕出教室。傳慶徘徊山道，偶遇嚴家女兒，面對言丹朱，絕望、希望、愛同時湧上，遷怒、求愛，得不到對方的理解後，懦弱的青年居然對柔弱的姑娘施起了暴力，最後將她扔在山裡獨自返回。他該如何去收拾這一殘局呢？故事到這裡戛然而止。

及至〈心經〉，題目便充滿宗教色彩，「色不異空。空不異色。色即是空。空即是色。受想行識。亦復如是。」預示了小寒的命運：19歲，如花的年歲，卻愛上了自己的父親。「幸福」無從談起，家庭終於破碎[22]。

逝世前3個月，許地山大聲疾呼：「我很怕將來的中華民族也會像美洲底紅印地安人一樣，被劃出一個地方，做為民族底保存區域，……供人家底學者來研究。……我只想提醒諸位，中國底命運是在青年人手裡。青年現在不努力掙扎，將來要掙扎就沒有機會了。[23]」

老師最後的聲音，學生當銘記在心，初登文壇的張愛玲發表的散文與小說，都與許地山的作品有相通之處，是一個青年發自內心的掙扎。她緊跟老師，在批判民族糟粕文化的同時，通過「虛構」的人物，對侵淫在此文化中的人世苦苦呼喚：愛啊，你在何方？

譯自《張愛玲と恩師許地山》（日文）
《山梨大學教育人間科學部紀要》第3卷第2號，
2002年。翻譯時作了部分修改。

民國初年之劉海式

下期預告

註釋：

1 《香港文學》第136期，1996年4月。
2 陳錦波，《許地山與香港之關系》，總發行：香港學津書店，1976年，第7-10頁。
3 周俟松，〈回憶許地山〉一文中說：「去香港大學，地山有志要傳播內地『五四』以來的新文化到香港，為救國打基礎。」《新文學史料》1980年第2期。
4 〈許地山先生對於香港之貢獻〉，《追悼許地山先生記念特刊》1940年9月11日。《許地山研究》，南京：南京大學出版社，1989年，第373頁。
5 徐乃翔、徐明旭編選，《許地山選集》海峽文藝出版社，1985年，第636-643頁。
6 5月11日到8月3日，分8次連載。
7 張心愉，〈許地山與中國女裝〉，前出《許地山研究集》，第154頁。
8 5月11日到8月3日，分8次連載。
9 《星島日報》1939年11月11日。周俟松，〈許地山年表〉，第500頁。
10 英文雜誌《二十世紀》1943年1月號。
11 另一幅是坐著的，圖旁說明：「宣統至民國初年底時裝……領漸增高幾掩兩頰，當時稱為「馬鞍領」。
12 《對照記——看老照相簿》，臺北：皇冠文學出版有限公司，1994年，第21頁。
13 〈金鎖記〉插圖，《雜誌》第12卷第2期，1943年11月。
14 〈更衣記〉的插圖，《流言》1944年12月初版，第71頁。
15 如《十八春》中世鈞家就開著一爿皮貨店。
16 《古今》第34期，1943年12月。《流言》所收，張愛玲刊行，1944年12月）發表。
17 《大公報》1941年5月20日，《許地山選集》，第619頁。
18 陳平原，〈論蘇曼殊、許地山小說的宗教色彩〉，《許地山研究集》，第289頁。
19 前出《許地山選集》，第338頁。原注：選自《空山靈雨》，商務印書館，1927年7月版。「— —」為佛教用語，意為無數無量無理由。排除雜念，修身養氣，終能成佛的「禪」味濃郁。
20 許地山，〈《空山靈雨》弁言〉，1927年。
21 許地山，〈心有事〉，《空山靈雨》，1927年。
22 詳細分析請參見拙著《傳奇文學與流言人生》，北京三聯書店，1998年。
23 前出〈青年節對青年講話〉。

撕裂的身體
——張愛玲〈色，戒〉論

〈色，戒〉是張愛玲年近六十完成的小說，也是她作品中最難懂的一篇。此文直接涉及「民族、國家」的宏大主題，將對「民族、國家」的「忠／奸」的重大命題及她一貫擅長的「男女」間的「愛／憎」的「小事」糾結纏繞，結尾出人意外——因愛國女青年的一念之差，導致愛國小集團全軍覆滅。這樣的結局背叛了讀者「正義必勝」的習慣思維，攪亂了人們的價值觀，給人以衝擊，讓人迷惘。

在寫法上，此文也另有特點。它一反作者從前慣用的全知視角，從女主角的視角敘事，時而變換鏡頭角度：或俯視，或閃回，或潛入對方內心，現實與夢境交織，行動中冥想言說，虛虛實實，起伏跌宕，尤其最後反高潮的一波，飛流直下，直澆得讀者「滿頭霧水」[1]。

本文試提出一種解讀方式——以「女性的身體」為關鍵字，參照有關「民族、國家」及「男／女」的話語，在細讀的基礎上分析、解讀文本。

一、〈色，戒〉的形成及接受

（一）〈色，戒〉的形成

〈色，戒〉於1978年4月1日在臺灣《中國時報》的〈人間副刊〉刊載，後收入《惘然記》[2]。張愛玲說她在1950年代就已得到小說的素材，深受

> 震動，因而甘心一遍遍改寫這麼些年，……一點都不覺得這其間三十年的時間過去了。愛，就是不問值得不值得。[3]

愛惜之心浸透紙背。

文本以日本占領中的上海淪陷區為舞臺，描寫了一個愛國學生小集團試圖暗殺汪精衛偽政府某高官的故事。梗概如下：

抗日戰爭期間，嶺南大學從廣州遷至香港。幾名學生因憤慨「一般人對國事不關心的態度」，形成了一個小集團。汪精衛及其同夥來到香港，有一學生與隨行副官之一同鄉。由此線索出發，大夥合計了一個美人計，讓一個女生——學校劇團的當家花旦王佳芝假扮少婦，引誘汪的同僚易上鉤，然後將其刺殺。該計劃因易突然返回上海而未遂。珍珠港事變後，學生們轉學到上海，遇到了專業地下工作者，再次施行美人計。此次佳芝成功地引誘到已做汪偽政府高官的易。學生們埋伏在一家首飾店的周圍，佳芝順利地將易引到店

裡。眼看行刺就要成功，不料，收到易贈送的鑽石戒指的佳芝，突然覺得易愛著自己，將易放走。幾小時後，佳芝與同夥被易一網打盡，全部處死。

此作品所依據的史料曾被多次複述，幾年前就有過好幾本書[4]，不遠的將來，隨著李安電影的傳播，〈色，戒〉的升溫勢在必然，想來還會有多種文本不斷地被重複生產。

最早一篇應當是1945年10月鄭振鐸在上海《週報》刊載的〈一個女間諜〉[5]。該文中，鄭振鐸說，淪陷時期，他在咖啡店偶然遇到一位朋友。朋友向他介紹了跟他在一起的「陳女士」。「陳女史」給他的印象是：

> 身材適中，面型豐滿，穿的衣服並不怎樣刺眼，樸素，但顯得華貴；頭髮並不捲燙，朝後梳了一個髻，乾淨利落，純然是一位少奶奶型的人物。

一個月後，從朋友處得知，陳是一個「女間諜」，曾獲取過很多日寇及漢奸的行動情報。

> 她計劃著要刺殺丁默邨[6]，那個「76號」的主人，在一個清晨，丁伴她到一家百貨商店去購物。壯士們已埋伏好在那裡。丁富有警覺性……一進門便溜了出來。

之後，她被逮捕處死。鄭振鐸說「為了祖國她壯烈的死去，比死在沙場上還要壯烈」，高度贊揚了這位「愛國女英雄」。

1957年，在汪政權工作過的金雄白以朱子家的筆名在香港《春秋》雜誌發表了《汪政權的開場與收場》，專用一節[7]敘述了這一事件。據朱說，這位少婦叫鄭蘋如，父親為中國法官，母親為日本人，畢業於上海的法語學校，家住法租界。鄭美貌又有教養，屬蔣介石重慶政府的軍統系統，奉軍統命令與汪偽政府的丁默邨交際，執行刺殺任務。

當時在國民黨軍統的核心工作的沈醉也調查過此事。據沈說，1945年以後，他從軟禁在重慶的周佛海處第一次聽到鄭蘋如事件。之後，他對鄭進行了調查。然而，軍統的名單中並沒有鄭，沈醉又通過上海的地下工作人員作了深入調查，得知鄭只不過屬軍統的外圍組織的「活動人員」，她甘於拋棄生命去行刺的動機，「完全出於愛國及好奇心」。沈醉追認鄭蘋如為軍統烈士，將她列入了淪陷區犧牲者的名單中[8]。沈醉曾在軍統的心臟工作過，他的說法應當是可信的。

王佳芝的業餘間諜的身份及參加暗殺活動的動機都與鄭蘋如契合，從這點推測，〈色，戒〉的原型就是鄭。雖然虛構的小說與事實結局相同，都是行刺未果，然而，張愛玲筆下的王佳芝卻與鄭相去甚遠，可以說是完全顛覆了鄭蘋如的英雄形象。

（二）讀者的看法

〈色，戒〉發表後不久就受到了讀者的批判。域外人（張系國的筆名）在〈不吃辣的怎麼胡得出辣子—評《色，戒》〉[9]中分析了〈色，戒〉中的幾個細節，最後總結說：

> 我同意不用世俗的道德的標準來批評文學作品。作家可以採取非道德的超然態度寫作，但分析到最後，作家還是會有各自的道德立場。不是所有不道德的題材都值得寫，作家在取捨之間仍應有其原則。……至少我認為，歌頌漢奸的文學——即使是非常曖昧的歌頌——是絕對不值得寫的。因為過去的生活背景，張愛玲女士在處理這類題材時，尤其應該特別小心慎重，勿引人誤會，以免成為盛名之瑕。

也許是為「過去的生活背景」這句話所觸動，一向對批評意見極少表態的張愛玲立即發表了〈羊毛出在羊身上——談《色，戒》〉一文，加以反駁。她聲明說，這篇文章「是在不得已的情況下被逼寫出來的」[10]。她所說的「不得已」，恐怕與兩年前（1976）在臺灣出版《今生今世》[11]所引起的風波有關吧。

《今生今世》中，胡蘭成詳細地披露了他在上海淪陷時期與張愛玲戀愛及結婚的經過。而另一方的當事人張愛玲，卻無論在那之前還是之後，始終保持沉默。

眾所周知，上世紀五十年代以後，張愛玲文學在故鄉上海及中國大陸絕跡。後經旅美學者夏志清先生重新發現並高度評價，通過臺灣夏濟安先生創辦的《現代文學》的介紹在臺灣復活，六十年代以後，因臺灣年輕一代的推崇及模仿而廣泛傳播。

1974年，臺灣的唐文標將張愛玲的早期小說放回到1940年代上海的語境中，「以文證史」，稱張愛玲的文學

「是上海百年租界文明的最後表現」，是「美麗而蒼涼」的「罌粟花」。

同年，在「不是敵人即是同志」，「號召團結反共，不問其人過去的政治經歷」[12]的政策下，戰後被國民黨政府通緝的「漢奸」胡蘭成受國民黨政府某官員邀請，到臺灣文化大學執教。1975年春，《今生今世》及《山河歲月》在臺灣出版，張愛玲的過去被曝光。下半年，胡蘭成因30年前的「漢奸」罪被臺灣知識界討伐，《山河歲月》被查禁，排印中的《今生今世》二版亦不許再發行[13]。1976年初，胡蘭成返回僑居的日本。

此風波剛過去兩年，人們應當記憶猶新。在這樣的背景下，曾是胡蘭成妻子的張愛玲，竟然在公共媒體上發表美化「漢奸」的作品，按傳統的思維方法，等於表明了自己的政治立場。曾幾何時，當年風靡上海的張愛玲作品，一度因「漢奸」污名，蒙受羞辱，後又因中華人民共和國的成立而在中國大陸絕跡。如今，如果舊戲重演，對已屆晚年，沒有其他經濟來源，僅靠來自臺灣的版稅度日的她來說，可謂性命攸關。

張愛玲的反駁文章發表後，也有讀者表示支持，[14]波紋沒有進一步擴大。之後，對〈色，戒〉時有評論，歸納起來，大致有以下三種。

1.「不可理解」論

臺灣大學中文系教授張健將張愛玲譽為「五四新文學運動以來中國數一數二的大文豪，也是我的最愛之一」。但認為〈色，戒〉是「一篇令人厭惡或沉重的小說」。他試圖順著佳芝與易交際的故事及佳芝動搖的細節分析「人（尤其是男女之間）所謂的愛與恨到底是怎麼一回事」，最終得到的仍是疑惑：

> 當我讀完這篇作品時，我對愛、憎、忠、奸應該怎麼定義和分際，卻變得一片惘然，甚至有點不知所措了。
>
> （中略）
>
> 這一篇到底傳達了什麼樣的訊息？作者的意圖又是如何？
>
> 至少，把〈色，戒〉收入「惘然記」裏，而且高踞首篇，我不能置一詞。[15]

2.「女性的弱點」論

盧正珩在他的著作《張愛玲小說的時代感》[16]中為分析〈色，戒〉，專設了「變態性心理（二）——自戀與自殘」一節。對此，筆者將在本文的「三」的「(一)」中詳細討論。從題目上也可看出，盧認為女主角的行為來自於她人格上的「自戀」缺陷。劉川鄂也提出了相似看法「張愛玲刻意表現的是女性性及女性的弱點」[17]。

3.心理分析法讀解

陳輝揚在〈歷史的迴廊——張愛玲的足音〉[18]中，用弗洛伊德的「自我分裂」方法解讀了首飾店裏王佳芝的心理狀態。本文承襲了陳的方法。將在「三」的「(一)」中對此點作詳細討論。

二、細讀〈色，戒〉

下面讓我們來細讀文本。

故事發生在1942年的上海。張愛玲用她擅長的電影手法，將攝影機和聚光燈跟蹤女主角王佳芝，將她生命中不平凡的幾小時的行動展現。像所有的藝術影片一樣，故事並非平鋪直述，時時用閃回、淡出、畫外音等手法，插入回憶及心理活動，必要時還加上特寫鏡頭，以加深讀者印象。

（一）「色」與「戒指」

> 麻將桌上白天也開著強光燈，洗牌的時候一隻隻鑽戒光芒四射。白桌布四角縛在桌腿上，繃緊了越發一片雪白，白得耀眼。酷烈的光與影更托出佳芝的胸前丘壑，一張臉也經得起無情的當頭照射。稍嫌尖窄的額，髮腳也參差不齊，不知道怎麼倒給那秀麗的六角臉更添了幾分秀氣。臉上淡妝，只有兩片精工雕琢的薄嘴唇塗得亮汪汪的，嬌紅欲滴，雲鬢蓬鬆往上掃，後髮齊肩，光著手臂，電藍水漬紋緞齊膝旗袍，小圓角衣領只半寸高，像洋服一樣。領口一隻別針，與碎鑽鑲藍寶石的「紐扣」耳環成套。

同易太太等三名已屆中年的汪政府高官的太太相比，「嬌紅欲滴」的佳芝格外醒目。接下來的文章寫到：三位太太手上各戴有一隻鑽石戒指，她們的話題也緊緊圍繞著鑽石的克拉數及價錢轉圈。

這一段點出了文本標題的符號意義。可以這麼理解：「色」即美女佳芝的符號，而「戒」的第一層，也是表層所指，是「戒指」。

> 牌桌上的確是戒指展覽會，佳芝想。只有她沒有鑽戒，戴來戴去這隻翡翠的，早知不戴了，叫人見笑——正都看不得她。

戒指的品質標誌著主人的地位。在三枚鑽戒面前，佳芝的自卑不言而喻。

（二）愛國者／「病」女人

接著，文本出人意外、直轉而下。好容易從麻將桌上脫身的佳芝來到一家咖啡館，用廣東話打了一個隱語電話後，又來到另一咖啡館等易。一路上，忐忑中，閃回了過去的一幕幕，我們從佳芝的回想中看清她一路走來的腳跡——原來，她肩上擔負著暗殺漢奸的重任。

兩年前，大學遷香港時，佳芝及另一女學和四名男生因憤慨「香港一般人對國事漠不關心的態度」，形成了一個小集團。鄺裕民與汪精衛的副官是同鄉，見面後打聽到不少消息。大家定下一條「美人計」，讓大學劇團的當家花旦王佳芝裝扮成沒有「國家思想」的香港生意人家的少奶奶去接近易太太，以執行計劃。

「麥太太」佳芝與易太太相識後，一起打麻將。憑直覺知道自己引起了易的注意，留下電話號碼，回到大夥處。

> 大家都在等信。一次空前成功的演出，下了臺還沒下裝，自己都覺得顧盼間光豔照人。

接下來的難關是，佳芝是個處女。如何克服這個「障碍」呢？大家在背後計議過好幾回了。一天晚上，另一女生向佳芝含蓄地傳達了集團的意思。大家都溜了，只留下佳芝與梁閏生。「浴在舞臺照明的餘輝裏」，處於興奮狀態的佳芝與她討厭的梁——集團中唯一「嫖過」的男人發生了肉體關係。

不料，兩週後，易一行回上海了。學生們失去了目標。小集團的氛圍轉陰。

> 她與梁閏生之間早就已經很僵。大家都知道她是懊悔了，也都躲著她，在一起商量的時候都不正眼看她。
>
> 「我傻。反正就是我傻」，她對自己說。
>
> 也甚至於這次大家起哄捧她出馬的時候，就已經有人別具用心了。
>
> 她不但對梁閏生要避嫌疑，跟他們這一夥人都疏遠了，總覺得他們用好奇的異樣的眼光看她。

曾幾何時，同志們看她的眼光從「贊賞」轉變為「好奇」、「異樣」。理由很簡單，一旦刺暗漢奸這一目的消失，「民族、國家」的大義隱去，凸顯出的是生活的常識，普通人的「性」道德。而這一切，都集中在對「童貞」[19]的執著上。

無論男女，保持「童貞」，尋找至愛，洞房花炷，金童玉女，互奉「童貞」，靈肉結合，夫妻圓滿。這是「五四」新文化運動帶來的一個新理念。隨著1931年新民法[20]的實施，這一新道德觀逐漸在中國知識青年中紮根。在張愛玲描寫的這批四十年代的愛國青年中，除梁閏生以外，無論男女，大家都忠實地恪守這一道德準則，守身如玉。

此刻，為了刺殺民族仇敵，同志們要佳芝以「性」為武器。作為國民的一員，「義不容辭」的佳芝奮不顧「身」，獻出了「童貞」。這一行為，本應受到愛國男青年的尊敬。不料，因情況變化，計劃沒能如期執行，同志們竟然忘記初衷，計較起佳芝的純潔來。從「好奇的異樣的眼光」中，佳芝知道，在同志們眼中，她的形象已從「英雄」淪落為「髒貨」。接著，連佳芝自己也開始懷疑起了自己的身體。

有很久她都不確定有沒有染上什麼髒病。

佳芝離開了大家。

珍珠港事變後，海路一通，都轉學到上海去了。同是淪陷區，上海還有書可念。她沒跟他們一塊走，在上海也沒有來往。

在上海，倒給他們跟一個地下工作員搭上了

線，……他們只好又來找她，她也義不容辭。

「她也義不容辭。」敘事者斬釘截鐵，交代了佳芝重新加入小集團的不容置疑的動機。

事實是，每次跟老易在一起都像洗了個熱水澡，把積鬱都沖掉了，因為一切都有了個目的。

對此部分，域外人發出疑問：

照張愛玲寫來，她（王佳芝）真正的動機確是「每次跟老易在一起，會像洗了個熱水澡，把積鬱都沖掉了，因為一切都有了目的」。

我未幹過間諜工作，無從揣摩女間諜的心理狀態。但和從事特工的漢奸在一起，會像「洗了個熱水澡」一樣，把「積鬱都沖掉了」，實在令人匪夷所思。[21]

對域外人的質疑，張愛玲慎重地作了解釋：「一切都有了個目的是說「因為沒白犧牲了童貞」。[22]

不知不覺，遭受白眼的日子所積存的「積鬱」偏離了佳芝的行動「目的」。不錯，犧牲「童貞」的目的是為了與易發生性關係，但是，「與易發生性關係」的目的又是什麼呢？對佳芝來說，來自同志的意想不到的侮辱的直接原因，是沒能按計劃「與易發生性關係」，在漫長的受辱過程中，佳芝頭腦中「沒能與易發生性關係」這一中間目的不斷地被強化，上升為「目的」，而「為刺殺易而與易發生性關係」的最終目的反而被淡化了。

（三）性、愛、獵人／獵物

「老奸巨猾」的易知道，年輕漂亮的「麥太太」看上自己這個「四五十歲的矮子」「不是為錢反而可疑」。當然，佳芝也是按此「常識」來行事的。果然，易與佳芝第一次約會就約定了要送她一枚戒指作紀念。

終於，佳芝將易帶入了小首飾店。順小樓梯上了二樓，一面與印度人老闆交涉，一面觀察周圍環境的佳芝，暗暗推測著「他們」的行動計劃。從咖啡館到首飾店，在佳芝一連串的心理活動中，我們得知，自重新策劃刺殺計劃以來，不僅這次行動的人員、配置方法，甚至連應當在首飾店停留多久這一關鍵細節，「他們」都沒告訴她。如此對待一個冒著生命危險，承擔刺殺任務的中心人物來說，可謂不近人情。對這一點，佳芝也並不以為非，「明知不關她的事，不要她管」，佳芝心知肚明，自己並沒得到「他們」的信任。「因為不知道下一步怎樣」，十分緊張的佳芝繼續演戲。印度老闆拿出一個六克拉的粉紅鑽戒，是太太們議論過的「有價無市」的真貨。

> 她把戒指就著臺燈的光翻來覆去細看。在這幽暗的陽臺上，背後明亮的櫥窗與玻璃門是銀幕，在放映一張黑白動作片，她不忍看一個流血場面，或是間諜受刑

> 訊，更觸目驚心……。

這裏有著兩個佳芝——看著戒指的佳芝與看間諜受刑訊「電影」的佳芝。後一個佳芝背對著恐怖画面尋找著逃路。

易答應翌日帶十一根金條子來取貨，交易完成。

成功地演完這場戲的佳芝鬆了一口氣，為了拖延時間，讓「他們」有充分的時間作準備，佳芝找藉口，讓老闆開發票。趁此空檔，得暇與易並肩坐下，「這一剎那間彷彿只有他們倆在一起」。佳芝一面找「臺詞」，一面心中想：

> 又有這句諺語：「到男人心裏去的路通過胃。」是說男人好吃，碰上會做菜款待他們的女人，容易上鉤。於是就有人說：「到女人心裏的路通過陰道。」據說是民國初年精通英文的那位名學者[23]說的，名字她叫不出，就曉得他替中國人多妻辯護的那句名言：「只有一隻茶壺幾隻茶杯，哪有一隻茶壺一隻茶杯的？」
>
> 至於什麼女人的心，她就不信名學者說得出那樣下作的話。她也不相信那話。……像她自己，不是本來討厭梁閏生，只有更討厭他？

接下去，文本耗費整整一頁，描寫佳芝對「性」的思考。她從權威對女人「性」的話語聯想到自己的「性」史，感到了其間的矛盾。與厭惡的梁閏生之間的「性事」的切身體會，顛覆了權威的說法。那麼，對「愛」呢？

難道她有點愛上了老易？她不信，但是也無法斬釘截鐵地說不是，因為沒戀愛過，不知道怎麼樣就算是愛上了。從十五六歲起她就只顧忙著抵擋各方面來的攻勢，這樣的女孩子不大容易墜入愛河，抵抗力太強了。

將「性」（肉）與「愛」（靈）看作一個渾然一體的單位，是現代建立的觀念，「性」是否伴隨「愛」？是現代的判斷男女性關係好壞的道德基準。「抵抗力太強了」這句話表示，這一道德基準已像疫苗一樣滲入了佳芝體內。佳芝抵制「細菌」一般地抵擋著男性們的「攻勢」，並大獲成功。但是，與此同時，她也被「愛」疏離，單純如白紙。

在這裡，文本第一次提及了佳芝的初戀情感。

有一陣子她以為她可能會喜歡鄺裕民，結果後來恨他，恨他跟那些別人一樣。

恨的人不是漢奸老易，反而是曾經可能「愛」上的同志中的鄺裕民。鄺是小集團的首領，是策劃這個刺殺計劃的中心人物，也是再次執行計劃時與佳芝單線聯係的接頭人。也許正是因為他的存在，佳芝才加入了這個小集團的。對「白紙」般的佳芝來說，無疑，鄺是至今對她最有影響的男性。然而，正是這位男青年，那時，也「跟那些別人一樣」向自己投來「異樣的」目光。

接著是與易的兩次「性事」：

> 跟老易在一起那兩次總是那麼提心吊膽，要處處留神，哪還去問自己覺得怎樣。回到他家裏，又是風聲鶴唳，一夕數驚。他們睡得晚，好容易回到自己房間裏，就只夠忙著吃顆安眠藥，好好地睡一覺了。鄺裕民給了她一小瓶，叫她最好不要吃，萬一上午有什麼事發生，需要腦子清醒點。但是不吃就睡不著，她是從來不鬧失眠症的人。

沉思著和老易「提心吊膽」的「性」體驗的佳芝：

> 只有現在，緊張得拉長到永恆的這一剎那間，這室內小陽臺上一燈熒然，映襯著樓下門窗上一片白色的天光。有這印度人在旁邊，只有更覺得是他們倆在燈下單獨相對，又密切又拘束，還從來沒有過。但是就連此刻她也再也不會想到她愛不愛他，而是——他不在看她，臉上的微笑有點悲哀。

鏡頭轉至易內面：

> 本來以為想不到中年以後還有這樣的奇遇。當然也是權勢的魔力。那倒還猶可，他的權力與他本人多少是分不開的。對女人，禮也是非送不可的，不過送早了就像是看不起她。明知是這麼回事，不讓他自我陶醉一下，不免憮然。

接著是「全知」的畫外音：

> 陪歡場女子買東西，他是老手了，只一旁隨侍，總使人不注意他。此刻的微笑也絲毫不帶諷刺性，不過有點悲哀。

對易這種年齡與地位的男人來說，什麼戀愛呀、靈肉結合呀這一類的現代觀念根本不存在，「歡場女子」就是他給佳芝下的定義，這樣的女子，只不過是用權或錢就能交易的商品罷了。可是，這一點，天真純潔如佳芝的女學生又怎能料到！

鏡頭一轉，返回佳芝的視角：

> 他的側影迎著臺燈，目光下視，睫毛像米色的蛾翅，歇落在瘦瘦的面頰上，在她看來是一種溫柔憐惜的神氣。

鏡頭再轉，進入佳芝內面：

> 這個人是真愛我的，她突然想，心下轟然一聲，若有所失。

鏡頭拉開，推出兩人畫面：

> ……

「快走，」她低聲說。

……

三、在「愛國」與「性、愛」話語的夾縫中

（一）現實／演戲、真自己／角色（假自己）、分裂的自己

> 我寫的不是這些受過專門訓練的特工，當然有人性，也有正常人性的弱點，不然勢必人物類型化，成了共產文藝裏一套板的英雄形象。
>
> 王佳芝的動搖，還有個遠因。第一次企圖行刺不成，賠了夫人又折兵，不過是為了喬裝已婚婦女，失身於同夥的一個同學。對於她失去童貞的事，這些同學的態度相當惡劣——至少於她的印象是這樣——連她比較最有好感的鄺裕民都未能免俗，讓她受了很大的刺激。她甚至於疑心她是上了當，有苦說不出，有點心理變態。不然也不至於在首飾店裏一時動心，鑄成大錯。[24]

在失去「童貞」這一點上，小集團的另一成員梁潤生也一樣，可是，對梁，大家卻始終一視同仁，不以為非，而對遵照大家的暗示，「失身」於梁的佳芝卻加以歧視。這是為什麼呢？

文本中對梁潤生的性行為用「嫖過」，對佳芝則用「失

身」。兩個詞表現出對行「性」事的男女雙方不平等的價值觀。梁潤生（男）是主體，佳芝（女）則是對象（object）。這也是男女在「性」上的基本關係。

如果男性在婚前發生「性」關係，在「歡場」「嫖妓」，不會有什麼問題，因為妓院本身就是家長制在婚姻制度之外專為男性準備的「遊樂場」。從前，男人「嫖」妓，理所當然。就是「五四」後的新青年，「嫖過」也只不過屬白璧微瑕。但是，無論過去還是現在，未婚先「性」的女子則不同了，除非她處於婚姻制度外（從前是明碼標價的性商品——妓女。1930、40年代的上海，這樣的女人叫交際花或別的什麼）。婚姻制度內的女人，為了保證生產「純種」，她的身體不屬於自己，僅屬於丈夫（包括將來的）。不能再生的「處女膜」視為女人身體的封印，標志著該女性身體的品質，是女性進入婚姻制度的護照。失去「處女膜」稱為「失身」，其身體被視為「骯髒」的缺陷品。排斥膽敢在婚姻制度外行「性事」的女人，給這類女性的身體貼上「骯髒」的標籤，攻擊為「壞」人。正如日本學者上野千鶴子所指出的：這種將女性的「性事」與其人格相連的惡俗，是家長制鞏固體制的一個陰謀。[25]

當然，同志們（包括另一女生）對這一點並無覺悟。他們只是按「常識」行事，同夥的男青年們也要保持自己身體的純潔，只能讓佳芝與已「嫖過」的男人發生關係。其實，就在此刻，他們已把佳芝置於「被嫖」的行列。

正是這種性觀念，導致了佳芝「心理變態」。這一點，既是行刺失敗的「遠因」，也是文本的關鍵。

盧正珩認為，佳芝有著「自戀」的人格缺陷，這一傾向由「鏡子」（或類似的代替品）顯示出來。他指出佳芝總是在「演戲」——從前曾是學校劇團的當家花旦；咖啡館等易時她自認「現在也還是在臺上賣命」；與梁的初夜也是她在「戲繼續演下去」的心境中進行的。

> 對佳芝來說，人生的舞臺與劇團的舞臺顯然沒有差別，這種真幻不分的蒙昧心境似是女性的專利。「舞臺」成為她扮演自己的地方，臺下觀眾的反應就有如那面「鏡子」，反應出佳芝的絕代風華……

的確，佳芝將現實與「演戲」混為一體。可是，武斷地把這一點上昇為普遍——「蒙昧」、「女性的專利」——只能強化歧視女性的傳統話語。在這裏，我們要問的是：佳芝究竟為什麼，又是怎樣將真實與「演戲」混為一體的？

下面，讓我們反觀佳芝一路走來的心路——大學劇團的明星→被「嫖」的女人→被同夥排斥的「髒貨」→首飾店裏裝扮為歡場女子的間諜→漢奸易的情人・愛國小團體的叛徒——來探討佳芝與她身體的關係。

我們有必要先確認一下張愛玲文本中女性身體的功能。

> 以美好的身體取悅於人，是世界上最古老的職業，也是極普通的婦女職業，為了謀生而結婚的女性全可以歸在這一項下。這也無庸諱言——有美的身體，以身體悅人，有美的思想，以思想悅人，其實也沒有多大

分別。[26]

從「交易」這一商品原則出發，張愛玲不僅將妓女與良家婦女的價值視為同等，還將她們並入了思想家的行列。

既然她仗著她的容貌來謀生，可見她一定是美的，美之外又加上了道德。現代的中國人放棄了很多積習相沿的理想，這卻是一個例外。[27]

儘管社會在前進，現代的中國人的世界觀也隨之變化著，但對女性的理想（要求）卻仍然是因襲相承。請看以下事實：

40年代，某報紙刊載一條「公開徵偶」廣告，廣告主為已婚男子，因無子女，在報上求妾。條件除了「年齡在16歲至22歲之間，貌美、膚白、健康、脾氣好」之外還有一條頗現代的標準，「受過初中教育」，最後加上一條「確系處女小學亦可」。[28]

也就是說，在他看來，「初中教育」與「處女」等價，可以互換。

在這種社會風土中成長起來的佳芝，天生麗質，有了女性最好的謀生資源，剩下的課題就是如何使這「美」再加上「道德」了。從思春期的十五、六歲就進入「戰備狀態」的佳芝成功地作到了「守身如玉」。但也有代價，這代價就是她與自己身體的疎離。佳芝的身體成了遠離「愛情」和「性慾」的「馴服的身體」（docile body）。

進入青年期的佳芝成為演愛國戲的明星，劇場觀眾的喝采聲就是對她的最高獎賞。掌聲中當然也包括鄺裕民的。

可是，在大家策劃的「愛國」「美人計」中，她無瑕身體的證明——「處女膜」竟變成了「障碍」。佳芝是抱著「犧牲的決心」「失身」的。「戲繼續演下去」，不僅演給自己看，還要演給同夥看。

> 就連現在想起來，也像給針扎了一下，馬上看見那些人可憎的眼光打量著她，帶著點會心的微笑，連鄺裕民在內。……演過不只一回的一小場戲，一出現在眼前立刻被她趕走了。

眾目睽睽之下痛苦而又恥辱的一幕。在大家「可憎」的目光中，佳芝確認了「失身」的後果，「失身」粉碎了她人格的一貫性。而佳芝是將此行為作為「演戲」來看：那不是真的自己，只是扮演的角色（假自己）而已。

通常，人是通過他人的視線來感覺自己的身體並確認自己的存在的。在正常情況下，這是一個良性循環的過程。明星時期的佳芝就是如此。如下圖所示：[29]

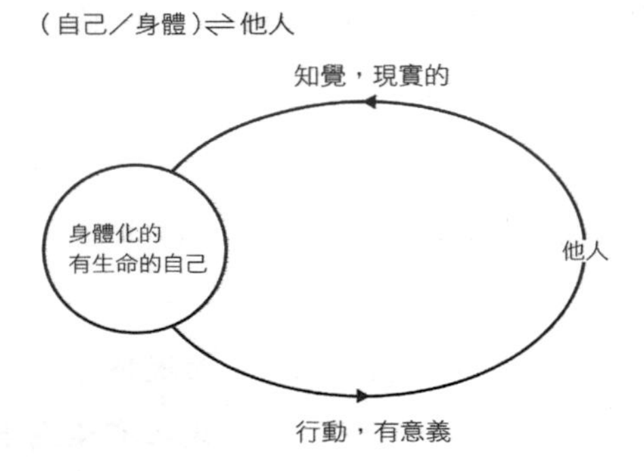

「失身」後，佳芝的自我分裂，變成

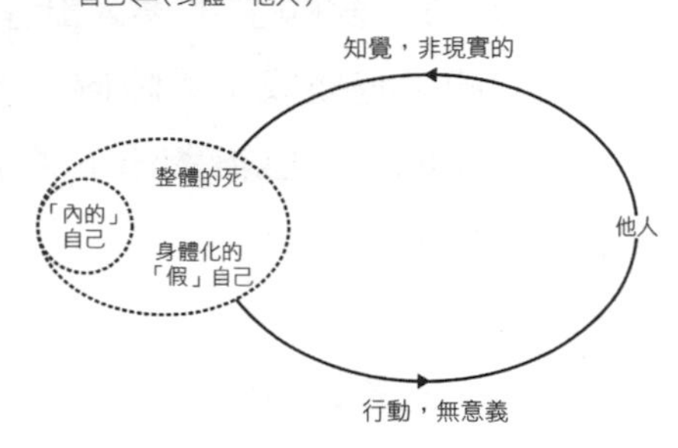

佳芝讓自己「分身」的角色（「假自己」）演出了這場「骯髒的性」戲。然而，同夥們卻無此共識，君子貌變，翻臉不認，向她投來了「可憎的眼光」。直面這一「現實」，「恥辱」取代了「驕傲」，「自尊心」蕩然無存，佳芝的自我被撕裂。失去「處女」的佳芝與自己的身體之間有了不可彌合的裂痕，懷疑「身體」「染上了髒病」，憎恨自己「上了當」。與此同時，他者對自己負面的評價內化，罰戒性權力（disciplinary Power）[30]從內面啟動，佳芝不能繼續與同夥共處，遠離他們，在孤獨的絕望中體會自己。按張愛玲的說法是「有點心理變態」。在無條件服從的「國家」這一「大義名分」下，再次接受任務的佳芝看著自己「還是在舞臺上賣命，不過沒人知道，出不了名」。此時，與「同夥」之間，別說連帶感，連起碼的「好感」都沒有了。

既無「自豪」感，又缺乏「勇氣」，找不到意義，看不清目的，充滿虛無感的佳芝領易進了首飾店——

> 她腦後有點寒颼颼的，樓下兩邊櫥窗，中嵌玻璃門，一片晶澈，在她背後展開，就像有兩層樓高的落地大

窗，隨時都可以爆破。一方面這小店睡沉沉的，只隱隱聽見市聲——戰時街上不大有汽車，難得撳聲喇叭。那沉酣的空氣溫暖的重壓，像棉被搗在臉上。有半個她在熟睡，身在夢中，知道馬上就要出事了，又恍惚知道不過是個夢。

陳輝揚認為：

當然這段文字涉及心理分析，弗洛伊德（S.Freud）對崇拜物（fetish），自我分裂等問題的探討，都可以在這裡尋到一些線索。最明顯的是「有半個她在熟睡」，這半個她無疑是敘事的主體，但另外那半個她呢，我相信另外的半個她已成為敘事體的對象（object），換言之，王佳芝在這個幻想（fantasy）裡，同時是慾望的主體和對象。[31]

陳輝揚從「自我分裂」這一視角成功地分析了佳芝的狀態。

在此基礎上，筆者參照精神醫學專家兼思想家R・D・勒爾的說法，進一步解釋佳芝的狀態。勒爾將「自己從身體中暫時脫離的狀態」定義為「分裂病狀態」，據他說，這是關在強制收容所，時刻處於恐怖中，明知自己無法從中脫身的被囚的人身上常見的一種反應形式。對這些囚人來說：

唯一的出口是從自己〈向內的〉身體〈向外〉

> 尋找精神的避難所。這種逃離的特徵是〈像在夢中一樣〉、〈不像是真的〉〈我不認為這是現實〉……的想法，即喪失了現實感的疎離感覺。表面看來，身體還在正常地行動著，而在內面的感覺卻是，身體在按照自身的規律自行其事。
>
> 然而，儘管處在體驗夢中的狀態或處於非現實的身體自律性的行動之中，自己卻並不處於〈假眠〉狀態。事實是：這時的自己反而過度的明敏，正用罕見的思路明晰地思考並觀察著。[32]

佳芝正是處於這種身體分裂的狀態之下。此時，佳芝對「性」的一連串的思考，是她試圖將「性」體驗的碎片放進自己身體形成的脈絡之中，為它定位的嘗試。她絕望地努力著，希望重建崩潰的自己與外部世界的聯係。結果是，佳芝有生以來第一次感到了渴望著的「被愛」，並立即回報對方以同樣的「愛」，脫下了扮演的（「性」「愛」分離的）壞女人的戲裝，還原成本來的自己——一個（「靈」「肉」融合的）好姑娘。正是這一刻，她放棄了「愛國者」的立場。

通過佳芝的經歷，我們看到，自始至終，佳芝的性從未屬於過她自己——起先屬於未來的丈夫，後來又以「國家」的名義貢獻給了「同夥」和「敵人」。自始至終，佳芝只是一個「性」對象。而「美人計」之所以能成立，也正是因為社會有著這條約定俗成的規則。

愛國青年們既要佳芝為國獻「性」，又要她「全貞」，張愛玲嘆到：「又吃掉蛋糕，又留下蛋糕」[33]，何等荒謬！

何等殘酷！

（二）從國家到身體——女性書寫

被回收為「處女膜」「陰道」的愛國女學生佳芝的遭遇告訴我們，女性的生理器官雖然在肉體上屬於女性，卻並非女人所有。

《生死場》中的金枝說：「從前我恨男人，現在我恨日本人」。「我恨中國人，除此之外，我什麼都不恨」。這句話與佳芝的「恨鄺裕民」一脈相承。

劉禾通過《生死場》中有關農民女性的生活細節，尤其是大量有關「生」與「死」的場面讀出：

> 女性的身體在蕭紅這篇小說中是有血有肉的存在。由於它的存在，「生」和「死」的意義因此被牢牢地落實在生命的物質屬性之上，而得不到絲毫的昇華。「生」在女人的世界裏指生育，它所引發的形象是肢體迸裂，血肉模糊的母體；「死」也指向一個與之相關的血淋淋的現實，讓人看到肉體的觸目驚心的變質和毀形，而決無所謂靈魂的超拔。蕭紅在這裏苦心經營了一個女人的敘事，它向讀者展示女人是怎麼活的；她與週圍的世界怎樣發生聯繫；為什麼身體的經驗對於女人又是那麼實實在在的。反過來，蕭紅也向男權——父權社會提出了尖銳的批評，這一批評不僅針對男權——父權的等級制度對女人的壓迫，而且還暴露了蕭紅的寫作同男性寫作的根本衝突。對於蕭紅

> 來說，生命並非要進入國家、民族和人類的大意義圈才獲得價值。在女人的世界裏，身體也許就是生命之意義的起點和歸宿。[34]

與蕭紅的文本不同，張愛玲處理的問題是：女性的身體是如何與國家、民族這個大意義相關聯的。〈色，戒〉最後，易的自我陶醉發人深省：

> 她臨終一定恨他。不過「無毒不丈夫」。不是這樣的男子漢，她也不會愛他。
>
> ……
>
> 他覺得她的影子會永遠依傍他，安慰他。雖然她恨他，她最後對他的感情強烈到是什麼感情都不相干了，只是有感情。他們是原始的獵人與獵物的關係，虎與倀的關係，最終極的佔有。她這才生是他的人，死是他的鬼。

易用傳統家長制的俗語，賦佳芝的死以意義，得到了自我滿足。

《生死場》中的趙三說「我是中國人……生是中國的人，死是中國的鬼」，此話與易的話語相彷。沒有比這兩句話更為簡潔地傳達出男性和女性與國家關係的話語了。

男性→土地→國家

女性→性之歸屬→（男性→國家）

蕭紅和張愛玲講述的抗日戰爭中的女人們，用她們的身體告訴我們：

男性是通過土地與國家發生聯繫的，女性則是通過自己的「性」所屬的男性來體驗與國家的關係的。

佳芝的故事告訴我們，當「愛國」話語與「性、愛」話語同時作用在一個知識婦女身上時，她的身體會變成什麼模樣。佳芝身體的分裂源自共同體內部話語的分裂，「羊毛」（佳芝）出在羊（愛國學生共同體）身上，佳芝、女性的弱點也是共同體、人性的弱點。「色」之「戒」為全體國民之戒，也是現代文明之戒。

1960年代初，一位美國女性問張愛玲，你對1949年以後的新中國有什麼看法？張回答說：

> 對一個女人來說，沒有一個社會比1949年前的中國還要壞。[35]

這句話表明了張愛玲一貫的立場——女性之立場。這，既是〈色，戒〉的出發點，也是它到達的終點。

注釋：

1 周鼎，〈淺斟細酌談《色，戒》〉，臺北：《書評書目》69期，1968年。

2 臺灣皇冠出版社，1983年。

3 〈惘然記〉，《惘然記》臺灣皇冠出版社，1988年。

4 筆者手頭就有兩本：《十大特務秘史》，華文出版社，1996年、《上海特工戰》，上海書店出版社，2000年。

5 唐弢、柯靈編，《周報》，連載〈蟄居散記〉第5回，1945年10月。中華人民和國成立後1951年出版的《蟄居散記》（上海出版公司）中，此文被刪。

6 也是汪傀儡政府的社會部長。

7 〈鄭蘋如謀刺丁默邨顛末〉。

8 〈周佛海的下場〉，《人鬼之間》，群眾出版社，1993年。

9 《中國時報》，〈人間副刊〉1978年10月1日。張的反駁文載於該報〈人間副刊〉1978年11月27日。

10 〈自序〉，《續集》，臺灣皇冠出版社，1988年。

11 1959年，日本日刊新聞社初版。1975年春，臺灣遠行出版社再版。同年10月，排印中的二版遭阻。1976年，部份刪除後出版，不久禁止發行。1990年，臺灣三三書坊全文出版。

12 朱天文，〈自序：花憶前生——記胡蘭成八首〉，《花憶前生》，臺灣麥田出版有限公司，1996年。

13 刪去汪政權的部分後出版。朱天文，〈自序：花憶前生——記胡蘭成八首〉。

14 前出〈淺斟細酌談《色，戒》〉。

15 〈色，戒？惘然！〉，《張愛玲新論》，臺灣書泉出版社，1996年。

16 臺灣麥田出版有限公司，1994年。

17 劉川鄂這樣展開論述：佳芝「難解自己感情真偽，難解感情與理智關係」，「到關鍵時刻，又把她還原為女人，還原為感情用事，感情遮閉雙眼的盲目者，情感動物。」「色之戒」是「女人之戒」，「更是情之戒」。（《張愛玲傳》，北京十月文藝出版社，2000年，第383頁）。

18 陳以「夢」與「月亮」為關鍵詞來討論張愛玲的文本，將〈色，戒〉作為個案專門分析。鄭樹森編選，《張愛玲的世界》，臺灣允晨文化出版，1989年。

周芬伶基本上也用的是此法，同時，周也引用了張的反駁文，看到了王佳芝的動搖與同學對她的惡劣態度的關係。與劉川鄂的說法的不同之處，是她沒有強調「女性」而是認為王佳芝與易兩人都有「病態美」。周芬伶著，《艷異——張愛玲與中國文學》，中國華僑出版社，2003年，第240-241頁。

19 沿用張愛玲使用的詞彙。筆者認為張不用「處女」而用「童貞」（〈羊毛出在羊身上〉），意味深長。旨在強調小集團的男性對己也「態度嚴肅」。

20 1931年，根據中華民國民法，妾失去了法律上的配偶身份，但並未被禁。1949年中華人民共和國成立後，1950年5月1日施行的《中華人民共和國婚姻法》方才確立了事實上的一夫一妻制。參見：白水紀子，〈從中國現代文學看民國時期的納妾制〉，《日本中國學會報》第51集，1999年，《中國女性的20世紀——近現代家長制研究》（明石書店，2001年）。

21 前出〈不吃辣的怎麼胡得出辣子——評《色，戒》〉，《中國時報》〈人間副刊〉。

22 前出〈羊毛出在羊身上〉。
23 指辜鴻銘（1857－1928），著有《中國人的精神》。
24 前出〈羊毛出在羊身上〉。
羊毛：戲劇術語。指戲曲的圈外人，尤指外行，含有輕蔑之意。（上海戲劇研究所、中國戲曲家協會上海分會編，《中國戲曲曲藝辭典》，上海辭書出版社，1981年）
25 《民族主義與社會性別》，青土社，1998年。
26 〈談女性〉，《流言》，張愛玲刊行，中國科學公司印刷，1944年12月。
27 〈洋人看京劇及其他〉，《流言》。
28 聶紺弩，〈確係處女小學亦可〉，《男男女女》，黃子平編，人民文學出版社，1990年。
29 Ｒ・Ｄ・勒因，《分裂的自己》，美篤書房，1991年。
30 福科認為，近代的懲罰權力之作用並非以公開處刑對肉體施以痛苦和侮辱，而是對於精神。所謂罰戒性權力，是以符號學為工具刻在「精神」（頭腦）中，控制人的思想以征服肉體的。（米歇爾・福科，劉北成、楊遠嬰譯，《規訓與懲罰》[Discipling and punish]，生活、讀書、新知三聯書店，1999年）。譯者說，本書的英文題名「Discipling」可譯為中文的「紀律」，「戒律」或「訓戒」。「規訓」為「規範化訓練」之意，筆者認為這一點與〈色，戒〉中表達的傳統社會對女性的「訓戒」相通。
31 前出〈歷史的回廊　　張愛玲的足音〉。
32 Ｒ・Ｄ・勒因，《分裂的自己》。
33 〈羊毛出在羊身上〉。
34 《語際書寫》第6章〈文本、批評與國民國家文學〉，香港天地圖書，1997年。
35 司馬新，〈張愛玲的今生緣——《張愛玲與賴雅》之外一章〉，《聯合文學》第13卷7期，1998年5月。

參考書目：上野千鶴子，《家長制與資本制》，岩波書店，1990年。

香港浸會大學主辦「張愛玲逝世十週年紀念國際學術研討會2006」發言稿

原文為日文，刊載於《中國研究月報》第646號，2001年12月，（社團法人）中國研究所，東京。

中譯文作了部分刪改。

張愛玲和《新東方》

〈自己的文章〉可看作是張愛玲的文學綱領宣言。一般都認為張愛玲此文是回應《萬象》上迅雨（傅雷）的批評文字。但從《新東方》發表此文的時間看，更像是回覆胡蘭成。

一

一九九二年春天，我到北京去查資料，在「三味書屋」遇到了一位張迷，三十出頭，在一家外國商社的駐京辦事處工作。他對五十年代以後在臺灣和香港出版的張愛玲的著作和相關研究資料都很熟悉。我們談得很投機，從書店出來，意猶未盡，又一起去民族飯店的咖啡館。走在路上，他向我提了一個問題，「你能給張愛玲的這兩篇作品繫上年嗎？」他說的是〈鴻鸞禧〉和〈存稿〉。我語塞的同時又很佩服他「迷」的程度，我雖然以張愛玲為題寫出了碩士論文，但在資料方面並沒有什麼突破，甚至連他這樣的問題意識都很淡薄，所以在北京查資料時，也只注意大學和研究機關的最新論文，沒在找老雜誌方面下功夫。

六十年代到七十年代，臺灣的唐文標先生曾花了十年時間，「上窮碧落下黃泉」，在香港、斯坦福、加州、哈佛、耶魯、倫敦、劍橋、烈斯、芝加哥、哥倫比亞、東京、澳洲等大學圖書館搜尋張愛玲當年在上海的資料。當時，對唐先生來說，上海咫尺天涯，是一個可望而不可即的夢中家園。一九七四年，唐文標先生發表了〈張愛玲早期作品繫年〉（一九四三－－一九四五），他在文章前記中說明：

> 最遺憾的是，有一部分當時出版的雜誌，始終不能找得到，所以：《傳奇》中的〈鴻鸞禧〉的出處不明，〈中國的日夜〉也無下落，《流言》中下面幾篇也不知道初次面世的地方和時間：〈借銀燈〉〈銀宮就學記〉〈存稿〉〈雨窗（傘－筆者注）下〉。（《張愛玲研究》，臺灣聯經出版公司，一九八六年）

為此，唐先生專門去信詢問張愛玲本人，得到的回答是：「一九四三年春，〈花凋〉；夏，〈紅白玫瑰〉；秋〈鴻鸞禧〉，一九四四年〈等〉、〈阿小悲秋〉。」真是「隔著三十年的辛苦路」看月亮，印象陳舊而又模糊。

因此，唐文標先生沒能寫出〈年譜〉，而只發表了〈作品繫年〉。

一九八四年，唐先生將他收集到的所有上海淪陷時期有關張愛玲的出版資料：張愛玲的照片、張愛玲畫的插圖、扉頁、漫畫、書籍封面、第一次發表文章的刊頭及發表過張愛玲作品的各雜誌的封面及目錄頁彙總，原樣影印，最後一部分「雜碎」還影印了柯靈先生夫人陳國容女士手抄的聖瑪麗女校年刊《鳳藻》中的兩篇張愛玲的少作，印成一本三百八十三頁厚十六開本的《張愛玲資料大全集》，標明為「第一集」，表示他的「淘金工作」還會繼續下去。

可惜唐先生壯志未酬身先死，翌年因鼻癌去世。

一九八七年，在美學者鄭樹森先生發表了〈張愛玲與《二十世紀》〉（臺灣《聯合文學》第三卷第五期），查明〈借銀燈〉〈銀宮就學記〉兩篇的出處是英文雜誌《二十世紀》。後來，在鄭樹森先生，尤其是在上海陳子善先生的努力下，張愛玲的佚作被陸續打撈出來。

二

一九八八年春，我到東京大學留學，準備研究當時內地較少接觸的臺灣女作家。在泛讀準備聚焦的階段，讀來讀去，到處都蹦出一個張愛玲；和新加坡的伯母通信，她也常常提到張愛玲。張愛玲是誰？為什麼在臺灣和海外這麼紅？這是我讀張愛玲的動機，沒想到，這一讀就讀到現在，當初所謂研究臺灣文學的方向也改變了。

想想也真不容易，東京大學居然收藏了淪陷區上海出版的《紫羅蘭》、《雜誌》、《萬象》、《天地》、《小天地》、《風雨談》等雜誌，還有一九五九年日本新聞社出版的胡蘭成《今生今世》（錯印為《今世今生》）。我以唐先生的研究為據，將它們通通複查了一遍，一九九五年完成了博士論文。後來譯為中文，題名《傳奇文學與流言人生——張愛玲的文學》，一九九八年由北京三聯書店出版。該書的附錄〈作品・活動年表〉中，糾正了唐先生的些許疏忽，但《傳奇》和《流言》中的〈鴻鸞禧〉、〈存稿〉等四篇作品依舊沒能查明出處。

沒想到去年暑假，在當年淪陷區中心的南京民國文獻室（原南京檔案館），竟意外地發現了《新東方》雜誌。

一九四四年八月，《傳奇》剛問世四天就銷售一空。八月二十六日，雜誌社為此召開了書評茶會，會上有人問到張愛玲對《萬象》和《雜誌》所刊的批評，以為哪一篇適當時，張愛玲回答，「我的答覆有一篇〈自己的文章〉刊在《新東方》上。」（〈《傳奇》集書評茶會〉，《雜誌》一九四四年九月。）以此為據，唐文標在〈繫年〉中四四年七月一欄裡，寫上了「〈自己的文章〉，上海新東方雜誌。」當然，他沒找到《新東方》。

《新東方》是一份「政治・經濟・文化綜合」月刊雜誌，於一九四〇年三月在南京創刊，後來編輯部移到了上海。創刊的目的是為了配合汪精衛偽政府的成立，為其所謂的「和平運動」造輿論。負責人蘇成德，十六開本，每年二卷，每卷六期。現已確認出版到一九四四年第十卷。

創刊號的首頁，是汪精衛的近照，接著是汪精衛、周佛海、褚民誼等汪偽政府首腦人物的題辭。開始數月，每期汪精衛都親自撰文。到了一九四一年，「和運」八股漸漸讓位於文藝作品。一九四一年底，太平洋戰爭爆發，國際形勢一日數變，《新東方》又將重點轉移到了時事分析與討論上。

從香港返回上海，張愛玲在上海文壇初次露面的時間是一九四三年一月。翻看同年雜誌，在五月號（第七卷第五期）的目錄上發現了一篇〈中國女子服裝的演變〉，作者張寶權。一瞬間，閃出一個念頭：莫非張愛玲的〈更衣記〉還另有樣板？這樣想是曾吃驚於張愛玲構思的奇特，竟將一部走向「現代」的中國人的精神史輪廓從女裝的變遷中道出。後來知道了張愛玲曾師從許地山，而許地山一九三五年曾在《大公報》上發表過連載〈近三百年來底中國女裝〉，才明白天才也不是石頭裡發的芽。

翻開雜誌一看，闖入眼簾的竟是早已看熟的張愛玲畫的著清朝襖子端凝淑女的插圖，再仔細一讀文字，更是吃驚不小，這不就是張愛玲初登文壇的名作——“Chinese Life and Fashions”（〈中國人的生活和時裝〉，《二十世紀》一九四三年一月）譯文嗎？標題下赫然印著「張寶權」三個字。比起半年後張愛玲自己譯的〈更衣記〉來，張寶權的譯筆顯得艱澀生硬。張寶權在《新東方》上常有英文譯文發表，一九四四年的五月號裡，還和張愛玲同期載文。想來是編輯一時疏忽，少印了「翻譯」二字吧。

卡片上寫明一九四四年還有兩冊《新東方》，但書庫裡卻找不到，無奈，只好把希望寄託在上海。

三

到上海的當晚，在書城逛了一個晚上。當看到陳丹燕已出版一兩年的《上海的金枝玉葉》和《上海的風花雪月》仍高居暢銷書榜一、二位時，不由得高興起來。看來，上海人都跟我一樣，從心底喜歡上海的舊人故事。

一九九六年新落成的上海圖書館，其堂皇勝過日本國會圖書館，在那裡讀書，真是享受。一九九六年春，曾專程到上海訪問張愛玲的弟弟張子靜先生，當時對上海的老建築特別感慨。外灘鐘樓，和平飯店，張愛玲的舊居……比起建築物，人真是可憐，不是嗎？才過了兩年，我把出版的新書寄給張子靜先生，卻被退了回來。那麼硬朗的他是再也看不到了。

是上海人感覺到了我對上海的情感吧，圖書館工作人員與我心心相印，居然為我從書庫中找出了卡片上沒有的書。用牛皮硬殼紙精心包好的厚厚的一冊，標籤上寫著「《新東方》，第九卷一至六期，第十卷一至六期，一九四四，一至十二」，簡直令人不敢相信。這才是「踏破鐵鞋無覓處」，它就靜悄悄地藏在張愛玲故鄉的圖書館。

二月號就出現了胡蘭成批判蔣介石暢銷書的文章〈《中國之命運》的批判〉。一九四三年，胡蘭成因寫了「日本必敗，南京政府必亡」的論文，被汪精衛關進監獄。四十八天後的一九四四年陰曆除夕，寫了悔過書後被放出，胡蘭成賦閒在家，所以有時間讀書寫作談戀愛。

三月號的第一篇論文又是胡蘭成的。接著作者欄中開始出現熟悉的名字：晶孫，路易士……張愛玲〈存稿〉。一九四四年二月四日，胡蘭成初識張愛玲。當時，張愛玲已寫出成名作〈傾城之戀〉和〈金鎖記〉，紅遍上海。這篇抄錄少作的〈存稿〉顯然是被「逼」出來的應急產品。看來胡蘭成是張愛玲和《新東方》的牽線人。

重要的是，這期還有胡蘭成的另一篇文章〈皂隸・清客與來者〉。文章從第二行開始就被黑墨塗去數行，大概是因言辭太激烈，沒能通過審查吧。這篇文章裡，胡批評了當時的文藝雜誌與文人，稱他們或為拿官方津貼的皂隸，或為專寫前朝掌故或近人軼事供官員們消遣的侯門清客。但對蘇青創辦不久的《天地》卻頗有好感，認為有些「潑剌的作品」，其中特別提到張愛玲的〈封鎖〉，稱其「非常洗練」，「簡直是寫的一篇詩」。用數百字介紹梗概後，他說：

> 我喜愛這作品的精緻如同一串珠鍊，但也為它的太精緻而顧慮，以為，倘若寫更巨幅的作品，像時代的紀念碑式的工程那樣，或者還需要加上笨重的鋼骨與粗糙的水泥的。

接下來五月號的第四、五期合刊裡，刊載了張愛玲的〈自己的文章〉。裡邊有讀者熟悉的幾句話，針鋒相對地回覆了胡蘭成：

> 一般所說的「時代的紀念碑」那樣的作品，我是寫不出來的，也不打算嘗試，……我甚至只是寫些男女間的小事情，我的作品裡沒有戰爭，也沒有革命。

〈自己的文章〉可看作是張愛玲的文學綱領宣言。關於她寫這篇文章的動機，自唐文標先生認為：「因《萬象》刊登了迅雨（即傅雷）的批評文字，張愛玲大怒，立即在《新東方》中寫〈自己的文章〉反辯。」(〈關於連環套〉,《張愛玲資料大全集》)以後,這一說法成為定論。

《新東方》的發現證明這一說法未必正確。迅雨〈論張愛玲的小說〉載於《萬象》當年五月號,出版時間是五月一日,《新東方》五月號則於五月十五日出版,前後僅相差半個月。從時間上看,我認為,〈自己的文章〉起因是為了回覆胡蘭成。從內容上也可證明,文章前面用了七分之四的篇幅針對理論、鬥爭、時代等關鍵詞談自己的創作主張,而這些概念恰恰是胡蘭成最愛用的。後半部分才對迅雨〈連環套〉「欠主題」的批評作了回應和辯解。很可能是成文後讀到迅雨文,臨時加上去的。

當年,胡蘭成讀完〈封鎖〉後,執意要見張愛玲,見到張愛玲後,便滔滔不絕地評論她的作品。從三月號刊載的胡蘭成文可以看出,那時的胡更關心的是「時代的紀念碑」式的宏大主題,視〈封鎖〉為「珠鍊」式的小裝飾,頗不以為然。可是,緊接著他就墮入了情網,文藝觀也隨著張愛玲發生了極大的改變。

如《今生今世》中胡蘭成坦率表現的那樣,張愛玲對胡蘭成是一個巨大的文化衝擊,其實胡蘭成對張愛玲也未嘗不是如此。張愛玲關注的是男女瑣事中的權力差(參差對照),胡蘭成代表著傳統「士」的文學觀,兩相撞擊,迸出火花,產生出這篇〈自己的文章〉。

接下來的《新東方》第六期裡,〈鴻鸞禧〉終於出現。本期的〈編輯後記〉對這篇小說作了簡單介紹:

> 張愛玲女士的〈鴻鸞禧〉，是一個結婚的故事，從落筆到結尾，輕鬆美麗，人物的性格與心理描寫，明確而生動，讀者從這篇小說中當更能見到作者在藝術上的創造。

小說結束頁的補白是一幅廣告，預告《傳奇》即將出版。

正如這期〈編輯後記〉所預告的，「因等待配給紙本刊無法如期出版」，四個月後的十月，第十卷第一、二期合刊才出版。十一、十二月又分別趕出了兩冊四期的合刊，篇幅均比最盛期縮短了一半，只有三十頁左右。十二月出版的五、六期合刊的最後，刊載了一篇左采的劇評〈舞臺上的《傾城之戀》〉。據陳子善先生介紹，一九四四年十二月十六日，張愛玲改編的話劇《傾城之戀》在上海公演，「連演八十場，場場爆滿，可謂盛況空前，經久不衰」（其實是七七場，後期也有賣半價的日子　筆者注）。陳子善先生在《力報》《海報》等報紙上挖掘了七篇劇評，證實了上海評論界的反應也同樣熱烈。同月出版的《新東方》裡左采的這篇三千字的文章，對《傾城之戀》的小說和劇本，演員和角色，舞臺場景和裝置都作了評論。這篇文章的出土，為張愛玲的讀者反應篇又增加了一個佐證。遺憾的是，《新東方》到此中斷。何時停的刊？尚有待證實。

《新東方》的發現，解決了《傳奇》《流言》中兩篇文章出處的懸案。剩下的兩篇，〈雨傘下〉是一篇不到二百字的小品，大概是雜誌或小報的補白；〈中國的日夜〉以《傳奇增訂本》「跋」的形式出現，或許是增訂本出版的同時發表的，或許藏在還沒出土的一九四五年的《新東方》上……。總之，張愛玲和老上海的故事還沒完，完不了。

原載上海：《萬象》第三卷第四期，2001年4月
《中華讀書報》2001年4月18日轉載

被遺忘的細節
——張愛玲・李香蘭合影時空考

一

張愛玲在去世的前一年完成的最後作品《對照記——看老照相簿》（臺灣皇冠出版社，1994年）中用整整一頁將她珍藏的一枚放大照片公佈於世。照片中是兩個年青女子，坐著的一個身穿有圖案的連衣裙，長髮披肩，容長臉，高額頭，眼皮搭拉向下，臉上透著幾分無奈；站著的身著素色旗袍，戴雙串項練，頭髮堆得高高的，圓臉，端莊漂亮。背後一頁有說明「1943年在遊園會中遇見影星李香蘭（原是日本人山口淑子），要合拍張照，我太高，並立會相映成趣，有人找了張椅子來讓我坐下，只好委屈她待立一旁」。文章接著說：

> 《餘韻》書中提起我祖母的一床夾被的被面做的衣

> 服，就是這一件。是我姑姑拆下來保存的。雖說「陳絲如爛草」，那裁縫居然不皺眉，一聲不出拿了去，照炎櫻的設計做了來。米色薄綢上灑淡墨點，隱著暗紫鳳凰，很有畫意，別處沒看見過類似的圖案。

急景凋年，張愛玲對當年那條連衣裙仍然情深如舊。從質地，顏色，圖案，花紋到來歷，款式，設計，裁縫都記得一絲不苟。而對兩任丈夫卻不著一字，更沒有一張他或他的照片。真正應了五十年前她在〈更衣記〉的那段名言：

> 劉備說過這樣的話：「兄弟如手足，妻子如衣服。」可是如果女人能夠做到「丈夫如衣服」的地步就很不容易。……多數女人選擇丈夫遠不及選擇帽子一般的聚精會神，慎重考慮。再沒有心肝的女子說起她「去年那件織錦緞袂袍」的時候，也是一往情深的。

與對連衣裙細節的準確記憶相映成趣，張愛玲把拍照片的時間及地點全記錯了。正確的時空應是「1945年7月21日，」於「咸陽路二號」「納涼會」上。依據是一九四五年八月上海雜誌社出版的《雜誌》〈納涼會記〉一文。文中穿插了這張照片，另外還有一幅「納涼會」到會主要人員的合影，背景和這張照片一樣，連張李兩人一坐一站的位置都沒變，左邊加了張愛玲的姑姑，背後站著炎櫻，李香蘭右邊加了一女人及著長衫的倆中年男人。正文前面出席者名單裏印有「陳彬龢，金雄白」的大號鉛字，赫然排在李香蘭，張愛玲的名字之前。

熟悉淪陷區新聞媒體的人都知道，陳彬龢與金雄白均為當時顯赫一時的媒體巨頭。陳彬龢是《申報》社長，金雄白為《平報》社長，前者的後臺是日本，後者的靠山是周佛海。相互為了各自的利益，既勾結又牽制，在公開場所總是形影不離。那麼「咸陽路二號」又是什麼地方呢？查大多數上海地圖（包括歷史地圖）及問本地老人，都無結果。筆者猜測可能就是亞爾培路二號金雄白用於招待客人的私宅花園。後來終於找到一本地圖驗明正身，沒錯，是亞爾培路，現在叫陝西南路。只有1943年到1945年那兩年叫咸陽路。1945年8月，抗戰勝利，金雄白即將這處房產捐給了蔣介石的國民黨。2000年至2001年上海「火焰山網站」的連載小說《英雄無語》中，一中共上海特派員在1947年3月被捕後，就是被關在上海「亞爾培路二號」的，那時招牌已換成「國民黨中統局上海分部」。

二

張愛玲提示我們：

> 心理分析宗師弗洛依德認為世上沒有筆誤或是偶爾說錯一個字的事，都是本來心裏是這樣想，無意中透露的（《對照記》）。

張愛玲把照片的時間誤記為1943年，這之中透露了什麼樣的訊息呢？懂得張愛玲的一生，這個謎不難破解。對她來說，「1943年至1945年」是今生今世最輝煌的日子。短短兩年時間，完成代表作《傳奇》和《流言》，從一個初出茅廬的新手躍上了上海文壇的峰巔。在大腦的數據庫裏，這是一份完美無缺的檔案，沒有細目，整塊展現在記憶的屏幕上。

但「遊園會」又是怎麼回事呢？雖說張愛玲是職業小說家，擅長講故事，但不會對自己的照片隨意編排。這也應該是「本來心裏是這樣想」的吧！

最近為別的選題查閱淪陷區時期的《申報》，不料卻意外地發現了隱身多年的「遊園會」。

1944年7月6日，《申報》的第二版用醒目的字體打出「遊園演講會」的標題，兩邊印著小一些的字「新聞聯合會舉行」，「8日晚在哈同花園」。消息如下：

> 上海新聞聯合會鑑於南太平洋與歐亞大陸戰局之激烈，為使一般人士進一層認識起見，特定於本月8日下午7時，假靜安寺路哈同花園舉行「市民遊園演講會」，演講者為中央海軍學校校長姜西園中將，日海軍當局特派軍樂隊演奏名曲。同時為增進來賓興趣之見，之前先由中華電影公司紅星歌唱，由中華大樂隊伴奏。最後放映名片。……哈同花園係滬上名園，向不開放，此次「新聯」借該園舉行遊園會，系屬創舉。所有入場券一律免費贈送，各界如欲前往參觀，可持正式函件，至大上海路160號面索。惟又限每單位5張。

7日的《申報》又報導說：入場券分贈已完，放映的影片為歌舞巨片《鸞鳳和鳴》，日本海軍軍樂隊演奏節目臨時取消，而加長影星之歌唱時間。8號報導了大會主席團成員，內有陳彬龢、金雄白、袁殊（共產黨地下工作人員，表面身份為日系《新中國報》社長）等人。廣告大肆鼓吹「大會節目繁多，為過去任何演講會放一異彩」。「同時應付盛暑起見，設有冷飲部」，「中華電影公司特派員在場攝製新聞片」。

會後第二天，9號的《申報》刊出長文，介紹了前一天晚上的盛況並用大半篇幅刊載了「姜氏演講」的內容。據報導，會場設在哈同花園中央廣場，出席者有「盟邦艦隊報導部平田大尉，林囑託，暨工商各界名流」，共計數千餘人參加了活動。全部程序按計劃進行，第一警察樂隊在現場演奏，新聞片也如期拍攝。名單裏出現了一個熟悉的名字——魯風。魯風是《雜誌》社負責人。據研究者披露，他也是打入敵偽心臟的中共地下黨員（陳青生，《抗戰時期的上海文學》，上海人民出版社，1995年）。

在以政治為中心的這篇報導中，助興的紅星自然榜上無名。那麼當晚演唱的紅星是誰呢？極可能是李香蘭。報導所說的「紅星」的所屬單位「中華電影公司」全名應叫「中華電影聯合股份有限公司」，是1943年由日本方面的「中華電影公司」將上海「中華聯合製片公司」合併而成的。

「中華電影公司」於1939年在孤島上海由日本人川喜多長政創立。1942年，在日方的強硬壓力下，上海的12家電影公司合併，成立了「中華聯合製片公司」，川喜多任副董事長。5月，兩家公司加上「滿洲映畫協會」，共同製作出品了紀念鴉片戰爭一百週年，反對英帝國主義的電影《萬世流芳》。李香蘭原屬滿洲映畫協會，在此片中，讓李香蘭扮演主角，使她得以擠入當時上海影壇最紅的明星陳雲裳、袁美雲的行列。《萬世流芳》大獲成功。按山口淑子的說法是：「（此片）在日本人看來，是抵抗在鴉片戰爭中企圖將中國殖民化的盎格魯撒克遜人，從而振奮與『鬼畜美英』的鬥志，在中國人看來，卻是與外來敵人（日本）的侵略作鬥爭的抗日影片」。因此《萬世流芳》同時還被重慶和延安接受（山口淑子、藤原作彌，《李香蘭　我的半生》，日本新潮社，1986年）。這一事實說明，脫離了歷史的具體場景及思想文脈，任何「大道理」都只是一具空殼。話又說回來，因《萬世流芳》的轟動，「賣糖歌」風靡全國，原在上海名聲平平的滿映演員李香蘭一舉走紅。

在這次遊園會的一週前的1944年7月1、2、3日，中華電影聯合公司與滿洲映畫協會在蘭心大劇院舉辦了「李香蘭獨唱會」。6月28日的廣告宣佈開始預售票，第二天即宣告票已售罄。此時的李香蘭掛著兩個牌子，名義上仍屬滿映，其實身心都在川喜多的中華電影聯合公司。在上海站穩了腳的李香蘭，數月後解除了與滿映的合同，正式退出滿映，專屬中華電影聯合公司。

直到戰後一同被遣返回日本之後，很長一段時間，川喜多都充當著李香蘭的監護人角色。張李拍照的那次納涼會，川喜多也出席了。他與李香蘭的關係，頗似姑姑張茂淵與張愛玲。抗戰勝利後，李香蘭以漢奸罪被審判，出主意找來日本國的戶口謄本，證實李香蘭原名山口淑子，是日本某縣某鎮山口某某家之女，從而救了她一命的恩人就是這個川喜多。「遊園會」當時，李香蘭正準備將自己的未來投入上海，這樣的機會，川喜多及她本人都是不會放過的。

當天上映的《鸞鳳和鳴》是周璇主演的音樂片。當時周璇也屬「中華電影聯合公司」，很可能獻藝「紅星」中也有她。估計那天上海灘所有的「紅星」，影壇名流全部在場。

至於張愛玲，當時已是著名女作家，屬文壇名流。加之她與《雜誌》社有著非同一般的關係，不僅成名作都發表在《雜誌》上，兩個月後的1944年9月，她的第一本小說集《傳奇》也將由雜誌社出版。1944年初以來，雜誌社大小活動都離不了張愛玲，這次遊園會拉上張愛玲也屬順理成章。

無論如何，張愛玲的「筆誤」已向我們透露，她在「遊園會」上見到了李香蘭。那次應該是兩人第一次會面。在此之前，張李還有過一次象徵性的聚會：1943年春，張愛玲開始為英文雜誌《二十世紀》寫影評，第一篇影評刊出，就與李香蘭打了個照面——《二十世紀》的5月號中，張愛玲英文影評對開的一頁，即是《萬世流芳》的電影廣告，三幅劇照的正中一幅，是李香蘭所飾的賣花女鳳姑的一張照片。「英文影評」與「中國姑娘」——兩位擅長「變化」的現代女性以這種方式完成了她們的初次「相會」。接著的6月號中，張愛玲評《萬世流芳》，讚揚了李香蘭的歌藝及直率的演技。

然而，有聲有形的第一次親身相見，是在這次遊園會上。印象深刻，不可磨滅。隨著年輪的增長，後來的印象都淺了，平了，只留下這一道刻痕。多少年後，在張愛玲大腦庫存裏，與李香蘭所有的緣份都併入了這一回。

哈同花園又名愛儷園，原址位於延安中路現在的上海展覽中心，為英籍猶太人富商哈同（Silas Aaron Hardoon，1847-1931年）的私宅花園，佔地200（一說300）餘畝，曾是上海最有名的私家花園。太平洋戰爭爆發前，哈同夫人亦已去世，花園日漸衰頹。1943年至1944年，《萬象》主編柯靈，特約在愛儷園居住了二十多年的畫師李恩績（署名凡鳥），寫了長篇掌故《愛儷園——海上迷宮》，在《萬象》連載。文章披露了鮮為人知的園中前塵往事，從少爺管事到琴師小工，還配有人物和風景照片。「羅迦陵、姬覺彌、春蘭丫頭」等在「夢夏湖、一帶春、跨虹橋畔」發生的種種逸事，再次喚回了「海上大觀園」的熱鬧繁華。當時站在張愛玲家陽臺上，不僅能看到靜安寺路口來往的電車，還能看到哈同花園的一角。睹物讀文，睹物作文，1944年《萬象》的新年號中，張愛玲的長篇小說連載〈連環套〉裏就有兩處提到了這座園子。王安憶說：「『哈同』這名字帶有上海這城市起源的味道，還帶有上海傳奇的味道」。張愛玲作為「上海傳奇」的開山鼻祖，又是「哈同」的街坊，哈同花園的影像早已印刻在生命的底版上了。

金雄白的私宅花園與哈同花園，規模雖不能同日而語，局部應有相似之處：都是帶花壇草坪的西式洋房。光憑照片的背景及西式軟墊椅，在張愛玲記憶中，不知不覺，金雄白私宅花園置換成哈同花園，「納涼會」也隨之化為了「遊園會」。

三

話到這裏，已經說完。順便披露一段「餘韻」。1944年3月16日、1945年2月27日，連續兩年，雜誌社為紀念三八婦女節，舉行了「女作家聚談會」及「蘇青、張愛玲對談會」。兩次會《雜誌》上都有記載，早已眾所周知。但是，此前的1944年2月7日，還開過另一個「女作家座談會」，此會至今無人提及。

1944年2月8日的《申報》第二版中央報導了這次《女作家座談會》。內容如下：

> 中日文化協會滬分會在亞爾培路該會舉行茶會，招待上海婦女作家。計到天地社主編馮和儀（蘇青），文友社編輯潘柳黛，婦人大陸社編輯春野鶴，太平洋週報編輯室伏古樂，日本文藝主潮社同人三村亞紀，及女作家張愛玲、潘瓊英、陳綠妮、陳梅魂等，又著名畫家村尾絢子，前曾赴漢口前線考察，亦參加該會。由事務局長周化人氏主席，就中日婦女生活，文學創作，婦女總動員諸問題，有所討論，情緒熱烈，至5時餘散會，同晚6時該會在錦江餐館設宴招待日本著名文學批評家小林秀雄氏。到小林秀雄，陶晶孫，丘石木，柳雨生，魯風，潘予且，石川佐雄，草野心平，馮和儀，關露，佐藤貞（應為「俊」，筆者注）子，文載道，等多人。首由主席周化人介紹小林氏對

日本文壇之功績，繼由小林秀雄致答辭，並即席討論中國文學界之動向。

中日文化協會是5個月之前日偽為更好地控制媒體而成立的。這裏提到的與會人員，現在弄清楚真實背景的，除上述的魯風以外，還有關露，她也是中共地下黨員。

1995年及2000年，在臺灣、香港分別召開過張愛玲研討會。日本研究者池上貞子和藤井省三分頭在會上宣讀了論文，他們都提到了「室伏古樂」（室伏クララ），她是第一個翻譯張愛玲作品的譯者。

早在1944年6月，室伏古樂就已將張的〈燼餘錄〉譯為日文，連載於日文《大陸新報》。上述史料的發現，回答了藤井教授在他的新論中的疑問「室伏古樂和張愛玲，最終兩人有過見面的機會嗎？」（〈「淪陷區」上海戀愛著的女子——張愛玲和室伏古樂，李香蘭〉，《李香蘭與東亞》，四方田犬彥編，東京大學出版會，2001年12月）。在這篇文章中，藤井教授還有一個問題——「如果她倆真見了面，會圍繞著東亞的文明，以及在此文明中的愛與性作出什麼樣的對話呢？」對這個問題，張愛玲早有答卷，那就是她的著述。圍繞此話題，張愛玲與李香蘭也算有過對話。說「算」是因為讀「納涼會記」，感覺張李二人，自說自話，互不咬合。而「敲邊鼓」的日系陳彬龢及周系金雄白反倒鼓噪不休，中共黨員魯風則不時在關鍵處插上一句，一針見血。在知道各人背景後的現在讀來，這篇「納涼會記」好像「文革」期間人人都會唱的一場「智鬥」。至於兩位「主角」呢？我們看到的是：「最了解近代的明文（文明之誤，筆者注）的，同時又把握住中國傳統文明的精髓」（魯風語）自信自重的「第一流的中國女作家」張愛玲，與藏在「第一流的東亞女明星（陳彬龢語）」李香蘭的面具下，「過為人家的生活（川喜多語）的「好像不是在做人」的「很寂寞」「很想做壞事」的山口淑子。

星移斗轉，張愛玲與山口淑子不復再見。儘管後來在香港和美國，二人還共有過重合的時間。

不過，總算在張愛玲的老照像簿裏有了這張照片。有了，就有在那裏了，使這世界顯得更真實。

原載《萬像》2002年第6期

「出走」與「上樓」
——女性・時代・政治

一、孤島時期的「出走」戲

中國人從《娜拉》一劇中學了「出走」。無疑地，這瀟灑蒼涼的手勢給予一般中國青年極深的印象。

張愛玲生活在一個「出走」的時代。抗日戰爭時期的上海，出走不是手勢，而是行動，是潮流。

1937年8月，日軍攻打上海，文化人及舞臺、銀幕演員紛紛出走：巴金、田漢、趙丹、王瑩、袁牧之、鄧波兒……。

是年11月11日到1941年12月8日，史稱「孤島」時期，共產黨地下黨員于伶創建了上海劇藝社，用話劇作武器，篳路藍縷，劈荊斬棘，發展觀眾，打開了大劇場的市場大門。

于伶還是劇作者，劇藝社創辦初期，上演的幾乎都是他創作的劇本。耐人尋味的是，他的幾部以現代為題材的戲均以女性為主角。這些戲結局雷同，佼佼者無一例外，全部出走。《女子公寓》中的沙霞去了「老遠老遠的地方」；《花濺淚》的舞女米米作了看護，上前線去搶救傷員；《夜上海》中，鄉紳梅嶺春告誡周圍的年輕人：「在這兒是熬，回去是鍛鍊，磨練！」，暗示他（她）們到蘇北去參加新四軍。

無獨有偶，1941年，夏衍從桂林寄來《愁城記》劇本，由劇藝社公演，結尾也是：幕帷在婉貞「（愉快地）好，一起走，平」，並拉了梅芬出走的場面落下。

《愁城記》〈代序〉中，夏衍引用《莊子》中的「涸轍之鮒，相濡以沫，相煦以溼，不若相忘於江湖」，解釋了出走的意義：「相煦相濡，在個人是美德，這是無疑問的，可是，在涸轍中，於人於己，究有些什麼好處？我相信，有的人可以用力量來使涸轍變成江湖，而這些方才感覺到自己是處身於涸轍的懦弱者，煦濡之後的運命，不是可以想像的嗎？於是『不若』和『不得不』相忘於激盪的江湖，也許是這些善良的小兒女們的必然的歸結了，我又遐想到上海，也許在這情境下，從涸轍到江湖，並不是困難的事吧」。

舞臺人物出走的背後，有著時代的要求：當時，國共兩黨都在召喚知識人：1939年9月3日，字林報以〈重慶政府引導學生去內地〉為題，報導說，國民政府讓上海的學校當局製作在校學生的名單，教育部長陳立夫在立案時說，將給予上海青年為國家工作的機會，蔣介石在文件上簽了名。同年12月1日，毛澤東亦在延安號召：「共產黨必須吸收知識分子，才能組織偉大的抗日力量……沒有知識分子的參加，革命是不可能的。……資產階級政黨正在拼命地同我們爭奪知識分子。」

據統計，1936年4.5億人口中，全中國接受中等教育的學生共62萬7246名，受高等教育的學生只有4萬1922名，珍貴程度自不待言。

夏衍與于伶是知識人共產黨員，前者在八・一三以後即與大多數左翼人一起撤離上海，輾轉廣州、桂林，開展救亡運動；後者於1941年春奉組織命令離開上海，奔赴香港。

二、淪陷時期的女作家

隨著局勢的變化，更多的愛國人士及文化人出走：柳亞子、阿英、吳永剛……1941年12月8日，上海全面淪陷，出版業被日軍掃蕩，抗日書籍被沒收。

弔詭的是，短期的蕭條以後，一批年輕知識人崛起，他（她）們大多前不久還是大學或高中的在校生。女作家最為眩目：張愛玲、蘇青、施濟美、潘柳黛……，劇作方面亦出現了女性——儘管這裡不乏前輩：陳衡哲、白薇、袁昌英，但因商業話劇的條件未成熟，她們的作品從未「活起來」過。

1942年秋，集編、導、演一身的夏霞的《寡婦怨》在新劇場麗華公演，繼而楊絳的《稱心如意》、《弄真作假》登臺，最轟動的當數張愛玲的《傾城之戀》，1943年，同名小說在《雜誌》上連載，後收入《傳奇》。1944年9月，《傳奇》出版，發行四天便銷售一空。話劇由新成立的大中劇團於1944年12月16日在裝修後的新光劇場公演，朱端鈞導演，羅蘭、舒適主演，翌年2月7日結束，共77場，為女性劇作家作品中最轟動的一部。

三、話劇《傾城之戀》

《傾城之戀》的本事如下：

破落戶的女兒白流蘇，嫁了一個丈夫不成材，寄住在娘家，娘家連母親在內都是勢利的，給了她許多痛苦。親戚徐太太上門替她的異母妹說親，看她可憐，順便為她做媒，與人做填房。

妹妹讓她陪同去舞場相親，對方是有錢的華僑范柳原。范看上了流蘇，施計謀讓徐太太把流蘇誘到香港。

在異國長大，急於尋根的浪子柳原被善於低頭，有古中國淑女風韻的流蘇吸引，從她身上找到了「真正的中國美」，他「要她，但是不願意娶她，討價還價不成功」，流蘇回到上海。家裡人認為她白白上了當，更容不得她。

柳原又來了電報，流蘇再次赴港，無條件地做了柳原的情婦。

太平洋戰爭爆發，阻止了柳原隻身渡洋的計劃，在戰後的香港，「流蘇柳原於荒寒中悟到財勢的不可靠，認真地戀愛起來了，決定要結婚，活得踏實一點。」

第二幕中，范柳原與流蘇在月下相見，他對流蘇說的話可謂經典：

> 這月亮，不知為什麼使我想起地老天荒，那一類的話。有一天，我們的文明整個毀完了，什麼都完了——燒完了，炸完了，坍完了，就剩下這空空蕩蕩的海灣，還有海上的月亮；流蘇，如果我們那時再在這月亮底下遇見了，也許你會對我有一點真心，也許我會對你有一點真心。

他又說

> 回到大自然啊！至少在樹林子裡，我們用不著扭扭捏捏的耍心眼。

最後一幕，柳原預言的那一天來到了，舞臺上「燈光集中於日曆上大大的『十二月八日』」，以這一天為界，一切都變了。因劇本失傳，現在，我們只能引小說中的一段：

> （戰爭後的香港）一到了晚上，在那死的城市裡，沒有燈，沒有人聲，只有那莽莽的寒風，三個不同的音階「喔……呵……嗚……」無窮無盡地叫喚著……叫喚到後來……只是三條虛無的氣，真空的橋樑，通入黑暗，通入虛空的虛空。這裡是什麼都完了。剩下點斷堵頹垣，失去記憶力的文明人在黃昏中跌跌絆絆摸來摸去，像要找著點什麼，其實是什麼都完了。
>
> ……
>
> 她彷彿做夢似的……她終於遇見了柳原。……在這

動盪的世界裡，錢財，地產，天長地久的一切，全不可靠了。靠得住的只有她腔子裡的這口氣，還有睡在她身邊這個人。……他從被窩裡伸出手來握住她的手。他們把彼此看得透明透亮，僅僅是一剎那的徹底的諒解，然而這一剎那夠他們在一起和諧地活過十年八年。

在文明制度中尋求飯（范）票的白流蘇與「把女人看成他腳底下的泥」的范柳原，一對「精刮」「算盤打得太仔細」的自私男女，結為了心心相印的夫妻。

四、「上樓」與「出走」

《傾城之戀》公演半年前，張愛玲談到她計劃寫作一個劇本〈走！走到樓上去〉，劇情如下：

有個人拖兒帶女去投親，和親戚鬧翻了，他憤然跳起來道：「我受不了這個。走！我們走！」他的妻哀懇道：「走到那兒去呢？」他把妻兒聚在一起，道：「走！走到樓上去！」——開飯的時候，一聲呼喚，他們就會下來。

無疑，這場面是對「瀟灑蒼涼」的出走的調侃。幾個月前，她在一篇文章中正面質疑過「出走」，對電影《新生》中的花花公子在揮霍無度之後終於「回心向善」，到「邊疆」「墾荒」去的結尾，張愛玲批評說：「如果他在此地犯了罪，為什麼他不能在此地贖罪呢？在我們近周的環境裡，一個身強力壯，具有相當知識的年青人竟會無事可做麼？一定要叫他走到『遼遠的，遼遠的地方』，是很不合實際的建議。」「近於逃避主義」。

此前，以巴金文學作參照，第一個稱讚張愛玲作品的傅雷也表達過同樣的意思。1943年10月，傅雷化名疾首，發表了一篇論話劇的長文，指出「三四年前……大家喊著『到遠遠的地方去』（或者『大明朝萬歲』之類）」的臺詞是「沉醉於一些空洞的革命辭句」——

> 光明尾巴早已是被申斥了的，但這種理論的殘餘，卻還一直深印在人們的腦海，久久不易拔去。人們總是要求教訓，——直接的單純的教訓，（此前些年「歷史劇」之所以顯赫一時也。）《秋海棠》的觀眾們（大概是些小姐太太之流）要求的是善惡分明的倫理觀念，戲子可憐，姨太太多情，軍閥極其走狗可惡……等等。前進派的先生們看法又不同了，但是所要求的倫理觀念還是一樣，戲子姨太太不過換了「到遠遠的地方去……」的革命青年罷了。

不過，張愛玲並不是一味貶低出走，她將「出走」定義為去到「風地裡，接近日月山川」，那麼「上樓」呢？

> 做花瓶是上樓，做太太是上樓，做夢是上樓，改編美國的《蝴蝶夢》是上樓，抄書是上樓，收集古錢是上樓……

非常明顯，比之出走，在價值層面，「上樓「只能算「更下一層樓」。

五、性別政治

五四以來，中國「新文學」的特點是，一切以階級為軸心，文學領先，電影、話劇跟進，除了以無產階級－資產階級做主題就進不了主流，載不入史冊。

對階級一說，張愛玲亦有反省：

> 中國電影的題材通常不是赤貧就是巨富，對中產階級的生活很少觸及。

赤貧與巨富都是極端，不能涵蓋我們身處的世界，尤其女性，如白流蘇，雖然她最後終於「上了樓」，求得了衣食，但應屬什麼階級，卻很不確定——一開始她似乎應屬剝削階級，以遺產為依托，寄兄籬下，但錢財被輸得精光；不得已欲「上樓」投靠資產階級范柳原，費盡心機卻難獲首肯。戰亂中，與柳原終於有了「彼此透明透亮的一剎那」，卻又以失去「錢財，地產」的可靠性為代價。有趣的是，在別的非左翼劇作家——無論在「孤島」時期還是在淪陷時區——如王文顯的《委曲求全》、袁俊的《小城故事》、楊絳的《弄真成假》等戲中，女主角的「階級」都同樣模糊曖昧，但她們都是現代女性，不願且不甘「嫁雞隨雞，嫁狗隨狗」，都像流蘇一樣，拼命抗爭，要在不自由的空間為自己爭得一點「自主權」。

《傾城之戀》高出一籌的是，流蘇最後的柳太太身份，與其說是自己爭來的，不如說是借助了歷史的偶然。從《公演特刊》的觀眾評論中，我們還能看到一些舞臺的痕跡：

> （白家「渺小，自私」的一群）等到「什麼都改變了，天長地久的田地房產，匯豐銀行，美金英鎊，全不可靠了」
>
> （第四幕）的時候，這種人就要變成「活人死」了！如果要想真正的活著，只有那敢於肩負著重擔，勇敢地一步一步登上高山去吸取生命的泉水的人們！

最後一句話是由戰後的廢墟上，范柳原脫下了西裝挑水的場面而來。范柳原的強烈的形體語言配合臺詞中的「田地房產，匯豐銀行，美金英鎊」，告訴人們，當資產失效時，資產家才能放下花花公子身段，回歸常人。這才是使流蘇的命運逆轉的關鍵。

通過流蘇的故事，站在流蘇的群體——女性的立場追根尋源，人們看到了造成男女不平等的根源——不平等的佔有資源，擴而廣之，這也是造成戰爭的根源。從這個意義上說，張愛玲談的何尚不是政治？是為女性弱勢群體張目的「性別政治」。只不過在政治這一詞條上，長期以來，已被「階級」填滿，別的群體已無從置喙。

現實有著自己的邏輯，正因為女性的存在本身——她們從一個階級跳向另一個階級的，沒有固定屬性，非赤貧非巨富，不屬無產階級亦不屬有產階級——使張愛玲獲得了別樣的意識，以此這意識為依據，並將其理論化，便有了下面一段理直氣壯的對話：

> 我發現弄文學的人向來注重人生飛揚的一面，而忽視人生安穩的一面。其實，後者正是前者的底子。又如，他們多是注重人生的鬥爭，而忽略和諧的一面。其實，人是為了要求和諧的一面才鬥爭的。
>
> 強調人生飛揚的一面，多少有點超人的氣質。超人是生在一個時代裡的。而人生安穩的一面則有著永恆的意味，雖然這種安穩常是不完全的，而且每隔多少時候就要破壞一次，但仍然是永恆的。它存在於一切時代。它是人的神性，也可以說是婦人性。
>
> 文學史上素樸地歌詠人生的安穩的作品很少，倒是強調人生的飛揚的作品多，但好的作品，還是在於它是以人生的安穩做底子來描寫人生的飛揚的。沒有這底子，飛揚只能是浮沫，許多強有力的作品只予人以興奮，不能予人
>
> 以啟示，就是失敗在不知道把握這底子。
>
> 鬥爭是動人的，因為它是強大的，而同時是酸楚的。鬥爭者失去了人生的和諧，尋求著新的和諧。倘使為鬥爭而鬥爭，便缺少回味，寫了出來也不能成為好的作品。
>
> 我發覺許多作品裡力的成分大於美的成分。力是

> 快樂的，美卻是悲哀的，兩者不能獨立存在。……我不喜歡壯烈。我是喜歡悲壯，更喜歡蒼涼。壯烈只有力，沒有美，似乎缺少人性。悲劇則如大紅大綠的配色，是一種強烈的對照。但它的刺激性還是大於啟發性。蒼涼之所以有更深長的回昧，就因為它像蔥綠配桃紅，是一種參差的對照。
>
> 我喜歡參差的對照的寫法，因為它是較近事實的。從腐舊的家庭裡走出來的流蘇，香港之戰的洗禮並不曾將她感化成為革命女性；香港之戰影響范柳原，使他轉向平實的生活，終於結婚了，但結婚並不使他變為聖人，完全放棄往日的生活習慣與作風。因之柳原與流蘇的結局，雖然多少是健康的，仍舊是庸俗；就事論事，他們也只能如此。

將流蘇與沙霞、婉貞比較，流蘇的結局是庸俗的，無論去走香港，還是返回上海，她都不過是在「上樓」，因為她的目的十分卑微，僅僅是為了自己的「生存」。不過，我們不應忘記，流蘇「沒唸過兩年書，肩不能挑，手不能提」，並不在國共兩黨召喚的人材之列。她與淪陷區絕大多數草根民眾一樣，「經濟力量夠不上逃難（因為逃難不是一時的事，卻是要久久耽誤在無事可做的地方」，必須抱著「聽天由命」的態度面對被轟炸、斷水、斷電的城市。於她（他）們，如何「活下去」是最大的難題：

> 生在現在，要繼續活下去而且活得稱心，真是難，就

像「雙手擘開生死路」那樣的艱難巨大的事。

這是戰爭年代所有人的生存狀態，無論女性還是男性，無論精英還是「小市民」，無論生活在重慶、延安還是上海。

六、結語

當然，張愛玲並非白流蘇，她有知識，還登上了公共話語空間之「樓」，因此，她必然、也必須長久地接受讀者的裁判。

戰後很長一段時間，在一些人觀念裡，以抗戰區／淪陷區，走／留將人們分為抗戰派／妥協派、投降派。新中國成立後，階級佔據了政治的制高點，張愛玲文學在大陸消失，在臺灣亦頗具爭議，對張愛玲其人，更是褒貶不一。例如，1970年臺灣出版的《抗戰時期淪陷區文學史》中對她就有過這樣的議論：

> 關於她的散文和小說，可以說是文情並茂，毛病甚少。可悲的是她在抗日時期，沒有到大後方，而留在淪陷後的上海，又偏偏沒有和從事抗戰工作的人員有聯絡，而終日和偽組織的高級人員混在一起，又和他們之中一個同居，這是特別令人注意的。

接下的一頁裡，文學作品裡「毛病甚少」的張愛玲被正式戴上了「落水文人」的帽子。

這真是一個絕佳的例子。有洞見力的張愛玲通過流蘇的口早就點出了問題的所在：

> ……再壞些，再髒些，是你外面的人。你外面的東西。你若是混在那裡頭長久了，你怎麼分得清，哪一部分是他們，哪一部分是你自己？

何況一個女人，從前因為沒有生活資源，只能嫁雞隨雞，嫁狗隨狗。到張愛玲的時代，雖然她靠自己的一支筆賣文吃飯，得到了經濟上的獨立，但到需要被界定政治身份時，並沒有前例可循。人們只能以滅亡王朝為先例：嫁雞是雞，嫁狗是狗，皇帝上吊前，后妃先自殺。

遵循這個準則，因為張愛玲的「女人」身份，在渾濁的論陷區與一個一度參政的男人有過一段夫妻之緣，理所當然，她被捆綁在胡蘭成的身上，慘遭「落水」。

這是張愛玲的悲劇，亦不妨把它看作一個喜劇，或許，正因為不清不白，非紅非黑，曖昧模糊，真假難辯，無法用斬釘截鐵的詞語定義，才能讓張愛玲其人如此耐看，如此耐談吧！

其實，對自己的文章，張愛玲早已了然於心：

> 回憶與現實之間時時發現尷尬的不和諧，因而產生了鄭重而輕微的騷動，認真而未有名目的鬥爭。
>
> Michael Angelo的一個未完工的石像，題名「黎明」的，只是一個粗糙的人形，面目都不清楚，確正

是大氣磅礴的，象徵一個將要到的新時代。倘若現在也有那樣的作品，自然是使人神往的，可是沒有，也不能有，因為人們還不能掙脫時代的夢魘。

我寫作的題材便是這麼一個時代，我以為用參差的對照的手法是比較適宜的。我用這手法描寫人類在一切時代之中生活下來的記憶。而以此給予周圍的現實一個啟示。我存著這個心，可不知道做得好做不好。

張愛玲進行的這場「未有名目的鬥爭」究竟作得怎樣？是否給予周圍的現實以啟示？好還是不好？經過60多年歲月的沖刷淘洗，應該得出了答案：看看書店的文學鋪面吧，最醒目的地方都擺有她的書，有了，「就有在那裡了，使人安心」。至於在政治上對她的種種非難，只能讓我們跟歷史貼得更近，把政治與「女人」的關係看得更加透徹真切。

香港的陷落成全了白流蘇，胡蘭成的灰白豐富了張愛玲……到處都是傳奇，說不盡的蒼涼故事——不問也罷！

原載:《合肥師範學院學報》2012第1期

臺灣版後記

1998年，我的張愛玲研究書在北京三聯書店出版後，就期盼著能在張愛玲文學承傳之場——臺灣出版。十幾年後，這個願望終於實現了，在此，我要特別感謝蔡登山先生，他是臺灣張愛玲研究的專家，是他，將這本小書介紹給臺灣讀者的。

簡單說明一下本書與三聯書店版的不同之處。

一、本書刪去了附錄中的〈作品、活動年表〉中1952年以後的部分。當年這份年表是我研究的基礎，做得很辛苦，而今天，張愛玲已成為顯學，有關她的專題著述層出不盡，加之宋以朗先生的努力，不斷有新的文本與資料出土，自知現在想做出圓滿的年表還為時尚早，正好這本書的研究對象限制在早期，便留下與此時期對應的部分，離開大陸以後的部分留待年輕一代去完成吧。

二、附編中收入後來發表的5篇文章。

本書在大陸出版後，反應尚佳，主要功績大約是在過去僵化的階級、民族的話語體系中加入了別樣的視點與理論。冒著自賣自誇之嫌，抄錄一段網上對本書的評價：

> 邵迎建所著的《傳奇文學與流言人生：張愛玲的文學》，史料非常詳盡，考察也相當客觀。該書站在人

格、歷史、社會、文化的交叉點來研究張愛玲，且通過「認同」理論的支撐，構建了一個張愛玲與國家、階級、家庭、性別關係網絡的話語場，遠遠超出了「通俗」與「現代」的視角，應是張愛玲研究中的又一座「里程碑」。（時間：2010-12-10 15：06來源：未知作者：admin網站：DEDE GMS）

衷心希望這本小書能有益於臺灣讀者，衷心希望臺灣讀者喜歡這本小書。

邵迎建

2012年新春

文學視界10　PG0808

張愛玲的傳奇文學與流言人生

作　　者／邵迎建
主　　編／蔡登山
責任編輯／孫偉迪、王奕文
圖文排版／鄭佳雯
封面設計／陳佩蓉

發 行 人／宋政坤
法律顧問／毛國樑　律師
印製出版／秀威資訊科技股份有限公司
114台北市內湖區瑞光路76巷65號1樓
電話：+886-2-2796-3638　傳真：+886-2-2796-1377
http://www.showwe.com.tw
劃撥帳號／19563868　戶名：秀威資訊科技股份有限公司
讀者服務信箱：service@showwe.com.tw
展售門市／國家書店（松江門市）
104台北市中山區松江路209號1樓
電話：+886-2-2518-0207　傳真：+886-2-2518-0778
網路訂購／秀威網路書店：http://www.bodbooks.com.tw
國家網路書店：http://www.govbooks.com.tw
圖書經銷／紅螞蟻圖書有限公司
114台北市內湖區舊宗路二段121巷28、32號4樓
電話：+886-2-2795-3656　傳真：+886-2-2795-4100

2012年9月BOD一版
定價：450元

國家圖書館出版品預行編目

張愛玲的傳奇文學與流言人生 / 邵迎建著.-- 初版. -- 臺北市 : 秀威資訊科技, 2012.09

面； 公分

ISBN 978-986-221-987-4(平裝)

1. 張愛玲 2. 傳記 3. 現代文學 4. 女性文學 5. 文學評論

848.6 101015413

讀者回函卡

感謝您購買本書，為提升服務品質，請填妥以下資料，將讀者回函卡直接寄回或傳真本公司，收到您的寶貴意見後，我們會收藏記錄及檢討，謝謝！

如您需要了解本公司最新出版書目、購書優惠或企劃活動，歡迎您上網查詢或下載相關資料：http:// www.showwe.com.tw

您購買的書名：________________________________

出生日期：________年________月________日

學歷：□高中（含）以下　□大專　□研究所（含）以上

職業：□製造業　□金融業　□資訊業　□軍警　□傳播業　□自由業

□服務業　□公務員　□教職　□學生　□家管　□其它_____

購書地點：□網路書店　□實體書店　□書展　□郵購　□贈閱　□其他

您從何得知本書的消息？

□網路書店　□實體書店　□網路搜尋　□電子報　□書訊　□雜誌

□傳播媒體　□親友推薦　□網站推薦　□部落格　□其他__________

您對本書的評價：（請填代號　1.非常滿意　2.滿意　3.尚可　4.再改進）

封面設計____　版面編排____　內容____　文／譯筆____　價格____

讀完書後您覺得：

□很有收穫　□有收穫　□收穫不多　□沒收穫

對我們的建議：________________________________

____

____

____

請貼
郵票

11466
台北市內湖區瑞光路 76 巷 65 號 1 樓
秀威資訊科技股份有限公司 收
BOD 數位出版事業部

（請沿線對折寄回，謝謝！）

姓　　名：__________ 年齡：______ 性別：□女 □男

郵遞區號：□□□□□

地　　址：__________

聯絡電話：(日) __________ (夜) __________

E-mail：__________